음식은 맛있고

인생은 깊어갑니다

음식은 맛있고
인생은 깊어갑니다
최갑수
ALONEBOOK

프롤로그

담백한데 깊고, 깊으니 여유로워서

오랫동안 여행을 하며 좋은 여행은 즐겁고 유쾌한 것이라는 것을 알게 됐다. 음식도 마찬가지라고 생각한다. 삶도 그래야 한다. 우리의 삶은 영원하지 않아서, 즐겁지 않으면 의미가 없다.

살수록 음식을 먹는 일이 즐겁다. 찬 두부를 잘라 먹다가 옛 기억을 더듬더듬 꺼내고, 불고기를 먹으며 좋았던 시절을 떠올린다. 국수 가락을 건져 올리다가 반짝이는 지혜를 얻는다. 복어나 같이 먹자고 친구에게 전화하는 일이 좋다. 물론 혼자 먹는 도시락도 나쁘지 않다. 예전엔 먹지 못했던 음식을 지금은 맛있게 먹을 줄 안다. 맛있게 먹는 척이라도 하는데, 이만큼 살았으니 그럴 수 있게 된 거다.

음식을 먹다가 문득 목이 메어와 수저를 놓고 허공을 바라볼 때도 있다. 먼 하늘 끝에서 줄이 툭, 하고 끊어지는 소리가 들릴 때가 있는데, 그럴 때면 오래된 음악을 들으며 술을 마신다. 잔을 비우며 아직 남아 있는 얼굴들을 떠올린다.

매운맛인데 단맛이 따라오고, 단맛 속에 쓴맛이 들어 있다. 짠맛은 홀로 먹을 때 좋다. 쓴맛이 나더라도 오래오래 씹으면 단맛이 나온다. 단맛에 길들여지면 몸을 망친다. 담백한데 깊고, 깊으니 여유롭다. 여유로우면 너그로워진다. 이렇게 쓰고 보니, 음식과 인생에 관해 영 문외한은 아닌 것 같아 다행스럽다.

나는 음식을 사랑하고 인생을 아끼는 것이 분명하다. 살면서 점점 더 그렇게 되어 가는 것 같다. 이 책을 읽은 분들이 인생을 조금 더 사랑하게 됐으면 좋겠다. 우린 영원하지 않으니까. 오늘 저녁에는 떠나간 어떤 얼굴이 짙은 별로 떴다.

목 차

· 0 2 ·

첫맛은 쓰고 끝맛은 달았으면

·03·

탐식도시, 먹고 마시니 즐겁습니다

한 잔의 맥주, 한 젓가락의 두부 그리고 하나의 일. 인생은 차근차근 굴러간다. 우리 인생을 살 만하게 만들어 주고 매일 매일의 피곤으로부터 위로해 주는 건 사랑이나 헌신, 열망 같은 거창한 명제들이 아니라 어쩌면 맥주나 두부, 토요일 오후 같은 소소한 것들일지도 모른다.

01

우리를 위로하는 건 어쩌면 사랑보다 맥주

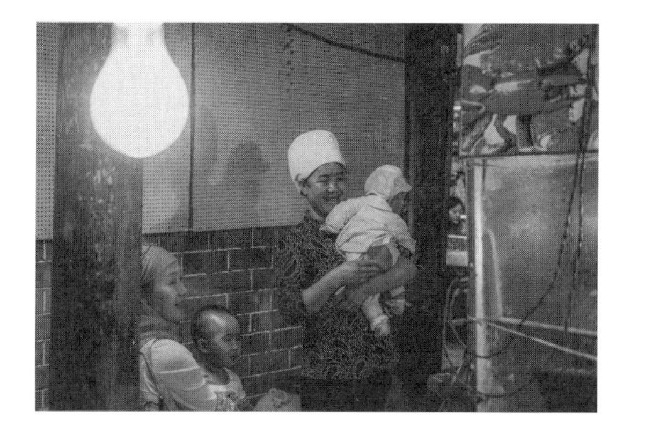

속수무책의 인생이지만 맛있는 음식이 있어 괜찮습니다.

Bogani
TAPAS
Bogani
448
SANGRIA
copo /glass
2€
OM PIPAS
ou/or
ou/or
= 7,50€

맥주 거품이 스르르 꺼져가는 것을 보고 있노라면 인생은 맥주 거품처럼 부질없는 것이라는 생각이 듭니다. 그러니까 즐겨야죠.

딱히 이루어 놓은 것도 없지만, 그렇다고 딱히 후회가 되는 것도 아닙니다.
사는 게 원래 그런 거지 뭐. 이렇게 생각해 버립니다.

13488064495
饨 館
鼓楼客栈住宿
鼓楼客栈
029-87252887
灌汤包

먹고 놀고 사랑했던 기억만이 행복했던 시절이라는 이름으로 남아있을 뿐입니다.

그러니까 우리, 더 사랑합시다.

행복이라는 이름으로 남아 있는 것들

단지 아름다운 것을 보고 있다는 사실만으로 행복해질 때가 있다. 오월의 장미나 저물녘 노을 속에 우두커니 서 있는 미루나무 한 그루 또는 세찬 파도가 밀려오는 수평선을 향해 힘껏 팔을 저어가는 젊은 서퍼의 모습 같은.

단지 맛있는 것을 먹고 있다는 사실만으로도 행복해질 때가 있다. 잘 뽑아낸 우동 가락이 흘러내리지 않도록 조심스럽게 젓가락으로 집어 올릴 때처럼, 육즙 가득한 스테이크를 나이프로 자를 때 혹은 버터 향 가득한 크루아상을 한입 가득 베어 물 때 불현듯 밀려오는 행복감.

아주 오랫동안 여행을 하고 난 후 알게 된 건, 여행의 가장 큰 즐거움은 먹는 것이라는 사실이다. 이 말에 이의를 달 사람은 별로 없을 듯싶다. 우리는 멋진 스테이크를 먹기 위해 뉴욕에 가고, 제대로 된 카오야를 먹기 위해 베이징에 간다. 파리의 미슐랭 스타 레스토랑에서 기꺼이 지갑을 연다. 누군가에겐 마추픽추라는 불가사의 앞에 서는 것보다 월드 베스트 레스토랑에 랭크된 센트럴Central의 테이스팅 코스를 맛보는 일이 페루 여행에서 더 우선이고 감동일 수도 있다.

언제부터인가 내게 여행은 이국의 풍경을 접하는 것이 아니라, 우리나라에서는 맛볼 수 없는 다른 음식을 맛보는 것이 됐다. 언제부터인가 내게 여행은 먹는 게 반이었다. 아니, 전부일 때도 있었다.

내가 지나온 수많은 여행 가운데 가장 행복했던 여행을 꼽으라면 호주 태즈메이니아Tasmania다. 캠퍼밴을 타고 2주 동안 여행했다. 오전에는 태즈메이니아 곳곳에 있는 국립공원을 찾아다니며 트레킹을 즐겼고 오후에는 와이너리를 돌아다니며 다양한 품종의 와인을 시음했다. 저녁이면 캠핑장 의자에 앉아 낮에 사 온 와인을 마시며 망중한을 보냈다. 짙은 와인색으로 물들어가던 파이퍼스 강Pipers River의 노을과 노을이 물러간 뒤 밤하늘 가득 돋아나던 별들. 그 수많은 별을 바라보며 나는 지구가 하나의 별이며 우리는 거대한 우주 속에서 살아가는 아주 작은 존재일 뿐이라는 걸 깨달을 수 있었다.

그리고 그 별들의 느린 회전을 지켜보며 우리가 생활에 지쳤거나, 일에 지쳤거나, 사람에 지쳤거나, 혹은 자신에게 지쳤을 때, 우리가 세상과 불화할 때, 사랑하는 누군가와 헤어졌을 때, 어디론가 숨어버리고 싶을 때 우리가 스스로를 위로하는 방법은 여행이라는 것을 확신했다. 아침에 창문을 열었을 때 눈 앞에 펼쳐지는 낯선 풍경이, 낯선 이가 건네는 따뜻한 차 한 잔이 엉망진창인 우리 인생을 위로해 준다고 믿기로 했다.

우리 인생에서 먹고 마시는 일을 빼고 나면 뭐가 남을까. 인생은 허무한 것이고, 그 허무의 날들을 이겨내기 위해 우리는 사랑을 하고 여행을 떠난다. 고작 며칠 후면, 길어야 일 년 뒤면 새까맣게 잊어버릴 슬픔과 분노를 억지로 집어삼키고 잊어버리려고 애쓰느라, 우리는 소중한 시간을 보내고 있는 것이 아닐까.

가만히 있어도 가는 것이 시간이다. 잡을 수 없는 것이 시간이다. 나는 시간을 가장 잘 사용하는 방법이 도서관에 가는 것과 여행을 가는 것이라고 믿고 있다. 그리고 여행을 가장 잘 하는 방법은 맛있는 음식을 먹고 마시는 일이라고 생각한다.

돌이켜보니, 인생 아무것도 없다. 열심히 일하고 악착같이 살았던 기억은 머릿속에 하나도 남아있지 않다. 먹고 놀고 사랑했던 기억만이 행복했던 시절이라는 이름으로 남아있을 뿐이다.

빌 에번스를 듣는
오후 두 시의 편의점

오늘도 겨우겨우 마감을 끝냈다. 오랜만에 20년 전처럼 일했다. 그때는 일이 많이 몰려들어 비명을 질러 대곤 했다. 출장과 마감만으로도 한 달 일정이 가득 찼을 때였으니까. 1년에 8만 킬로미터 정도 자동차를 운행했던 것 같다. 3년만 타면 차가 삐걱거렸다. 그때만 해도 내비게이션이 없어 성지문화사에서 나온 1:250,000 《전국도로지도》 지도책으로 길을 찾아가며 운전을 했다. 37번 국도를 따라가다 ○○사거리에서 851번 지방도를 타고 첫 번째 사거리에서 좌회전, 이런 식이었다. 출장 전날 따라가야 할 도로를 형광펜으로 표시해 두곤 했다.

당시에는 원고 때문에 집에 들어가지를 못하고 작업실에

서 자주 밤샘을 했다. 작업실과 작업실 앞 찜질방을 왔다 갔다 하며 원고를 썼다. 그때는 지금처럼 인터넷이 발달하지 않았다. 시골에 출장 가서도 짬짬이 원고를 써야 했는데, 마땅히 쓸 데가 없다는 것이 문제였다. 간혹 PC방이 있기는 했지만, 워드 프로그램이 깔린 컴퓨터가 거의 없었다. 그럴 때면 동네 파출소를 찾아갔다. 파출소 컴퓨터엔 한글 프로그램이 깔려 있었다. 조서를 써야 하기 때문이다. "조서 좀 쓸 수, 아니 원고 좀 쓸 수 있을까요……?" 경찰관분들은 처음 보는 여행 작가에게 흔쾌히 컴퓨터를 내주었다. 원고를 보내고 난 후 함께 짜장면을 먹으며 여행 이야기를 들려드리곤 했다.

국내외를 떠도는 동안 나도, 세상도 몰라볼 정도로 변했다. 다행히 허투루 시간을 보낸 것만은 아니어서 '세상의 진실'이라고 할 수 있다면 그렇다고 할 수도 있는 사실 몇 가지를 깨달을 수 있었다. 지나간 시간은 되돌릴 수 없으며 세상은 결심만으로 살아지지 않는다는 것, 사랑을 믿으면 안 된다지만 그래도 믿을 건 사랑밖에 없다는 것, 내가 지금 살아가고 있는 주위 풍경과 주변 사람들이 가장 소중하고 그들과 함께 먹는 음식이 가장 맛있다는 것 등 어쩌면 소소하기도 하고 어쩌면 거창하기도 한 이런 사실들을 조금씩 알아 가며 나는 어른이 되어 갔다. 그러니까 나를 키운 건 팔 할이 여행이다.

마감을 끝낸 홀가분한 오후, 빌 에번스Bill Evans를 들으며 동네 편의점에 앉아 기린 이치방 캔맥주를 홀짝홀짝 마시고 있다. 오랫동안 심술을 부리던 영하의 날씨가 물러가고 오늘은 기온이 영상을 회복했다. 주당들에게 술 마시기 나쁜 날씨가 있겠냐마는, 그래도 오늘은 특별히 맥주 마시기 좋은 날씨 같아 주섬주섬 나왔다. 급한 마감을 끝내고 덜 급한 마감은 조금 미루고 오후 2시의 편의점에서 '편맥'(편의점 맥주)을 즐기고 있다.

내게 단 하나의 맥주를 고르라면 주저 없이 기린 이치방이다. 카스도 있고 하이네켄도 있고 필스너 우르켈도 있지만 나는 기린 이치방을 가장 좋아한다. 목 넘김도 좋지만, 맥주를 마셨을 때 목구멍 바로 아래에서 은근히 올라오는 특유의 향이 '아, 내가 기린 이치방을 마시고 있구나.' 하는 감각을 분명하게 느끼게 해준다. 존재감이 분명한 맥주라고나 할까. 그렇다고 기린 이치방이 가장 맛있다고 고집부리는 건 아니다. 그런 사소한 문제로 다투기 싫다. 평양냉면은 평양냉면이고 함흥냉면은 함흥냉면인 거다. 나는 기린 이치방이라는 취향을 가지고 있을 뿐이다.

어쨌든 중요한 사실은 금요일 오후 2시에 가장 좋아하는 맥주를 홀짝이며 빌 에번스를 듣고 있다는 사실이다. 빌 에번스는 무라카미 하루키의 《노르웨이의 숲》을 읽으며 알게 됐다. 하루키는 이 책에서 재즈를 많이 소개하고 있다. 책 곳곳에 나오는 재즈가 이 책에 등장하는, 방황하며 흔들리는 고독한 청춘들의 마음을 잘 표현해 주는 것 같다. 책을 읽으며 등장하는 음악을 찾아 듣곤 했는데, 때론 이 책이 하루키가 자신이 좋아하는 음악에 관해 이야기한 음악 에세이가 아닐까 하는 생각이 들 정도였다. 주인공 와타나베가 스무 살 생일을 맞이한 나오코를 축하하기 위해 나오코의 집을 방문하는데 그때 저녁을 먹으면서 같이 들었던 음악이 빌 에번스의 〈Waltz For Debby〉다. 안토니오 카를로스 조빔Antonio Carlos Jobim의 〈Desafinado〉와 셀로니어스 몽크Thelonious Monk가 연주하는 〈Honeysuckle Rose〉도 《노르웨이의 숲》을 통해 알게 됐다.

하루하루 겨울이 깊어가고 있다. 겨울의 맑은 햇빛이 무릎을 따스하게 데워준다. 거리에는 사람들이 바삐 지나간다. 모두가 걱정 없는 표정이다. 그래도 나는 알고 있다. 저마다 각자의 고민과 슬픔을 가지고 있다는 것을. 우리에겐 어떤 시도로도 이겨낼 수 없는 슬픔이 있고 그것을 고요하게 끌어안은 채 살아가고 있다. 우리가 서로에게 상처를 주지 않으려 최선을 다해 노력해야 하는 이유다.

모두 알고 있을 것이다. 상처는 절대로 치유되지 않는다는 것을. 상처는 영원히 상처로 남는다. 가끔 잊어버릴 뿐이지.

맥주를 따르며 생긴 거품이 스르르 꺼져가는 것을 보고 있노라면 인생은 맥주 거품처럼 부질없는 것이라는 생각이 든다. 그러니까 즐겨야죠. 누군가 내 어깨를 툭 치며 이렇게 말할 것만 같은 금요일 오후 2시. 어느새 캔 맥주 하나를 비웠고 기분이 맥주 한 캔만큼 좋아졌다. 빌 에번스의 곡 중에 내가 가장 좋아하는 곡은 〈My Foolish Heart〉다. 이 곡을 듣고 있으면 떨어지는 눈을 맞는 기분이 들기도 하고, 반짝이며 흘러가는 강물을 바라보며 서 있는 것 같기도 하다. 그리고 무언가를 찾아가고 있다는 느낌이 든다. 깊은 숲속을 지나 무언가 진실을 찾아 천천히 걸어가는 남자의 뒷모습이 떠오르기도 한다.

뜬금없지만, 빌 에번스는 멋지게 생겼다. 잘생긴 건 아니지만 정말 멋진 외모를 가졌다. 다시 태어난다면, 신이 너는 누구의 외모를 가지고 다시 태어나고 싶냐고 묻는다면, 제임스 딘도 아니고 정우성도 아니고 빌 에번스다. 기린 이치방을 선택하듯 주저 없이 빌 에번스를 선택하는 것이다. 단정하게 빗어 넘긴 올백 머리, 창백한 볼, 가냘픈 턱선, 저 너머 어딘가를 응시하는 시선. 그리고 그 시선을 살짝 가려주는 검은 뿔테 안경. 담배를 물고 구부정한 목으로 피아노를 연주하는 그의 모습은 지적이고 섹시하고 허무하다.

맥주캔 하나를 더 마실까 하다가 참기로 한다. 오늘은 여기까지가 딱 좋은 것 같다. 적당한 양이 우리를 기분 좋게 한다.《상실의 시대》에서 와타나베도 이런 말을 했다. "모든 사물을 너무 심각하게 생각하지 말 것, 모든 사물과 나 자신 사이에 적당한 거리를 둘 것." 그렇다. 우리는 슬프지만 그건 각자가 해결해야 할 문제다. 남의 슬픔에 개입하려 해서는 안 된다. 누군가에게 상처와 슬픔을 주지 않고 살기 위해서는 거리를 두는 것이 최선의 방법이다. 적당히 떨어져서, 적당히 가까운 채로 서로의 안부를 물어보자.

다시 작업실로 향한다. 빌 에번스의 피아노는 어딘가를 향해 걸어가고 있다. 음악은 어디론가 갈 수 있다는 점에서 여행과 비슷하다. 우리를 위로해 주는 건 어떨 땐 사랑보다는 음악, 어떨 땐 사랑보다 맥주다.

열패감이 드는 날엔 군만두를

가장 좋아하는 음식을 꼽으라면 군만두다. 엄밀하게 말하자면 튀김만두가 맞을지도 모르겠다. 중국집에서 먹을 수 있는, 기름에 푹 담겨 노릇하게 튀겨진 만두를 좋아하니까 말이다. 군만두의 '군'자만 들어도 나도 모르게 침이 고이고 콧속으로 고소한 기름 향이 스미는 것 같다.

건강을 위해 고기와 밀가루를 1년 동안 끊었던 적이 있다. 매일매일 채소와 쌀, 생선과 계란만 먹었다. 한두 달 지나니 이 식단에 그럭저럭 적응이 됐다. 딱히 고기를 먹고 싶은 생각이 들지 않았고, 채소도 종류에 따라 다양한 맛을 가지고 있다는 것도 알게 됐다.

하지만 단 한 가지, 정말 참기 힘들어 괴로웠던 것이 있는데 바로 군만두를 먹지 못한다는 것이었다. 바삭하게 튀긴 군만두가 올라간 접시가 매일 저녁 눈앞에 아른거렸다. 젓가락으로 군만두를 집어 고춧가루와 식초를 살짝 뿌린 간장에 찍어 먹은 다음 시원한 맥주 한 잔. 캬~, 그 맛이 너무 생생했고 애타게 그리웠다. 하지만 고기를 밀가루 피로 싸서 기름에 튀긴 군만두는 고기와 밀가루를 끊어야 하는 내게 악마와 같은 음식이었다. 1년 동안 군만두라는 악마의 유혹을 견디느라 힘들었다.

열심히 채소와 생선을 먹은 덕분에 몸 상태는 좋아졌다. 체중도 많이 줄었고 피부도 깨끗해졌다. 1년 동안의 '음식 유배'가 끝나는 날, 가장 먼저 한 일은 단골 중국집으로 달려가 군만두 한 접시를 시킨 것이었다. 물가가 오른 탓에 한 접시에 10개가 나오던 군만두는 1개가 줄었지만 크기는 변하지 않았다. 물론 맛도 그대로였다.

그날, 1년 만의 군만두를 영접하기 위해 아침부터 컨디션을 조절했다. 적당한 허기를 준비했다는 뜻이다. 음식에 따라, 개인적인 취향에 따라 저마다 가장 맛있게 먹는 방법이나 노하우를 가지고 있을 것인데, 내가 군만두를 가장 맛있게 먹는 방법은 약간 허기진 상태에서 먹는 것이다. 출출한 상태로 테이블에 얌전히 앉아 주문한 군만두가 나오기를 기다리며 하얀 종지에 간장을 붓고 식초를 약간 섞은 후 고춧가루를 뿌려 소스를 만든다. 주방에서 흘러나오는 고소한 기름 냄새를 맡으며 나무젓가락을 반으로 잘라 간장 종지 위에 어떤 의식처럼 다소곳하게 올려놓는다.

자, 이제 잘 구워진 군만두가 나왔다. 잘 먹겠습니다. 젓가락으로 군만두를 집어 소스에 살짝 찍은 후 입으로 가져가 한 입 크게 베어 문다. 한 번에 전부 먹지 말고 반만 먹어야 한다. 입 안에 뜨거운 만두가 꽉 차면 그 맛을 제대로 느끼기 힘들다. 만두에서 흘러나온 육즙이 입술을 적신다. 나머지 군만두 조각을 입 속으로 가져간다. 입 안에 가득 차는 기름진 행복감. '만족'이라는 말은 이 순간의 군만두를 위해 존재하는 말이 아닐까. 세상에는 헤아릴 수 없을 정도로 맛있는 음식이 많이 있지만, 그 어떤 음식도 허기질 때 먹는 군만두에 비할 바는 아니다.

가끔 온종일 정신없이 일만 한 것 같은 느낌이 드는 날이 있다. 집으로 가는 길, 오늘 대체 나는 뭘 한 거지? 내 삶은 과연 옳은 방향으로 가고 있는 것일까? 이런 의문과 함께 왠지 모를 열패감이 들 때가 있다. 그럴 때면 만둣집에 들른다. 집 가까운 곳에 군만두를 잘하는 곳이 있다는 것은 얼마나 다행한 일인가.

채 썬 생강 위에 간장을 넉넉하게 뿌리고 만두 하나를 젓가락으로 집어 간장에 푹 담근 다음 한 입 베어 물면 입 안 가득 퍼지는 육즙. 향긋한 생강 내음이 입천장으로 스미다가 실오라기처럼 희미하게 코끝으로 올라온다. 생강 향은 행복감을 느끼게 해주고 간장 향은 그윽한 안도감을 들게 한다.

군만두를 먹을 때마다 느낀다. 군만두 접시를 사이에 두고는 적과도 즐겁게 건배를 할 수 있을 것 같다고. 만두집을 나오며 생각한다. 인생은 짧다. 우리는 언젠가 죽는다. 오래 사는 것도 좋지만 그래도 맛있는 음식을 먹는 즐거움은 포기할 순 없다. 따끈한 군만두 한 접시를 마음껏 먹을 수 없다면 인생 따위가 뭐란 말인가.

한 잔의 맥주
한 젓가락의 두부 그리고 하나의 일

두부는 대여섯 살 때부터 먹어온 것 같다. 가장 먼저 떠오르는 두부에 관한 기억은 어머니가 반찬으로 만들어주던 양념을 올린 두부구이다. 하얀 쌀밥 위에 따끈한 두부구이 한 조각을 올리고 먹었던 것 같은데, 양념에 들어간 다진 파가 먹기 싫어 젓가락으로 골라내다 야단을 맞았던 기억이 난다. 담 너머에서 들려오던 두부 장수의 방울 소리도 희미하게나마 귓전에 남아있다. 두부 한 모를 담은 비닐봉지를 들고 집으로 돌아가던 어스름 무렵의 골목길도 머릿속에 남아있다. 이런 기억을 가지고 있다는 것은 얼마나 다정한 삶인가.

그 이후 지금까지 두부를 45년 가까이 먹어왔지만, 네모

반듯한 이 음식은 매일 먹어도 질리지 않는다. 신기한 일이다. 별다른 맛이 있는 것이 아니지만, 또 남다른 맛이 있는 것이 두부다. 두부'만' 먹어도 맛있고, 두부'를' 다른 음식과 함께 먹어도 맛있고, 두부'에' 다른 음식을 곁들여 먹어도 맛있다. 흔히들 세상에서 가장 완벽에 가까운 음식이 달걀이라고 하는데, 내 생각에는 두부 같다. 두부는 무덤덤하지만 그 속에 상냥함과 친절함을 지닌 사람 같다.

여행을 하며 지금까지 많은 두부를 맛보았지만 가장 기억에 남는 두부는 일본 사가 현 가라쓰 시의 가와시마 두부점에서 먹은 두부다. 이 집은 에도시대부터 지금까지 약 220년 동안 두부를 만들고 있다. 9대째인 가와시마 요시마사 대표와 10대째인 아들이 함께 만든다.

이 집의 대표 메뉴는 '소쿠리 두부'다. 두부를 소쿠리에 담가 물기를 뺀 것이다. 우리가 흔히 먹는 두부보다는 약간 단단한데, 고소함이 남달라 꼭 치즈를 먹는 것 같았다. 입천장에 짙은 콩 맛의 여운이 오래 남았다. 근래에 먹어본 두부 가운데 가장 두부다운 맛이었다. 우리가 쉽게 접하는 마트에서 파는 두부보다 맛이 훨씬 진했다. 더 직설적이었고 콩이라는 재료의 존재감을 확실히 느낄 수 있었다. 주인이 두부에 올리브 오일을 뿌리고 화이트 와인과 함께 먹어보기를 권해 그렇게 해보았는데 또 다른 맛이 났다. 두부가 와인과 어울리다니! 잠깐이나마 이 가게 옆에 살고 싶은 마음이 들었다.

두부를 만드는 식품회사 관계자분께는 죄송하지만, 요즘 마트에서 파는 두부는 딱히 개성이 느껴지지 않는다. 사는 곳이 신도시라 두부 가게를 찾기도 어렵다. 아마 요즘 웬만한 동네에서는 두부 가게를 찾기가 힘들 것이다. 그래서 일부러 발품을 팔아 유명한 두부 가게를 찾아다니며 아쉬움을 달래곤 한다. 소문난 두부광인 무라카미 하루키는 "맛있는 두부를 격감시키는 국가 구조는 본질적으로 왜곡된 것"이라고 어느 글에서 주장하기도 했는데, 이 말에 100퍼센트 동의한다. 우리에게는 맛있는 두부를 먹을 권리가 있다. 두부 가게에서 막 사온 김이 모락모락 나는 두부에 실파를 잘게 썰어 올리고 그윽하게 올라오는 콩 냄새를 즐기고 싶다. 만약 집에서 걸어갈 만한 거리에 도서관과 두부 가게가 있다면 그것만으로 엄청난 축복이다.

어릴 때 두부를 반찬으로 먹었다면 지금은 안주로 먹는 경우가 더 많다. 두부구이도 좋아하고, 쑥갓을 넣고 끓인 육수에 살짝 데쳐 먹는 물두부도 좋아한다. 두부전골, 대전식 두부두루치기도 좋아하는 두부 요리다.

저마다 두부를 먹는 방법이 있겠지만, 내가 두부를 즐기는 방식은 어두운 밤, 식탁에 홀로 두부 접시를 놓고 앉아 맥주를 마시는 것이다. 이것은 바쁜 일상에서 약간의 '틈'을 만드는 일과 같다. 여행을 가서 '여행 가고 싶다'는 생각을 하는 것과 비슷하다.

여행 작가인 나는 여행이 일이라서 느긋하고 여유롭게 여행을 할 기회가 적다. 무거운 카메라 가방을 짊어지고 바쁘게 돌아다녀야 한다. 카메라 가방 없이 주머니에 손을 찔러 넣고 어슬렁어슬렁 거리를 걸어보고 싶고, 노천카페에 앉아 느긋하게 커피도 마셔보고 싶고, 미술관에서 하루를 온전히 보내고 싶지만, 그건 그저 바람일 뿐이다. 조금이라도 딴청을 부리면 가이드가 팔꿈치를 잡아 끈다. 다음 장소로 이동하시죠.

그래도 이 일을 오래 하다 보니 약간의 틈을 만드는 요령이 생겼다. 신문과 잡지에 실어야 할 업무용 사진을 찍는 틈틈이 내가 찍고 싶은 사진을 찍는다. 아침 6시부터 밤 9시까지 끊임없이 일을 하는 중에서도 125분의 1초, 90분의 1초, 500분의 1초씩 내 시간을 만든다. 마음을 흔드는 장면을 만나면 숨을 멈추고 서서 살며시 셔터를 누른다.

생활에서도 마찬가지다. 출장과 마감으로 가득한 매일매일, 이 빽빽한 일상 가운데서도 내가 나를 만날 수 있는 틈을 만든다. 그것이 바로 어두운 밤, 식탁에 홀로 앉아 두부를 놓고 차가운 맥주를 마시는 시간이다.

먼저, 대접에 끓인 물을 붓고 그 속에 납작하게 썬 두부를 담는다. 3~4분 정도 지나면 두부는 딱 먹기 좋을 정도로 따뜻해진다. 두부를 꺼내 접시에 담고 그 위에 실파를 살짝 얹은 다음, 계란 간장(계란밥을 만들 때 쓰는 간장)을 뿌리면 완성. 거품이 적당히 나도록 유리잔에 맥주를 따른 후 꿀꺽꿀꺽 맥주를 마신 후 젓가락으로 두부를 투박하게 잘라 한 입 먹는다. 그 순간 '이 일도 그럭저럭 할 만하구나, 조금만 더 가보자.' 하는 마음이 김처럼 모락모락 생겨난다. 두부와 맥주가 놓인 식탁은 내 앞에 펼쳐지는 가장 평화로운 세계다. 적어도 두부를 놓고 맥주를 마시고 있는 동안에는 나쁜 일이 일어나지 않을 것 같다. 해야 할 일, 미뤄 둔 일, 하지 못한 일에서도 벗어난다.

내일부터 마감과 출장이 이어진다. 당분간 바쁜 하루가 이어질 것이다. 젓가락으로 두부 한 조각을 집으며 되뇐다. '일이 많을 땐 하나씩 하나씩.' 한 잔의 맥주, 한 젓가락의 두부 그리고 하나의 일. 인생은 차근차근 굴러간다. 우리 인생을 살 만하게 만들어 주고 매일매일의 피곤으로부터 우리를 위로해 주는 건 사랑이나 헌신, 열망 같은 거창한 명제들이 아니라 어쩌면 맥주나 두부, 토요일 오후 같은 소소한 것들일지도 모른다.

잊는다는 것만큼
멋진 일도 없죠

완주 가는 길, 봄이 완연했다. 차창을 여니 봄바람이 밀물처럼 밀려들어 왔다. 말랑말랑하고 따스한 아기 손바닥을 양 볼에 대고 있는 것 같았다. 순하고 연한 봄의 감촉. 어느 마을 입구에는 매화와 산수유, 동백이 피어 있었다. 그 앞에서 눈과 마음이 환해졌다.

소양 한옥마을에 자리 잡은 조그만 서점을 찾았다. 남쪽으로 난 창가에 꽃병을 놓고 꽃 핀 매화나무 가지 하나를 꺾어 꽂아 놓았는데, 서점에 들어서자마자 매화 향이 코끝으로 다가와 은은하게 맴돌았다.

마을 길을 걸을 때는 자주 멈춰 서야 했다. 만개한 목련과 동백과 홍매화를 그냥 지나칠 수가 없어서였다. 봄은 즐기려는 자에게만 봄이려니.

점심을 먹기 위해 찾은 어느 허름한 순두부집. 주인은 샛노란 꽃이 가득 핀 산수유 가지 하나를 벽에 넌지시 기대어 놓았는데, 그 꽃이 등불처럼 벽을 환하게 밝히고 있었다. 그 흐뭇한 장면 앞에서 미소가 저절로 번졌다. 봄은 우리 마음을 얼마나 예쁘게 만드는가, 봄은 우리 마음을 얼마나 평화롭게 만드는가. 봄에 우리 마음은 더 세심해지고 더 연해진다.

소양면에 자리한 한옥에서 하룻밤을 묵고, 다음 날 느긋하게 길을 나섰다. 갤러리 한 곳을 돌아보고 모악산 아래 자리한 로컬푸드 직매장을 찾았다. 완주는 로컬푸드가 발달한 곳으로 '로컬푸드 1번지'라고도 불린다. 매장에는 봄 들판이 키워내고 길러낸 것들로 가득했다. 냉이, 달래, 취나물, 민들레, 봄동 등이 풋풋하고 달콤한 내음을 저마다 뿜어내고 있었다. 아직 두릅은 안 나왔군. 두릅이 나와야 봄이 한창이라는 말이지.

1층을 돌아본 후 2층으로 향했다. 2층은 식당이었다. 완주에서 난 재료들로 만든 음식들이 뷔페식으로 가득 차려져 있었다. 접시를 들고 음식들을 빼곡하게 담았다. 이 음식들을 먹기 위해 어젯밤부터 시장기를 견디고 있던 참이었다. 봄과 완주 땅이 키워낸 식재료는 잎이 풍성했고 줄기가 싱싱했고 뿌리가 튼실했다. 그 재료들로 만든 음식은 코끝에서 향기로웠고 입속에서 그윽했다. 냉이무침이며 애호박볶음, 민들레김치, 도라지무침, 달래무침을 입에 넣고 천천히 씹었다. 처음에는 쌉싸름했는데, 씹을수록 단맛이 우러나와 입 안 가득 퍼졌다.

쌀밥에 봄나물 한 접시를 깨끗하게 비우고 따뜻한 보리차를 마셨다. 배가 불렀다. 간만에 느끼는 기분 좋은 포만감이었다. 매장으로 내려와 종이 박스 가득 완주의 식재료를 꾹꾹 눌러 담았다. 가까운 이들과 완주의 봄을 나눠야지.

완주에서 보낸 이틀 동안 봄 햇빛 아래를 거닐고, 봄꽃 앞에 걸음을 멈추고, 봄나물을 마음껏 먹었다. 걷고 먹는 동안 내 마음은 꽃의 만발을 허락하는 봄날의 부드러운 공기처럼 너그러워졌다. 집으로 돌아오는 길, 차창 밖으로 연초록으로 물들어가는 봄 들판이 보였다. 겨우내 얼었던 땅을 비집고 새싹이 돋아나고 있었다.

연한 초록으로 물들어 가는 봄 들판을 바라보며 이젠 용서할 수 있는 것들은 용서하자고 생각했다. 혹독한 겨울을 용서하고 싹을 틔워 내는 저 들판처럼, 누군가 내게 저질렀던 불경들을, 모함과 조롱을, 나를 엉망진창으로 만들었던 사건들을 용서하자. 용서하기 힘들다면 잊으려 애써보자. 어쩌면 잊는다는 것만큼 멋진 일도 없을 테니. 씻은 듯이 겨울을 잊고 다시 시작하는 저 봄처럼, 봄에는 이 모든 것들이 가능할지도 모른다.

이 봄의 풍경 앞에서 누군가도 나의 허물과 잘못을 용서하고 있겠지. 잊어버리려 애쓰고 있겠지. 길 저편에서 아지랑이가 피어나고 있었다.

겉으로는 잘살고 있는 것처럼 보여도 모든 존재에는 슬픔과 외로움이 깃들어 있다. 결코 극복할 수 없는 그 슬픔과 외로움을 껴안은 채 우리는 하루하루 살아간다. 아무렇지도 않은 듯, 아무렇지도 않은 듯.

시간이
우리에게서 가져가는 것

이십 대의 몇 년을 마산에서 보냈다. 산복 도로에 있는 슬레이트집 방 한 칸을 빌려 살았다. 마당에는 수도가 있었고 커다란 목련 나무 한 그루가 서 있었다. 나는 그 집에서 수동 타자기를 꾹꾹 누르며 시를 썼다.

방문을 열면 멀리 마산 앞바다가 내다보였다. 푸른 바다 위에는 커다란 컨테이너선들이 희미하게 떠 있었는데, 몇 문장을 썼다 지웠다 하고서 고개를 들면 컨테이너선은 사라지고 없었다. 시간은 그렇게 흘렀던 것 같다. 멈춰있는 것 같던 배가 조금씩 조금씩 움직이며 나아가듯, 그 시절에서 시간은 흘러 어느새 나는 여기에 당도했다. 시가 잘 풀리지 않으면, 마당으로 나와 수돗물을 벌컥벌컥 들이마시고 다시 방으로 가 바다를 보며 타자기를 누르던 그 시절이 안개처럼 뿌옇고 아지랑이처럼 아득하다.

마산에 참 오랜만에 갔다. 지인들과 함께 먹자고 떠난 1박 2일의 여행이었다. 지금 마산시는 창원시로 편입되었다. 마산이라는 이름은 창원시 마산합포구와 창원시 마산회원구라는 행정구역명 뒤에 매달려 있다.

마산역에 도착해 광장으로 나오니 오후의 햇빛이 찬란했다. 나는 잠깐 당황했다. 이제 막 사막에 도착한 펭귄처럼 멀뚱멀뚱하게 서 있었다. 이 도시가 내 찬란한 이십 대를 보낸 그 도시가 맞나 싶었다. 도시는 통째로 빛이 바랜 것처럼 보였다. 거리에는 차와 사람들이 별로 보이지 않았고 간판은 아주 오래전, 서울의 어느 변두리에서 보았던 그것들의 모습으로 매달려 있었다. 유행이 한참 지난 음식점과 주점의 간판 글씨체를 우리는 신기한 듯 두리번거리며 걸었다.

어시장으로 먼저 갔다. 마산 어시장은 세상에서 가장 싸고 신선한 회를 먹을 수 있는 곳이라고 자부한다. 믿지 않겠지만 스무 살 시절, 가난한 문청이었던 나는 삼겹살 사 먹을 돈이 없어 어시장 난전 횟집에서 전어회를 먹었다. 5,000원 짜리 전어회 한 접시를 시키면 대학생 넷이서 배부르게 먹을 수 있었다. 잡어회 모둠을 시키면 전어회는 서비스로 따라 나왔다. 물론 '쓰키다시' 같은 건 없다. 하얀 멜라민 접시 위에 놓인 당근과 오이 몇 조각이 전부였다. 우리는 젓가락으로 전어를 가득 집어 초장과 쌈장을 자기가 좋아하는 비율로 섞은 양념장에 푹 찍어 먹곤 했다.

김해에서 고등학교에 다닐 때는 오히려 고기가 더 쌌다. 나와 친구들은 떡볶이를 안 먹고 뒷고기를 먹었다. 김수로 왕릉공원 근처에 드럼통 테이블을 놓고 뒷고기와 소주를 파는 집이 많았는데, 당시의 우리는 '야자'를 마치고 집으로 가기 전 1,000원씩을 모아서 뒷고기를 사 먹곤 했다. 물론 소주도 함께.

아무튼, 우리는 어시장 한편에 자리한 밥집에서 생선국이 따라 나오는 백반으로 점심을 먹고 진해로 건너가 아주 오래된 중국집에서 볶음밥을 먹은 후, 밤에는 신마산의 통술집에서 소주와 막걸리를 마시기로 했다.

백반집의 생선국은 매콤했고 감칠맛이 좋았다.

"아주머니, 이 국에는 무슨 생선이 들어갑니까." 지인 가운데 한 명이 물었다.

주인아주머니가 대답했다.

"말도 못 하게 많이 들어가지예."

내가 설명했다.

"경상도에는 '말도 못 하게 많이'라는 생선이 있어. '말도 못 하게 많이'라는 양념도 있고, '말도 못 하게 많이'라는 채소도 있지. '말도 못 하게 많이'라는 욕도 있어."

국그릇 속에는 가자미와 장대가 넉넉하게 들어 있었다. 봄쑥과 도다리를 넣고 끓인 도다리쑥국도 나왔다. 향긋함이 '말도 못 하게' 진했다. 도다리쑥국을 안주 삼아 우리는 소주를 '말도 못 하게' 많이 마셨다.

밥집을 나와 택시를 타고 진해로 갔다. 아주 오래된 중국집이 있다고 해서 간 걸음이었다. 주인은 무뚝뚝했지만 볶음밥은 먹을 만했다. 옛날식 그대로였다. 옛날식이라고 한 건 '볶음밥이 볶음밥다웠다'는 말이다. 잘게 썬 돼지고기와 채소가 밥과 함께 잘 볶아져 접시 위에 단정하게 놓여 있었다. 밥 위에는 튀기듯 구운 계란 프라이가 존재감을 과시하며 당당하게 올라가 있었다. 우리는 볶음밥과 짜장면을 안주 삼아 빼갈을 마셨다.

밤에는 통술집에 갔다. 아주머니는 쏙(갯가재)의 껍질을 직접 까서 우리 앞에 놓아주었다. 통술은 마산의 술 문화다. 술 한 병을 시키면 안주 서너 가지가 함께 따라 나온다. 통영에서는 '다찌집'이라고 하고 사천에서는 '실비집'이라고 부른다. 우리는 늦게까지 술을 시켰는데 맨 마지막 안주로는 수육이 나왔다. "맨날 먹는 생선은 싼 기라서 첨에 나가고 술 마이 시킨 손님한테는 고기를 내지예." 아주머니가 말했다. 피날레 안주로 삼계탕을 내주는 집도 있다.

다음날 서울로 돌아오는 열차 안에서 마산이라는 도시가 사라졌다는 것이 아쉬웠다. 그런데 나는 사실, 잡어가 가득 들어간 매운 생선국과 마지막에 수육과 라면을 내주는 통술집과 고슬고슬하게 볶은 볶음밥이 점점 사라지고 있다는 게 더 아쉬웠다. 어쩌면 훗날, 아무도 이것들을 기억하지 못하고 또 못 만들어 낼 수도 있다는 사실이 약간은 서글프기도 했다.

아주 서서히, 아주 천천히, 아주 조금씩, 궤적도 없이 바다를 벗어나던 컨테이너선처럼 시간이 가고 있었다.

만지고 가질 수 있는 것만이 생활이라서

2006년 7월 1일, 프리 워커가 됐다. 8년 동안의 직장 생활을 끝낸 그날 아침, 침대를 빠져나왔지만 갈 데가 없었다. 거실에서 잠깐 서성이다 냉장고를 열어 차가운 물 한 컵을 마시고 다시 침대로 돌아와 누웠다. 잠이 오지 않아 팔베개를 하고 천장을 멍하니 바라보았다. 한동안 그렇게 있다가 책상으로 가 노트북을 켜고 무언가를 쓰기 시작했다. 그날 이후 지금까지 계속 무언가를 쓰며 살고 있다.

눈을 뜨면 하루가 시작되고 그 하루는 해야 할 일로 가득하다. 글을 쓰고 기획을 하고 미팅을 한다. 촬영을 하고 출장을 간다. 해야 할 일을 하고, 해야 할 일을 하고, 해야 할 일을 또 하는 하루. 해야 할 일을 하는 사이사이 책을 읽고 음악을 듣고 누군가를 만난다. 커피를 마시고 저녁을 먹고 술을 마신다. 그러다 보면 어느새 하루가 간다. 어둑한 저녁을 뚫고 집으로 가는 버스에 앉아 있다. 그 하루가 지나면 또다시 해야 할 일로 가득한 하루가 찾아온다. 해야 할 일과 해야 할 일 사이, 해야 하는 다른 일이 끼어든다. 해야 할 일과 해야 할 일의 사이 가끔 여행을 떠날 때도 있다.

프리 워커로 살겠다고 처음부터 마음먹었던 건 아니다. 어쩌다 보니 그렇게 됐다. (대부분 그렇지 않은가요? 의도치 않게 여기까지 온 것이 아닌가요?) 아침에 일어나 거울을 보면 '나는 왜 여기 서 있는 거지?' 하며 어리둥절한 표정을 짓고 있는 중년의 한 남자가 우두커니 서 있다.

내 일은 완벽한 문장을 만드는 것이다. 그러기 위해 끝없이 문장을 고치고 또 고치지만, 나는 지금까지 단 하나의 완벽한 문장도 만들어 내지 못했다. 그래도 매일매일 한 문장씩 한 문장씩 써 내려간다. 그것이 나의 일이니까. 그것이 내가 해야 하고, 할 수 있는 유일한 나의 일이니까.

일을 해 보니 알겠다. 잘하겠다는 생각을 버리고 일단 하는 것이 중요하다는 것을. 일단 이걸 끝내고 나서 그다음 일로 넘어가면 된다. 너무 먼 곳을 보지 않는 것이 지치지 않는 요령이다. '각자의 일을 하는 각자'에 의해 이 세상의 모든 업무는 진행되고 세상은 돌아간다. 각자의 일을 하는 과정에서 우리는 사과를 하고 사정을 하며 칭찬을 하고 격려를 한다. 아픔과 슬픔, 기쁨을 함께 나누기도 한다. 아주 간단한 이치다.

프리 워커가 된 지 벌써 16년이 됐다. 프리 워커의 생활은 회사원과 크게 다르지 않다. 회사원이 회사에 가길 싫어하듯 여행 작가도 여행 가기가 싫다. 이유는 많지만 자세한 설명은 생략하겠다. 어차피 변명으로밖에 들리지 않을 테니까.

지금은 새벽 4시다. 1박 2일 일정의 전주 취재를 위해 용산역으로 가는 첫 전철을 타기 전, 일 하나를 마무리해야 한다. 나는 왜 이 일을 하고 있을까? 이런 의문이 들 때마다, 일이 지루해질 때마다, 일이 힘들게 느껴질 때마다 2006년 7월 1일, 냉장고를 열고 마셨던 찬물 한 컵의 감각을 떠올린다. 모든 것이 불확실하고 막연하고 불안했을 때 다만 하나, 확실하고 또렷하게 다가왔던 그 감각. 내 목구멍을 따라 내려가던 찬물의 날카롭고 서늘한 느낌. 만지고 가질 수 있는 것만이 생활이라는 것을 알게 해주었던 찬물 한 잔의 분명함, 그리고 단호함.

내일에 대한 기대같은 건 하지 않는다. 내일이 된다고 해서 극적으로 바뀌는 삶은 없다. 그것보다는 구체적인 일정표와 계획, 5킬로미터 달리기, 하루 3매의 글쓰기가 인생을 더 나은 방향으로 이끈다고 믿고 있다. 언젠가 완벽한 문장을 쓸 날이 올 것이라 믿으며 잔물 한 컵을 마신다.

•

딱히 이룬 것은 없지만
특별히 후회되지도 않습니다

시간이 어떻게 가는지 모르겠다. 이런저런 자료를 정리하다 보니 얼음이 녹아내리듯 주말이 사라져 버렸다. 사진을 백업받아 폴더별로 분류하고, 읽었던 책을 에버노트에 서머리하고, 구글 캘린더를 체크하며 다음 주 일정을 챙겼다. 아이 클라우드의 사진과 구글 드라이브도 정리했다. 어수선하고 바빴던 주말이었다.

주말에 면을 먹지 않으면 주말 같지 않고, 주말에 빈둥대지 않으면 뭔가 손해를 본 것 같다. 젊었을 때는 빈둥거리는 것 자체가 싫었다. 주말도 바빠야 했다. 그러지 않으면 시간을 낭비하고 있는 것 같았고 의미 없는 인생을 사는 것처럼 느껴졌다. 지금은 다르다. 어느덧 중년이 되었다. 놀 땐 놀아야 하고, 일해야 할 때도 대충하는 것이 좋은 나이가 된 것이다. 딱히 이루어 놓은 것도 없지만, 그렇다고 딱히 거기에 대해 후회가 되지도 않는다. 사는 게 원래 그런 거지 뭐.

음식에 대해서도 관대해졌다. 음식을 앞에 두고 좋다 나쁘다, 맛있다 맛없다를 따지고 싶지 않다. 맛있는 음식을 먹으면 좋지만, 맛없는 음식을 먹을 때도 있는 거지 뭐. 다른 사람의 취향도 존중한다. 그냥 함께 맛있게 먹고 싶다. 남의 인생을 함부로 재단하고 평가하는 것이 옳은 일이 아니듯 음식 역시 마찬가지라는 생각이 든다. 우리는 음식을 먹으며 살아가는 것이지 평가하며 살아가는 것이 아니다.

오늘 오전 전남 화순 운주사에 대한 원고를 넘기고 손바닥을 탁탁 털며 창밖을 보다가 '아, 벌써 가을이구나.' 하는 생각이 들었다. 운주사의 가을에 대한 원고를 썼는데 나는 가을이 지나가는 것을 눈치채지 못하고 있었다니. 목덜미에 감기는 바람의 감촉이 서늘하다. 곧 11월이 될 것인데, 그 무렵이면 내가 사는 도시는 이미 겨울이 접어든다.

문득 뭔가 따뜻하고 부드러운 음식이 없을까 하는 생각이 들었다. 콩나물국밥, 미역국, 소고기뭇국? 미역국에 살짝 마음이 흔들렸지만 오늘 같은 날씨에 어울리지 않는다. 뭘 먹을까 고민하다가 머릿속에 떠오른 음식은 예상 외로 수프다. 은은하면서도 향긋하고 고소한 버터 향이 은근히 올라오는 수프 한 접시. 병아리 색의 따뜻한 수프 한 숟가락을 입에 떠 넣으면 이 가을날이 행복할 것 같다.

여기는 서울 응암동에 자리한 옛날식 돈가스집이다. 전형적인 한국식 돈가스를 낸다. 돈가스라는 음식은 참 희한하다. 유럽에서 시작해 일본을 거쳐 한국으로 들어와 이제는 한식이 되었다. 짜장면처럼 말이다.

송아지 갈빗살 또는 엉덩이 살을 두드려 튀긴 오스트리아의 슈니첼이 커틀릿으로 일본으로 전해져 일본화 됐고, 이 음식이 다시 한국으로 건너와 돈가스가 됐다. 일본화 되는 과정이 재미있다. 포크와 나이프 대신 젓가락으로 집을 수 있도록 적당한 크기로 썰어져 접시에 담겼고, 그레이비 풍 소스 대신 간장 소스가 뿌려졌다. 옆에는 일본인이 좋아하는 양배추를 채 썰어 곁들였다. 이것이 일제강점기를 거치며 '경양식'이라는 이름으로 한국으로 건너왔다.

돈가스집을 돈가스집이라고 하면 맛이 없다. 경양식집이라고 해야 더 맛이 나는 것 같다. 경양식은 이름 그대로 '가벼운 양식'이다. 피가 묻어나는 스테이크를 써는 것이 아니라 기름에 튀겨 나온 빵가루 묻힌 돈가스를 먹는 집인 것이다.

이런저런 생각을 하는 동안 수프가 나왔다. 깍두기와 피클도 함께 나왔다. 돈가스도 돈가스지만, 나는 수프가 나오는 이 순간이 너무 좋다. 히레가스를 파는 일본식 돈가스집에서는 이 수프를 맛볼 수가 없다. 한국식 돈가스를 파는 경양식집에서만 사기그릇에 담겨져 나오는 수프를 맛볼 수 있다.

코를 가까이 대고 냄새를 먼저 맡는다. 부드러운 버터 향이 콧속으로 스민다. 전형적인 한국식 수프다. 해외 취재 여행을 하며 레스토랑에서 수프를 많이 먹었지만 그래도 나는 이 한국식 수프가 너무 맛있다. 수프 냄새를 맡고 있으면 목까지 오는 따뜻한 스웨터를 입고 난로 옆에 앉아 있는 것만 같다. 된장국 냄새를 맡을 때와는 또 다른 느낌이다. 한 숟가락 떠서 맛을 본다. 혀를 부드럽게 감싸며 입 안 전체로 퍼지는 수프의 질감. 어릴 때는 이 수프 맛이 너무나 좋았다. 수프를 먹고 있노라면 평온하고 다정한 세계에 와 있는 듯한 기분이 들었다.

처음 경양식집에 갔던 때를 생생하게 기억한다. 아마도 초등학교 1학년 때였을 것이다. 아버지 친구분이 하시던 집이었는데 홀에는 고풍스러운 원목 식탁과 의자가 놓여 있었다. 식탁 위에는 두꺼운 유리가 깔려 있었고 레이스로 장식한 새하얀 테이블 매트가 놓여 있었는데, 그 위에는 하얀 냅킨으로 꽁 꽁 싸맨 포크와 나이프가 얌전하게 올려져 있었다. 독수리표 또는 인켈 오디오의 스피커에서는 아마도 〈아드린느를 위한 발라드〉가 흘러나오고 있었겠지.

지금 그 가게 이름은 잊어버렸다. 아버지 친구분은 사업을 하다 망하고 경양식집을 차렸는데, 아주머니가 주로 가게를 운영하시고 아저씨는 아버지와 함께 매일 낚시를 하러 다녔다. 결국 그 경양식집도 접고 나중에는 스포츠용품인 아식스 대리점을 했다. 그래서 나는 그분을 '아식스 아저씨'라고 불렀다. 아식스 아저씨는 언제나 색이 옅게 들어간 선글라스에 새하얀 아식스 추리닝을 아래위 한 벌로 갖춰 입고 다니셨다. 게다가 그 추리닝은 주름이 칼같이 잡혀있었다. 왜 츄리닝에 주름을 잡았을까. 그런데 그때는 그 모습이 얼마나 멋있어 보이던지.

아무튼 그 경양식집에는 돈가스와 비후가스, 함박스텍이 있었다. 하얀 접시 위에는 빵가루를 입혀 바삭하게 튀긴 고기가 올라가 있었고 그 위에는 달짝지근하면서도 찐득한 소스가 뿌려져 있었다. 옆으로는 마카로니 샐러드와 채 썬 양배추 샐러드, 단무지가 놓여 있었다. 그리고 빵으로 할래? 밥으로 할래? 어린 나이에는 당연히 빵이었다. 빵으로 주세요. 그런데 접시 위에는 항상 빵과 밥이 같이 담겨 나왔다. 둘 다 먹어.

거기서 수프라는 음식을 처음 먹었다. 세상에, 이런 음식이 있다니! 밥상에 오르던 액체라고는 시래깃국과 된장국, 미역국, 숭늉만 알던 내게 수프는 딴 세상 음식이었다. 주말 〈명화극장〉에서 촛불이 은은하게 켜진 식탁에서 금발의 아이들이 먹던 그 음식이었다. 아식스 아저씨가 물에 가루를 풀어 만들었는지, 육수를 내고 버터를 넣어 직접 만들었는지는 모르겠다.

수프 한 숟가락을 떠먹고 빵을 조금 떼어서 먹고, 밥 한 숟가락을 먹고 수프 한 숟가락을 먹었다. 그리고 깍두기 하나를 집어 먹었다. 수프가 줄어드는 것이 아까웠다. 조금씩 아껴 먹으며 돈가스가 나올 때까지 기다렸다. 그리고 돈가스가 나오면 돈가스를 정성스럽게 썰어 수프에 찍어 먹었다. 돈가스를 먹은 다음에는 밥 한 숟가락을 떠서 수프에 살짝 찍어 먹었다. 돈가스가 나오기 전 수프를 다 먹어야 한다는 룰이 있다는 것을, '비후가스'의 '비후'가 비프라는 것을, '함박스텍'이 '햄버그 스테이크'라는 것을 중학교에 가서야 알았다. 초등학교에 다니는 동안 경양식집에서 돈가스를 먹은 게 통틀어 서너 번은 될까? 시내에 있는 중학교에 진학해서야 시내 사는 친구들은 이걸 매주 먹고 살았다는 걸 알고서 분노에 차 입술을 부르르 떨었다.

요즘은 돈가스가 나오기 전 수프를 다 먹는다. 어른이니까. 수프 한 그릇(접시가 아니다)에 연연해하지 않는다. 더 시키면 되지 뭐. 하지만 굳이 그렇게 하지 않는다. 수프는 한 그릇이 제일 맛있으니까. 자, 이제 돈가스가 나왔다. 하얀 접시 위에 먹음직스럽게 튀겨진 돈가스가 올라가 있고 그 옆으로 양배추 샐러드와 마카로니, 동그랗게 뭉친 밥 그리고 풋고추가 있다. 풋고추 옆에는 쌈장도 한 숟가락 떠 놓았다.

아실는지 모르겠지만, 돈가스가 처음 나왔을 때는 접시 위에 풋고추를 올려주던 집도 있었다. 아식스 아저씨의 라이벌 경양식 집이 있었는데 거기도 풋고추를 담아줬다. 아식스 아저씨의 경양식 집도 처음엔 풋고추를 돈가스 옆에 담아냈지만, 아식스 아저씨가 청양고추를 먹고 너무나 매운 나머지 기절까지 해서 응급실에 실려간 이후 풋고추를 내지 않는다고 들었다. 아버지한테 들었으니 이건 엄연한 사실이다.

포크로 돈가스를 누르고 나이프로 가장자리를 자른다. 가장자리에는 소스가 덜 묻었다. 가장 바삭한 부분이자 내가 제일 좋아하는 부분이다. 돈가스를 입으로 가져가며 이런 음식이 이젠 '추억의 음식이 되었구나' 하는 생각을 했다.

얼마 전 티브이를 볼 때였다. 열두 살 난 딸에게 "오랜만에 무한도전 보게 좀 MBC 좀 틀어 봐." 하고 말했더니 이상한 눈으로 바라보았다. "무한도전 끝난 지가 언젠데." 아, 무한도전이 끝났구나. 그때 깨달았다. 세월은 나 몰래 야금야금 시간을 흘려보내고 있었다는 것을. 하기야 티브이에 USB를 꽂으면 영화를 볼 수 있다는 것도 지난해에 알았다. 그렇다고 산속에서 혼자 살아가는 자연인처럼 사는 것이 아니다. 넷플릭스도 보고, 애플 뮤직으로 음악도 듣고, 줌 강의도 하고, 클라우드로 데이터를 동기화하며 원고도 쓴다. 다만 내가 관심이 없는 일에 관심을 싹 거두고 내가 좋아하고, 하고 싶고, 해야 하는 일에만 눈길을 줄 뿐이다.

오랫동안 인생을 지나왔다. 뒤돌아보니, 돌이킬 수 있는 일은 하나도 없다. 후회만 잔뜩 쌓여 있다.

앞으로는 과거형 문장을 더 자주 말하며 살게 될 것이다. 예전엔 돈가스를 시키면 밥으로 하실까요, 아니면 빵으로 하실까요 하고 물었단다. 쌈장에 풋고추가 돈가스 접시 위에 놓이기도 했단다. 돈가스집에서는 돈가스가 나오기 전 수프를 먼저 내주었단다. 그런 시절이 있었단다.

수프는 사라지지 않았으면 좋겠다. 따뜻한 스웨터 같은 이 음식의 감촉을, 포근함을, 온기를, 다정함을 사람들이 영원히 좋아하고 즐겼으면 좋겠다.

사랑하는 건
가까운 곳에 다 있으니까

짜장면을 아주 좋아한다. (설마, 짜장면 싫어하는 사람은 없겠죠?) '짜장'이라고 발음만 해도 기분이 좋아진다. 여행 작가로 한창 세계 이곳저곳을 떠돌아다닐 때, 밥과 김치, 된장찌개 같은 한국음식은 한두 달 정도 안 먹어도 괜찮았다. 파스타, 햄버거, 샐러드, 샌드위치만 먹고도 너끈히 버틸 수 있었다. 하지만 짜장면은 정말이지 먹고 싶었다. 나무젓가락을 톡 쪼개 두 손으로 짜장면을 쓱쓱 비빌 때 올라오는 고소하면서도 달짝지근한 짜장 소스의 향이 너무도 그리웠다. 입 안 가득 면을 밀어 넣고 먹다가 시큼한 식초를 뿌린 노란 단무지 하나를 집어 먹고 싶어 잠들지 못한 게스트하우스에서의 밤들. 짜장 컵라면이라

도 챙겨올 걸 하고 후회한 적이 많았다.

삼십 대 초반, 라오스와 베트남을 오토바이를 타고 여행할 때가 있었는데 그때 가장 먹고 싶었던 음식이 짜장면이었다. 그러다가 라오스 북부, 중국과 맞닿은 국경 지역에서 짜장면과 비슷한 음식을 맛보게 되었다. 진한 갈색의 콩 소스를 칼국수 면과 비슷한 넓적한 면 위에 부어서 비벼 먹는 음식이었는데, 아마도 짜장면의 원형이 있다면 이것과 닮지 않았을까 하고 생각했다. 지금은 그 맛도 이름도 잊어버렸지만 그걸 먹고 아주 행복했던 느낌이 들었던 것만은 생생하게 기억한다. 사진이라도 찍어둘걸.

짜장면에 관한 가장 오래된 기억은 초등학교 3학년 때다. 목욕탕 입장료가 600원이었던 걸로 기억한다. 짜장면 한 그릇값은 300원이었다. 시골에 살던 나는 일주일에 한 번 친구들과 시내에 있는 목욕탕에 갔는데, 사실 목욕을 하러 갔다기보다는 짜장면을 먹으러 갔다는 것이 맞다고 해야 할 것이다. 그때는 어머니께서 주신 천 원짜리 한 장으로 시내버스 요금과 목욕비, 짜장면값을 해결할 수 있었다.

이젠 짜장면 한 그릇의 가격이 6천 원이다. 7~8천 원 하는 곳도 있다. 가격이 20배 가까이 뛰었다. 세월이 많이 흘렀군. 그 사이 머리는 희끗희끗해졌고, 원고를 쓸 때는 모니터용 안경을 따로 써야 하고 오래 운전을 하면 팔목이 저리는 나이가 됐다. 하지만 짜장면을 좋아한다는 사실은 40년 동안 변하지 않았다. 지방으로 출장을 가면 그 동네 유명한 중국집을 알아보고 꼭 가보려고 한다. 이곳저곳 다니며 짜장면을 참 많이도 먹었다. 춘장 소스에 양파와 돼지고기를 넣어 볶아 면 위에 부어내는 아주 단순한 요리. 고작해야 짜장면 한 그릇이지만 신기하게도 그 맛이 다 다르다.

개인적으로 짜장면과 백반 같은 음식에 큰 의미를 부여하는 건 좋아하지 않는다. 그래 봐야 5, 6천 원짜리 짜장면 한 그릇이고 7, 8천 원짜리 백반이다. 맛있게 먹고 나오면 기분이 좋고, 맛이 없더라도 한 마디 불평으로 마무리해도 괜찮은 음식들이다. 전복을 넣거나 트뤼플 가루를 뿌려 비싸게 받아도 '에이, 짜장면 한 그릇이 왜 이리 비싸.' 하고 속으로 투덜대면 그뿐이고, 맛있게 먹었으면 '와, 짜장면을 이렇게 만들 수도 있군.' 하며 즐겁게 먹으면 된다. 그래도 짜장면은 너무 비싸지 않았으면 좋겠다. 그냥 짜장면다웠으면 좋겠다. 가격도 어느 정도 싼 게 좋다. 그러면서도 나름대로 고집을 지키고 주인이 만들었으면 좋겠는데……. 이렇게 써놓고 보니 말이 많은 것 같습니다만.

오늘 찾은 집은 마포에 있는 수타 짜장으로 유명한 중국집이다. 60년 가까운 전통을 자랑한다. 들어서니 카운터에서 주인아주머니가 기분 좋은 목소리로 반긴다. 어서 오세요. 전형적인 중국집 분위기다. 빨간색 인테리어가 돋보인다. 짜장면은 이런 중국스러운 분위기에서 먹어야 더 맛있다.

먼저 메뉴판을 본다. 어차피 짜장면을 먹을 테지만 그래도 음식점에서 메뉴판 읽는 재미를 포기할 순 없는 일. 손 짜장면, 옛날 손 짜장, 간짜장, 우동, 짬뽕, 기스면, 삼선짬뽕, 볶음밥, 잡채밥, 탕수육, 양장피, 고추잡채, 유산슬, 샥스핀, 깐쇼새우 등이 있다. 군만두가 있는데 '손 군만두'라고 써 둔 것이 '우리는 만두를 직접 만듭니다.' 하고 강조하고 있는 것 같다.

짜장면 마니아로서, 짜장면과 짬뽕 사이에서 망설이는 일은 절대 없다. 주저 없이 짜장면을 선택한다. 하지만 사이드 메뉴로 군만두를 시킬까, 볶음밥을 시킬까 하는 갈등은 한다. 사이드 메뉴로 볶음밥이라니! 하는 분들도 계실 테지만, 이건 순전히 개인의 취향이다. 혼자 와서 짜장면을 먹으며 볶음밥을 한 숟가락씩 먹는 건 아무래도 그림이 좀 이상하다. 혼자 앉아 짜장면과 군만두를 먹는 건 아무 이상 없는 그림이지만 혼자 앉은 중년의 남성이 짜장면과 볶음밥을 번갈아 먹는 그림은 뭔가 어색하다. 볶음밥은 4명이 중국집 갔을 때 짜장 둘, 짬뽕 둘을 시키고, 볶음밥 하나를 더 주문한 다음 중간에 두고 한 숟가락씩 먹는 용도다.

"여기 옛날 손 짜장 하나랑 군만두 하나 주세요." 주문을 하고 주방 쪽을 본다. 흰색 티셔츠를 입고 앞치마를 두른 면장이 커다란 나무 도마 위에 밀가루 반죽을 쳐대고 있다. 반죽 덩어리는 점점 면 모양이 되어 가더니 가느다란 면발로 바뀐다. 그리고 은은하게 풍겨 나오는 춘장 볶는 냄새. 10여 분쯤 지나 짜장면이 먼저 나왔다. 짜장 소스의 고소한 냄새가 코끝을 스친다. 소스 속에는 넓적하게 썬 양파와 커다란 양배추가 보인다. 큼지막하게 썬 감자도 들어가 있다. 잘게 다진 돼지고기도 넉넉하게 들어갔다. 아, 보기만 해도 먹음직스럽다. 군침이 꿀꺽 넘어간다.

첫 젓가락은 최대한 많이 집어 입 속으로 밀어 넣는다. 부드러운 면을 씹는 기분이 좋다. 돼지고기도 기름진 맛을 뿜어내고 양파와 양배추에서 나오는 자연스러운 단맛이 입 안에 가득 감돈다. 아, 맛있다. 간짜장도 좋지만 수타 짜장은 수타 짜장만의 매력이 있다. 식초를 듬뿍 친 단무지도 한입 크게 베어 문다. 그리고 감자 하나를 집어 맛본다. 초등학교 때 목욕탕을 나와 먹던 짜장면 맛이 이랬을까. 그땐 짜장면 맛을 알았을까, 아니 어쩌면 그때가 지금보다 진짜 짜장면 맛을 더 잘 알았는지도 모른다. 짜장면을 진정 사랑했을 때니까. 세상의 모든 짜장면을 맛있게 먹을 때니까.

군만두도 나왔다. 노릇하게 튀겨진 군만두 8개가 바람개비 모양으로 흰 접시 위에 올라 있다. 중국인들은 숫자 8을 좋아해 만두 8개를 내주는 집이 많다. 맥주를 시킬까 말까. 에잇, 이런 걸로 고민하다니. 당연히 시키는 거지. 프리랜서의 특권 아니겠어. 오후 2시 중국집에서 짜장면과 군만두를 앞에 두고 시원한 맥주 한 잔 마시는 것. 맥주 한 모금에 군만두 한 입, 짜장면 한 젓가락에 맥주 한 모금. 시간은 느리게 흐르고 입술에 짜장의 달짝지근한 맛과 군만두의 기름진 맛이 맴돈다. 행복한 2시의 점심이다.

해외 취재를 가지 못한 지가 벌써 3년이나 됐다. 뉴욕과 케냐 세렝게티, 아이슬란드, 조지아, 남극을 여행하려던 계획을 접었다. 일본 후쿠오카의 식당을 사진에 담으려 취재를 몇 번 다녀왔고 후속 취재도 해야 했지만 그 계획도 깨끗하게 포기했다.

대신 강릉과 속초, 화천, 의성, 하동, 부산, 강진, 제천 등을 여행했다. 자작나무 숲을 트레킹했고 바다에서 카약을 탔다. 호수가 내려다보이는 숙소에서 안개 가득한 아침을 맞았고 아주 오래된 두붓집에서 두부를 구워 먹기도 했다. 자유로를 끝까지 따라가면 철책선 앞에 조그마한 카페가 우두커니 서 있다는 것도 알게 됐다.

기회가 되면 뉴욕과 세렝게티, 아이슬란드, 조지아, 남극

엘 가려 할 것이다. 하지만 굳이 안 가도 된다. 못 가도 그뿐이다. 그렇지만 이 땅의 숲 여행은 더 해보고 싶고 이 땅의 오래된 중국집을 모조리 가보고 싶은 마음은 있다. 코로나를 겪으며 여행은 먼 곳이나 가까운 곳이나 똑같고, 내가 진정으로 사랑하는 것은 가까운 곳에 다 있다는 걸 알게 됐으니까.

짜장면은 다 먹었지만 만두는 반을 남겼다. 배가 너무 불렀다. 맛있는 음식을 먹고 나니 기분이 좋아졌다. 그래봐야 짜장면 한 그릇에 군만두 한 접시지만 그래도 이 한 그릇에 사람 마음이 이토록 흡족해진다. 행복이란 게 별것 있나. 마감 끝낸 후 짜장면 한 그릇이면 된다.

조금 더 너그러워지면
조금 더 즐길 수 있습니다

어제는 옆 동네 분식집에서 점심을 먹었다. 왠지 김밥이 맛있을 것 같아 불쑥 들어갔다. 조그만 탁자 3개가 놓여 있는 실내는 여느 동네 분식집의 모습과 크게 다르지 않았다. 벽에는 종이로 만든 메뉴가 커다랗게 붙어 있었는데 '직접 빚은 철판 만두'도 있었다. 만두 마니아로서 그냥 지나칠 수는 없는 일. 김밥 한 줄과 만두 한 접시를 주문했다. 아주머니는 김밥을 말고 아저씨는 만두를 구웠다. 먼저 나온 육수 그릇을 홀짝이며 음식이 나오기를 기다렸다. 직접 우려낸 육수는 멸치 맛이 진했다. 육수 맛을 보는 순간 이 집 음식이 괜찮을 거란 예감이 들었다. 지금까지의 경험에 비춰보았을 때, 육수를 잘 내는 집은 음식 맛도 대부분 좋다. 맛있는 음식을 만드는 방법은 의외로 간단하다. 좋은 육수와 신선한 재료, 이 두 가지만 있으면 웬만한 음식은 다 맛있게 만들 수 있다.

김밥과 만두가 나왔다. 김밥은 보기에 평범했지만 맛은 겉모습과 달랐다. 단무지, 달걀, 볶은 당근 등 속재료는 크게 다르지 않았지만 그것들이 어울려 빚어내는 맛은 비범했다. 그래, 이게 바로 김밥의 묘미라는 거지. 평범함 속의 비범함.

만두는 기대와는 다른 맛이었다. (그렇다고 맛이 없었다는 건 아닙니다.) 노릇하게 구워져 나온 커다란 만두는 보기에도 먹음직스러웠다. 간장에 살짝 찍어 한입 베어 물었는데, 아차 고기와 두부, 부추가 들어있기를 바랐지만 속에는 당면이 꽉 차 있었다. '아, 맞다 여긴 분식집이지' 하는 생각이 들었고 나는 만두를 즐겁게 먹었다. 중고등학교 시절엔 학교 앞 분식집에서 친구들과 이런 만두를 줄기차게 먹어댔다. 이 집은 안타. 생각보다 괜찮은데.

며칠 전에는 작업실 주변에 있는 인도 커리를 파는 집에서 점심을 먹었다. 아주 오래전에 생긴 집인데 언젠가 한 번 가봐야지 하고 생각만 하다가 어쩌다 그날 가게 됐다. 커리와 난으로 이루어진 점심 세트 메뉴를 주문했는데 인도 커리라고 하기엔 너무 달았고 향도 밋밋했다. 주변 사무실에서 근무하는 직장인의 입맛에 맞춘 것 같았다. 2루수 앞 땅볼.

어느 날은 짜장면이 먹고 싶어 인터넷을 검색하다가 어느 유명 개그우먼이 극찬했다는 '돌짜장'을 파는 식당이 집 가까이 있다는 걸 알게 됐다. 뜨거운 돌판 위에 짜장면을 올려주는 집이었다. 짜장면에는 차돌박이와 새우, 오징어가 푸짐하게 들어있었다. 흔히 먹는 짜장면과는 약간 다른 비주얼, 많이 다른 맛이었다. 내 입맛에는 맛있다고 할 수는 없었지만(맛은 지극히 주관적이라고 생각합니다), 그럭저럭 수긍할 만한 맛이었다. 음, 이런 맛이 있을 수도 있겠군. 내야 안타.

얼마 전 부산 취재 중 대신동의 어느 돼지국밥집엘 가게 됐다. 대신동은 서울의 종로처럼 오래된 동네다. 관광객들에겐 알려지지 않은 맛있는 집들이 골목골목 숨어 있다. 그날 찾은 돼지국밥집도 그런 집이었다. 자리에 앉자 앞치마를 두른 주인아주머니가 깍두기와 배추김치, 양파와 풋고추, 새우젓, 부추무침이 담긴 접시를 탁자 위에 툭 툭 내려놓고는 다시 주방으로 돌아갔다. 경상도에 왔다는 게 실감이 났다. 홀에서 내부가 훤히 들여다보이는 주방에는 돼지고기 육수가 담긴 커다란 솥이 뿌연 김을 뿜어내며 끓고 있었고, 한쪽 옆엔 삶은 돼지고기가 가득 올려진 커다란 나무 도마가 놓여 있었다. "돼지국밥 세 개 주세요. 하나는 따로로 주시구요." 주방에서 주인아주머니의 목소리가 들려왔다. "따로는 아가(애가) 묵을라 꼬예?(먹을 거예요?)"

국밥이 나왔다. 뽀얀 국물 속에는 머리 고기와 앞다릿살 등 다양한 돼지고기 부위가 푸짐하게 담겨 있었다. 비계가 적당하게 붙은 고기는 보기만 해도 먹음직스러웠다. 아이의 국을 식히기 위해 숟가락으로 국물을 저어 보는데, 아이의 뚝배기에는 먹기 좋은 살코기만 가득 담겨 있었다. 부드러운 목살 부위인 것 같았다. 주인이 아이의 국밥에는 일부러 살코기만 골라 넣어준 것이다. 아이는 국물에 밥을 조금 말고 살코기를 건져 소금에 찍어 먹으며 말끔하게 한 그릇을 비웠다. 홈런.

되도록 한 번 간 집에는 가지 않으려고 한다. 인생은 짧고 우리가 가야 할 식당은 많으니까. 점심시간만 되면 나는 이 집 설렁탕은 어떤 맛일까, 저 집 김치찌개는 어떤 맛일까 궁금해진다. 삼진 아웃, 병살타, 외야플라이……. 실패할 때가 더 많지만 뭐 어쩌랴, 시도에는 실패가 따르는 법이니까.

다행인 건 내가 음식에 까다로운 사람이 아니라는 것이다. 이런 맛도 있군. 그럴 수도 있겠어. 놀라운 맛인데. 이 음식은 재미있군, 좋은 경험이었어. 이러면서 식당 문을 나선다. 그리고는 맛 같은 건 금방 잊어버린다. 대충 톺아보니 나의 '맛집 타율'은 2할 9푼에서 3할 1푼 사이에서 왔다 갔다 하는 것 같다. 이만하면 꽤 괜찮은 타자 아닐까?

뭐 어쨌든, 지나간 끼니는 잊고 다음 끼니를 기대합시다. 지나간 끼니는 다시 돌아오지 않으니까요. 다음 끼니를 향해 출발. 조금 더 너그러워지면 조금 더 즐길 수 있는 것이 인생 아니겠습니까.

상처는 입지 않으려 애쓴다고 입지 않는 것이 아니다. 그것은 자동차 사고와 같다. 내가 아무리 조심하더라도 모퉁이에서 갑자기 튀어나오는 차를 피할 수는 없는 것처럼, 피할 수 없는 불행이라는 게 세상에는 분명 존재하는 것이다. 그 무렵의 나는 여행을 하며 이런 인생살이를 조금씩 배워가는 중이었다.

경험이 쌓여
지혜가 되는 거죠

오이지무침, 깍두기, 코다리조림, 멸치볶음, 파래무침, 콩자반, 김무침, 신 김치, 깻잎장아찌……. 이 음식들은 식당에 가면 대부분 기본 반찬으로 나오는 것들이다. 두루치기나 김치찌개, 고등어구이 등을 시켜놓고 소주나 막걸리를 마시는 선술집에 가면 자리에 앉자마자 이 반찬들이 테이블 위에 먼저 깔린다. 술꾼들은 안주가 나오기 전 이것들을 집어 먹으며 술 한 병쯤은 비우게 마련이다. "이 집 오이지무침은 정말 최고야." "크으, 이 집 깻잎장아찌가 간간한 것이 여간 맛난 것이 아니야." "이 집 코다리조림만 있으면 소주 한두 병은 너끈하게 비운다니까." 오히려 메인 안주는 찬밥 신세다. 젓가락이 가는 둥 마

는 둥 한다.

나이가 들면 입맛이 변한다고 하더니 맞는 것 같다. 어릴 적 입에 넣기가 두렵던 마늘종 장아찌가 이제는 없어서 못 먹는 음식이 됐다. '실뭉치 같은 이걸 도대체 무슨 맛으로 먹는 것일까?' 하는 생각이 들던 파래무침이 먹고 싶어 겨울이 어서 오길 기다린다. 흐물흐물한 가지의 식감이 그렇게 싫었건만 여름이 끝나갈수록 가지가 끝물인 것이 아쉽기만 하다. 대학생이 된 아들과 곰탕을 함께 먹다가 파를 건져내지 않는 것을 보고는 '녀석, 이제 어른이 다 됐구나.' 하는 생각이 들기도 한다.

미역줄기볶음을 놓고 홀로 막걸리를 마시는 날이 가끔 있고 김무침을 놓고 싸구려 와인을 홀짝이는 날도 있다. 괜히 마음이 울적한 날, 뭘 만들어서 술 한잔할까, 계란 프라이라도 하나 해볼까 하며 냉장고 속을 뒤적이다가 멸치볶음이 든 반찬 용기를 보고는 '에이, 이거면 됐지.' 하며 접시에 몇 젓가락 덜어 식탁 위에 놓는다.

서울 다동에 자리한 부민옥은 오랜 단골이다. 1956년 문을 연 노포다. 양무침과 육개장, 양곰탕으로 유명하다. 양무침과 육개장을 좋아하지만 이 집에서 내가 제일 좋아하는 음식은 멸치볶음이다. 자리에 앉으면 깍두기, 김치와 함께 기본으로 나오는 반찬인데 매콤달콤한 이 멸치볶음 한 접시를 놓고 막걸리 한두 병은 가볍게 비운다.

오늘은 부민옥에서 H라는 청년과 약속이 있다. 오후 5시에 만나기로 했는데, 30분 일찍 도착했다. 우선 막걸리 한 병을 시킨다. 김치와 깍두기, 멸치볶음이 함께 나온다. 선짓국도 한 그릇 따라온다. 아주머니께서 안주 삼아 먹으라고 그냥 내주신 것이다. 감사합니다. 역시 약속은 조금이라도 일찍 도착하는 것이 좋다. 뭔가 좋은 일이 생기거든.

H를 안 지는 오래됐다. 십여 년 전에 여행을 좋아하는 대학생들을 상대로 강연을 한 적이 있는데 H는 그 강연을 들었던 학생이다. 세월이 흘러 그는 어느새 책 두 권을 낸 작가가 됐다. 대학 졸업 후 공부를 계속해 독일에서 학위를 받고 지금은 NGO에서 일하고 있다. 오늘은 강연 이후 처음 만나는 자리인데, 작가와 학생으로 만났다가 이제는 작가와 작가로 만난다.

독자와 세월을 같이 보낸다는 건 기쁜 일이다. 몇 해 전, 《밤의 공항에서》를 펴내고 동명의 전시회를 열었는데, 한 독자가 와서 이렇게 말했다. "결혼하기 전 작가님의 책을 읽고 위로를 많이 받았는데 이제는 두 딸의 엄마가 되었답니다. 작가님의 글도 첫 책을 냈을 때와 지금은 많이 달라졌어요. 이번 책을 읽으며 작가님 역시 저와 같은 나날을 보내며 인생을 살고 있다는 걸 느꼈어요. 작가님과 같이 길을 걸으며 이야기한다는 생각이 들어 기뻤어요." 그는 또 이렇게 덧붙였다. "저와 함께 나이가 들어가는 작가님이 있어 행복하답니다." 나 역시 그렇다. 나와 함께 세월을 보내는 독자가 있어 기쁘고 행복하다.

H가 도착해 우리는 선짓국과 양무침을 사이에 두고 막걸리를 마셨다. H는 양무침을 처음 먹어보는데 맛있다고 했다. 우리는 이런저런 이야기를 나눴다. 일에 대해, 사랑에 대해, 인생에 대해서 이야기를 나누는 동안 우리는 자주 막걸리 잔을 비웠고 젓가락으로 양무침을 집어 먹었다.

술을 마시며 쓸데없는 말을 많이 한 것 같다. "경험이 제일 중요한 것 같아요. 나이가 들어보니 경험보다 더 훌륭한 선생은 없는 것 같아요." 내가 그에게 말했다.

겪지 않으면 제대로 배우기가 어렵다. 나는 지금 조그만 일을 하나 하고 있는데, 처음 시작했을 때는 마냥 잘 될 줄만 알았다. 남들이 하는 실수는 하지 않을 줄 알았지만, 어느 날 내가 그 실수를 고스란히 하고 있다는 것을 알게 됐다. 일을 해가며 '이건 겪지 않을 수가 없는 것이구나, 직접 겪어 봐야 알 수 있고, 이걸 겪어야만 다음 단계로 갈 수 있구나.' 하는 것을 깨달았다. 이번에 겪지 않으면 언제가 겪게 되는 일이 꼭 있다는 것도 알게 됐다. 그럴 거면 지금 겪는 게 낫겠다는 마음으로 열심히 하고 있다. 아마도 이런 경험이 차곡차곡 쌓여 지혜가 될 것이다.

저녁이 되자 어느새 자리가 가득 찼다. 부민옥에 오는 손님들은 대부분 나이 지긋한 아저씨와 노인들이다. 가끔 건너편 테이블에서 "나 때는 말이야!" 하는 말이 들려왔다. H에게 물었다. "제가 발행하는 뉴스레터가 혹시 너무 잔소리 같지 않아요? 저 스스로 그렇게 느낄 때가 있거든요."

'열심히 하자', '자기관리를 잘 하자.' 이런 말이 젊은 세대들에게는 잔소리처럼 들리지 않을까, 그들과 내가 살아온 환경과 처한 현실이 많이 다를 텐데 내 이야기가 그들에게 인사이트가 될 수 있을까 하는 걱정이 드는 것이 사실이다. 그런데 나는 그렇게 일하고 살아왔기 때문에 그렇게 말할 수밖에 없다. 내가 경험하지 못한 것, 알지 못하는 것을 쓸 수는 없으니까 말이다. 다행히 H는 전혀 그렇게 들리지 않는다고 했고 나는 약간이나마 안심했다.

H와 헤어져 집으로 돌아오는 길, 말을 너무 많이 한 게 아닐까 하는 걱정이 슬쩍 들었다. 마흔이 넘으면 입을 다물 땐 다물어야 하는데, 아직 그러질 못한다. 충고랍시고 쓸데없는 말을 너무 많이 한 것 아닌가 싶어 후회가 됐다. 나이가 드니 이거면 됐다 싶고 이거 하나면 충분하지 싶을 때가 많은데, 말

은 어떻게 된 건지 점점 많아지는 것 같다.

차창 밖으로 서울의 밤 풍경이 빠르게 지나가고 있었다. 세월도 저 풍경처럼 빨리 흐른다. 나도 나이가 더 들면 친구들과 오래된 식당에 앉아 막걸리를 마시며 "나 때는 말이야!" 하고 목소리를 높이고 있을까. 예전에는 이런 장면이 보기 싫었지만, 이제는 왜 그러는지 이해가 되기도 한다. 외로워서, 아마도 외로워서 그런 것이겠지.

여행을 하며 세상 곳곳의 맛있는 음식, 신기한 음식 다 먹어보았지만 멸치볶음 한 젓가락, 김치 한 조각이 제일 맛있는 것 같다. 그래도 다른 음식을 많이 먹어보고 멸치볶음 한 젓가락이 맛있다는 것을 아는 것과, 멸치볶음만 먹고서 멸치볶음이 제일 맛있다고 하는 건 엄연히 다른 문제가 아닐까. H가 더 많은 경험을 했으면 좋겠다. 그에겐 아직 시간이 많으니까.

제자리를 지킨다는 안간힘

오래된 식당을 노포라고 부른다. 대대로 물려 내려오는 점포를 일컫는다. 우리나라에서는 보통 50~100년 이상 된 집을 말한다. 3대, 4대를 이어져 오는 집들이다. 서울에는 종로와 을지로 일대에 많다. 물론 지방에도 많다. 요리사 박찬일이 쓴 책《내가 백년식당에서 배운 것들》은 전국의 노포를 찾아다니며 그 집의 내력과 솜씨, 장사 철학을 탐구한 책이다.

이 책에서 박찬일은 노포가 오랫동안 한자리를 지키며 장수할 수 있는 비결을 몇 가지로 간추린다. 우선 기본에 충실하다. 재료는 늘 제일 좋은 것으로 사용하고 문을 열고 닫는 시간을 철저하게 지킨다. 종로의 해장국집 청진옥은 1937년 창업해 3대째 이어오고 있다. "불을 끄지 말고 영업하라"는 아버지의 유언에 따라 아버지 상을 지내면서도 솥에 해장국을 끓였다고 한다. 대구의 추어탕 집인 상주식당은 1957년 창업했다. 이 집은 한겨울에는 문을 닫는다. 추어탕의 주재료인 미꾸라지와 고랭지 배추를 구하기 힘들었던 시절부터 이렇게 해왔다. 완벽하지 않으면 문을 열지 않는다는 것이 이 집 주인의 고집스러운 철학이다. 서울의 냉면집 우래옥은 직원들의 정년이 없다. 사람을 소중히 여기기 때문이다. 직원들은 근무할 수 있을 때까지 근무한다. 몇 해 전 퇴임한 김지억 전무는 58년간 근속했다.

직업상 노포에 갈 때가 많다. 출장 가기 전, 인터넷을 통해 출장지에 노포가 있는지 알아보고, 근처에 있으면 일부러 시간을 내서라도 찾아간다. 냉면이든, 짜장면이든, 국밥이든, 돼지갈비든 오랫동안 문을 열고 장사를 하는 집에서 먹다 보면 일부러 취재를 하지 않더라도 어렴풋하게나마 그 이유를 알게 된다. 음식 맛뿐만 아니라 손님을 대하는 직원들의 접객 태도와 톱니바퀴처럼 움직이는 직원들의 재빠른 움직임, 잘 닦아진 테이블, 언뜻 보아도 청결한 주방 등 모든 것들이 절묘하게 어우러져 있다. 기본, 원칙, 고집, 애정 등 우리가 비효율적이라며 무시하고 은근슬쩍 넘겨버리는 이런 덕목들이 노포에는 고스란히 남아 오히려 브랜드 파워로 작용하고 있는 것이다.

단골 함흥냉면 집이 있다. 노포라고 할 만한 아주 오래된 집이다. 점심을 먹으러 갈 때마다 주인 할머니가 꼭 같은 자리에 앉아 함흥냉면을 먹고 있는 것을 본다. 할머니는 아마도 몇 십 년 동안 같은 자리에 앉아 같은 음식을 먹었을 것이다. 양념의 간은 맞는지, 면발이 너무 질기지 않은지, 육수는 너무 짜지 않은지, 굳이 맛보지 않고 냄새만 맡아도, 아니 냉면이 담긴 모양만 보아도 할머니는 오늘의 냉면 상태를 훤히 알 수 있을 것이다.

앞으로 나아가는 것만이 발전하는 것이라고 믿던 때가 있었다. 이제는 제자리에 서 있는 것들이 눈에 들어온다. 그들이 얼마나 애쓰는지 선연하게 보이고, 세월의 거센 흐름 속에서 이를 악물고 버텨내는 안간힘을 비로소 이해할 수 있게 됐다.

고통과 유혹과 지루함을 이겨내고 제자리에 서 있는다는 것, 시간의 세찬 물살을 악착같이 견뎌내며 서 있는다는 것, 오히려 그것이 더 필사적이라는 것을 이젠 안다.

변수를 줄입시다
대안은 있으니까요

의정부의 어느 도서관에 강연 일정이 잡혔다. 가까운 곳에 평양냉면으로 유명한 의정부평양면옥이 있는데, 강연하러 간 김에 의정부에 사는 선배를 오랜만에 만나 그 집 냉면을 꼭 먹고 와야지 했다. 제사보다는 잿밥 생각이었다고 할까. 고민은 단 하나. 강연이 오후 2시였는데, 강연을 하기 전 먹을 것인가 아니면 강연을 마치고 먹을 것인가였다. 이 고민을 SNS에 올리니 K 선생이 이렇게 답을 달았다. '일단 먹고 보는 게 낫습니다. 변수를 줄입시다.'

K 선생의 말대로, 일단 먹고 봐야 한다. 사는 데는 변수가 많다. 마음이 가는 일, 하고 싶은 일을 먼저 하는 것이 맞다. 변

수를 줄이는 게 중요하다. 음식을 먹을 때, 예전엔 가장 맛있는 부분을 아껴두었다가 맨 나중에 먹었지만, 이제는 맛있는 부분부터 먹는다. 많이 먹지도 못하는 데다 맛있는 부분은 적당히 허기진 상태, 그 음식에 대한 욕망이 생생하게 살아 있는 상태에서 먹는 것이 제일 맛있다는 걸 알게 되었기 때문이다. 첫술에 배부르진 않지만, 첫술이 가장 맛있다. 그러니까 닭다리는 맨 처음에.

선배와 낮 12시에 냉면집에서 만나기로 했다. 사실 어제부터 냉면이 먹고 싶었다. 해장 삼아 동네 냉면집에 가고 싶은 강한 유혹을 느꼈지만 오늘을 위해 일부러 참았다. 아무래도 냉면을 이틀 연속으로 먹으면 감동이 덜할 것 같아서였다. 의정부로 출발하려는데 선배에게서 메시지가 왔다. '아이쿠, 그 집 오늘 휴무다. 예전에 화요일 쉬었는데 요즘은 일요일 쉬는가 보다.' 앗, 생각지도 못한 변수였다. 역시 먹고 싶은 건 참으면 안 된다. 하고 싶은 일은 적당히 때를 노려 재빨리 해치워야 한다. 일은 안 보이는 곳에 슬그머니 숨겨 두어도 되지만, 맛있는 음식은 미루지 맙시다.

'도서관 앞에 함흥냉면 잘하는 집 있는데 거기서 보자.' 선배에게서 다시 메시지가 왔다. 넵. 동천냉면이라는 곳이었다. 붉고 노란 원색이 어울린 강렬한 간판에 '35년 전통 기계식'이라고 당당하게 씌어 있었다. 오호라. 35년 전통에 기계식이라! 35년 동안 같은 자리에서 장사를 하고 있다면, 그 집에는 뭔가 진심이 깃들어 있다고 생각한다. 가게의 진심을 믿어 봅시다.

이 집에서 가장 맛있다는 회냉면을 시켰다. 고구마 전분으로 만든 얇은 면 위에 붉은 양념이 푸짐하고 올라가 있었고 삶은 계란 반 개와 얇게 썬 배 두 조각이 얌전하게 올라 있었다. 무친 가오리회도 넉넉하게 들어가 있었다. 일단 가위로 두 번 자르고(함흥냉면은 십자 모양으로 두 번 자릅니다) 쓱쓱 비볐다. 짜장면과 비빔국수, 냉면은 비비는 순간이 유난히 길게 느껴진다. 하지만 급하면 안 된다. 비빌 때는 인내심을 가지고 차분하게. 양념이 면과 잘 어우러지도록.

자, 이제 다 비벼졌다. '쳐다보지만 말고 어서 젓가락으로 가득 집어. 가오리회 한 점 올리는 것도 잊지 말고!' 냉면이 속삭인다. 한 젓가락 입으로 가져간다. 매콤한 맛에 이어 달콤한 맛이 올라와 입 속에서 회오리처럼 뒤엉킨다. 역시, 예상대로다. 매콤하고 달달한 함흥냉면 특유의 화려한 맛이 입 속에서 춤을 춘다. 평양냉면은 머리와 가슴이 먼저 반응하지만 함흥냉면은 혀가 즉각적으로 반응한다.

"오~, 선배 맛있네요, 맛있습니다."

"그렇지? 맛있지? 맛있지?"

음식은 맛있다고 맞장구치고 격려하며 먹을수록 더 맛있어진다. 이건 어떻고, 저건 어떻고 투덜대는 일은 모니터 앞에서나 하는 거지, 식탁에서는 전혀 도움이 되지 않는다.

먹다 보면 면이 먼저 넘어가고 가오리회가 조금 남는데 이걸 씹다가 육수와 함께 꿀꺽 삼킨다. 으아, 이건 맛이 없을 수 없지. 입 속에서 뱅글뱅글 맴도는 고무줄처럼 탱탱한 면의 느낌도 오랜만에 좋다. 입술로 끊어 먹는 재미도 있다. 수육도 나왔다. 소주와 함께 먹으면 더 좋겠지만 강연도 해야 하고 운전도 해야 하니 오늘은 참기로 한다. 주전자에 담겨 나오는 뜨거운 육수를 소주 대신 홀짝인다. 자, 이번엔 가오리회 말고 수육이다. 비빔냉면 위에 커다란 수육 하나를 올려 같이 먹는다. 그리고 다시 뜨거운 육수 한 모금. 비빔면과 삶은 고기는 언제나 올바르고 훌륭한 최고의 조합이다. 아줌마, 육수 좀 더 주세요.

한 그릇을 말끔하게 비웠다. 오랜만에 만난 선배와 이런저런 이야기를 나누다 보니 어느덧 강연 시간이 다 되어 간다. 선배, 덕분에 잘 먹었습니다. 평양냉면집이 쉬는 바람에 맛있는 함흥냉면집도 알게 되었네요. 그렇습니다. 변수가 있으면 대안도 있는 법이다.

강연을 마치고 집으로 돌아왔다. 흡족한 하루였다. 저녁 무렵, 단톡방에 K 선생이 얼마 전 하동에서 '인생 Top 5 콩국수'를 먹었다고 했다. 인터넷으로 얼른 검색했다. 보기에도 진한 우유빛 콩국물 속에 새하얀 면이 다소곳하게 담겨 있었다. 아름답고 압도적인 비주얼이었다. 보기만 하는데도 침이 넘어갔다. 고소한 맛이 그대로 전해졌다. 그러고 보니 올해는 콩국수를 한 번도 먹지 못했군. 여름이 가기 전 콩국수부터 얼른 해치워야지. 아니, 내일 당장 해치워버리자. 고민이 있다면 소금과 설탕 중 뭘 뿌려야 할지다.

할 수 있을 때 합시다
미루면 영영 못한답니다

비빔냉면을 먹었다고 좋아하다가 저녁에 콩국수 사진을 보고는 올여름에는 콩국수를 한 번도 먹지 못했다는 사실에 시무룩해졌다. 오늘 아침, 콩국수 집을 검색해 기어이 10시에 문 여는 콩국수 집을 찾아내 다녀왔다.

콩국수를 먹기 시작한 건 십여 년 전이다. 어릴 적 고향에서는 콩국수보다는 콩국을 많이 먹었다. 어머니를 따라 시장에 가면 양철 대야 가득 콩국을 담아 파는 노점이 있었다. 대야에는 커다란 얼음덩어리가 빠져 있었는데 주인아주머니는 빨간색 플라스틱 바가지로 콩 국물을 떠서 얼음 위에 연신 부었다. 콩국을 시키면 대접에 콩 국물 한 바가지를 떠서 내주었다. 어머니는 채 썬 우뭇가사리 묵을 넣어 먹었고 나는 물컹거리는 그 식감이 싫어 그냥 콩국만 먹었다. 어머니는 소금을 넣었고 나는 설탕을 넣었다. 사실 콩국보다는 사카린을 넣어 달달하게 만든 냉차가 더 좋았다. 콩국수는 서울에 와서 먹기 시작했다. 우무를 넣은 콩국도 좋아하지만 지금은 콩국수가 더 좋다.

흔히들 늦은 건 없다고 말하지만 그건 남들한테나 하는 말일 테고, 늦은 게 있다는 건 다들 알고 있을 것이다. 이제는 '아직 늦지 않았다'는 말보다 '모든 일에는 때가 있다'는 말이 더 와닿는 나이가 됐다. 영화에서 "난 이미 늦었어, 먼저 가." 하고 말하는 조연 배우에게(주연은 이런 대사를 할 리가 없으니까) 더 감정이입이 된다.

그래서 할 수 있을 때 하는 게 좋다. 미루면 영영 못 할 수도 있다. 사랑도 그렇고 일도 그렇다. 먹는 건 더더욱 그렇다. 게다가 모든 음식은 다 맛있는 때가 있는 법. 콩국수는 당연히 여름인데, 아직 여름은 끝나지 않았고 콩국수를 먹기에는 늦지 않아 다행이라고 감사하며 9시 반부터 자유로를 힘껏 달렸다.

9시 58분에 식당 앞에 도착했다. 식당에 들어섰는데 주인 아주머니가 만두를 빚고 있었다. 칼국수와 만두도 유명한 모양이었다. 아주머니 만두 반 접시도 되나요? 아주머니가 웃으며 고개를 저었다. 아쉬웠다. 콩국수 하나만 주세요. 옛날엔 국수 한 그릇과 만두 한 판쯤은 거뜬하게 먹었지만 지금은 무리다. 만두는 다음 기회를 노리자. 오늘은 일단 콩국수에 집중하기로.

열무김치와 배추김치가 놓이고 곧 스테인리스 대접에 가득 담긴 콩국수가 나왔다. 부드럽고 짙은 우윳빛 콩국 속에 하얀 면이 빙하처럼 떠 있고 그 위에 방울토마토 한 알과 오이채가 올라가 있다. 숟가락으로 국물을 떠먹었다. 고소했다. 그래, 이 맛이지! 먼저 오이채를 다 건져 먹었다. 내가 콩국수를 먹는 방식이다. 콩국수와 오이채를 같이 씹는 것을 좋아하지 않는다. 두 맛은 서로 어울리지 않는 것 같다. 그래서 콩국수에 오이채가 나오면 냉큼 건져 먹어버린다. 방울토마토도 먼저 먹었다. 맨 나중에 방울토마토를 디저트 삼아 먹으며 입가심하는 건 옳지 않은 일이다. 진한 콩국수의 여운을 즐겨야지 말이다.

자, 이제 그릇에는 면과 콩국만이 남았다. 콩국 속에 든 면을 잘 섞으며 면 사이사이마다 소금을 츄츄츄 뿌린다. 국물을 떠먹어 본다. 얼추 간이 맞다. 젓가락으로 국수를 돌돌돌 만다. 이렇게 해야 물이 스펀지에 스며들듯, 콩 국물이 면과 면 사이에 골고루 밴다. 한 입에 먹을 만한 적당한 크기가 만들어졌을 때 입에 넣고 오물오물하면 면과 면 사이에서 콩물이 짜르르하고 빠져나온다.

콩국수는 한 가지 맛으로만 이루어져 있다. 고소한 맛. 이것 말고 다른 맛은 없다. 콩국수는 짜장면과 냉면과 국수와 우동과 파스타와는 확연히 다른 존재감을 가지고 있다. 그래서 좋다. 콩국수의 맛을 표현할 때는 그냥 고소하다고만 하면 되니까. 뭔가 애써 다른 맛을 떠올리지 않아도 되니까. 콩국수는 단 하나의 사명만 생각하며 묵묵히 살아나가는 중년 같다. 믿음직스럽다.

콩국수 한 그릇을 깨끗하게 다 먹었다. 시계를 보니 10시 20분이었다. 배가 부르다. 면을 먹을 때면 직진한다는 느낌이 들어 좋다. 마지막 한 젓가락을 먹고 국물 한 모금을 마시고 난 후 빈 그릇을 탁자 위에 탁, 하고 내려 놓으며 골인. 직선주로를 힘껏 달려 결승선에서 누리는 기분 좋은 포만감. 뭔가 뿌듯한 성취감을 느끼게도 한다. 콩국수를 먹고 있는 사이 주민 몇 분이 와서 만두를 포장해서 간다. 이 집은 만두가 꽤 유명한 모양이다. 다음에 꼭 먹어봐야지.

더위가 한풀 꺾였다. 아침저녁으로 시원한 바람이 분다. 곧 가을이 올 것이다. 그러면 냉면과 콩국수도 시들해지겠지. 하지만 괜찮다. 가을에는 가을에 어울리는 면이 있으니까. 뜨끈한 칼국수? 가쓰오부시 우동? 오징어를 듬뿍 넣은 중국집 우동도 괜찮을 것 같다. 아 참, 사무실 근처에 항아리 칼제비를 맛있게 하는 곳이 있구나. 올가을엔 서두르지 않고 이것들을 제대로 챙기고 맛봐야지. 모든 일에 때가 있다는 건 미루면 영영 못할 수도 있다는 말이란다. 가을아, 오렴.

달콤함을 얻기 위해서는
고독을 지불해야 하는 법이지

내가 사는 도시는 11월이면 완연한 겨울이라고 해도 무방하다. 롱패딩을 꺼내 입어야 한다. 두툼한 롱패딩 속으로 들어갈 때마다(이 옷은 입는다는 것보다는 들어간다는 표현이 더 잘 어울린다) '이 옷이 없었다면 한국의 겨울을 어떻게 견뎠을까?' 하는 생각이 든다. 한국의 겨울은 점점 더 지독해지고 있는 것 같다. 아무튼, 고맙다 롱패딩.

날씨가 추워지니까 뭔가 달콤하고, 따뜻하고, 고소하고, 부드럽고, 풍성한 맛이 생각난다. 폭풍 같은 마감을 끝낸 11월의 그날도 그랬다. 나이가 들수록 머리와 마음을 힘껏 사용하고 나면 탄수화물이 간절해진다. 사십 대 중반을 넘으면 이성과정보보다는 마음과 몸의 감각을 따라가게 된다. 우리의 고단하고 팍팍한 삶을 위로하는 건 따뜻한 말 한마디일 때도 있지만 때론 탄수화물과 고기가 우리의 마음을 더 다정하게 쓰다듬고 보듬어 준다. 아니 더 자주, 더 확실하게 탄수화물과 고기가 우리를 위로하고 어깨를 두드려 준다.

삼각지에 카카오봄이라는 자주 가는 초콜릿 가게가 있다. 지금까지 이 가게의 초콜릿보다 더 맛있는 초콜릿은 먹어본 적이 없다. 초콜릿도 맛있지만 내가 진짜 좋아하는 건 핫초코다. 기분 좋은 달콤함으로 꽉 찬 한잔. 핫초콜릿을 마시고 있노라면 '인생은 무조건 달콤해야 해. 이 핫초코처럼!' 하고 생각하게 된다.

이 집은 와플도 최고다. 와플은 잘 아시다시피 격자무늬의 과자다. 두꺼운 팬 사이에 반죽을 넣고 눌러 굽는다. 14세기까지는 다양한 문양의 금속 틀이 존재했지만, 16세기 벨기에에서 격자무늬 틀에 구운 와플이 유행한 이후 세계적으로 거의 모든 와플은 격자무늬로 통한다고 한다. 와플에는 브뤼셀 와플, 스트룹 와플, 갈레트, 리에주 와플 등 종류가 많은데, 이곳에서는 브뤼셀 와플을 판다. 밀가루와 물, 우유, 버터, 달걀로 만든 묽은 반죽을 이스트로 발효해 만든다.

"와플이 거기서 거기지. 우리가 길에서 흔히 먹는 그 와플

아냐?" 하고 묻는 이들에게 단호하게 아니라고 말할 수 있다. 이곳의 와플은 주문하면 바로 구워서 내어 준다. 하얀 접시 위에 짙은 노란색과 갈색의 중간쯤 되는 색깔의 와플이 견고하고 단단한 모양새로 올라가 있다. 와플 위에는 파우더 슈거가 토도독 뿌려져 있고 그 옆에는 생크림이 담긴 조그만 컵이 놓여 있다. 와플을 썰기 위해 칼과 나이프를 드는데 묵직한 느낌이 좋다. 칼과 나이프는 이렇게 묵직해야 한다. 가벼운 칼과 나이프는 격조가 없다.

와플 접시가 테이블 위에 놓이는 순간 부드럽고, 촉촉하고, 깊고, 달콤하고, 풍성하고, 고소한 버터 향이 사르륵 올라온다. 버터 향에는 이 모든 표현이 다 어울린다. 이런 표현이 맞을지 모르겠지만 버터 향은 정말 아름답다.

와플 한 조각을 입으로 가져간다. 바삭하다. 뜨겁게 달군 두꺼운 주물 팬으로 재빨리 구워내서 그럴 것이다. 가볍게 바삭거리는 질감이 참 좋다. 바삭함 안에는 부드럽고 촉촉한 구름이 숨어 있다. 음~ 하며 저절로 눈을 감게 만드는 맛이다. 다정하고 사랑스러운 맛이다. 커피도 괜찮지만 나는 여기에 핫초콜릿을 곁들인다. 뜨겁고 고소한 와플 한 조각에 달콤한 핫초콜릿 한 모금. 이 깊은 달콤함을 아이들은 모른다. 와플은 어른의 간식, 인생을 아는 자의 간식, 사랑을 아는 자의 간식이다.

다음 주는 좀 여유롭게 보내야겠어. 이렇게 생각하며 마지막 남은 와플 조각을 썬다. 아, 언제쯤이면 사는 게 왜 이리 심심할까 하는 불평 같은 걸 해볼 수 있을까. 아마도 그때가 되면 이날들을 또 그리워하고 있을지도 모르는 일이지.

달콤한 시간이었다. 가게를 나와 전철을 타러 간다. 한 무리의 여고생들이 지나간다. 까르르……. 그들의 웃음소리가 거리에 울려 퍼진다. 그렇지. 그 나이에는 모든 게 즐겁고, 모든 게 기쁘고, 모든 게 달콤하지. 하지만 진정한 달콤함을 알게 될 때 비로소 어른이 되는 것이란다. 달콤함을 얻기 위해서는 고독을 지불해야 하는 법이거든. 멀리 전철이 지나가는 소리가 들린다. 다정한 금요일 오후, 거리에는 마지막 남은 가을빛이 점점 희미해지고 있다.

불행도 행운도 그냥 오는 거야
이유는 없어

누구나 그렇겠지만 살다 보면 힘든 시기를 겪게 된다. 대략 10년 전쯤 나도 그랬다. 가족 가운데 누군가가 많이 아팠다. 어쩌면 영영 이별을 해야 할지도 몰랐다. 경제 사정은 최악이었고 생활은 말이 아니었다. 불행은 한꺼번에 닥친다는 말이 있지 않는가. 그런 시기가 몇 년 동안 이어졌다. 그래도 그 시기를 견뎌낼 수 있었던 건 내가 알고 지내던 이들의 위로 덕분이었다. 참 많은 이들이 나를 위로해 주었다.

어느 가을밤, 후배에게서 전화가 왔다. 시를 쓰는 여자 후배 A였다. 마음이 곱고 여린 친구였다. 그 친구는 가끔 늦은 밤에 느닷없이 전화를 걸어와 냅다 울음을 쏟곤 했는데 그럴 때마다 내가 해줄 수 있는 건 아무것도 없었다. 그냥 그 울음을 받아주고 "괜찮아, 다 괜찮아질 거야." 하고 말해주는 것이 내가 할 수 있는 전부였다.

그는 내게 불쑥 양양으로 가자고 했다. 가서 바다나 봐요. 여행 작가 B 선배와 함께였다. 우리 셋은 양양에 도착해 숙소에 대충 짐을 던져 놓고는 바다 앞 포장마차로 갔다. 바다는 검고 거칠었다. 수평선 너머에서 파도가 하얗게 포말을 일으키며 달려왔다. 소주 한 병을 주문하고 앉아있는데, A가 주섬주섬 가방을 풀더니 조그만 도시락을 꺼냈다. 거기에는 얇게 썰어온 송이버섯이 얌전하게 들어있었다. "올가을에 지인한테 받은 건데, 선배랑 먹으려고 가져왔어. 향이 좋더라." 술을 한 잔 따라주며 B 선배가 말했다. "오늘이 동지네. 밤이 가장 길구나. 그럼 내일부터 해가 더 길어지겠네. 내일부터는 밝은 날이 더 많다는 뜻이지. 힘내."

우리는 송이를 집어 먹으며 아침까지 술을 마셨고, 수평선 위로 솟는 해를 나란히 서서 바라보았다. 나는 지금까지 그날 밤 그들이 내게 건네주었던, 송이처럼 달콤하고 쌉싸름한 위로를 잊지 않고 있다. 그리고 그 위로를 지금도 마음 한 곳에 손수건처럼 곱게 지니고 다닌다.

올해 초입, 지리산 자락에서 오랜만에 친구를 만났다. 촬영 때문에 근처에 갔다가 생각이 나서 잠시 들렀다. 아내를 먼저 떠나보낸 그는 숙박부처럼 엎드려 혼자 살며 시를 쓰고 있다. 우리는 마당에 떨어지는 햇빛을 눈부셔하며 녹차를 마셨다. 어둑어둑해질 무렵 그와 헤어졌다. 급한 일이 생겨 서둘러 서울에 돌아와야 했다. 헤어질 때 그가 말했다.

"여기 살면서 여러 계절을 겪었다. 봄이 가면 여름이 오고, 여름이 가면 가을이 오지. 왜 그런 줄 아니?" 그가 내게 물었다. 나는 고개를 저었다. "이유는 없어. 그냥 오는 거야. 불행도 마찬가지더라고. 이유 없이 그냥 오는 거야. 행운도 마찬가지이고. 우리가 막으려고 해도 막을 수가 없는 것들이지. 잡으려고 해도 잡을 수가 없어. 우리가 할 수 있는 건 그걸 받아들이고 겪고, 견디고, 헤쳐 나가는 것이 전부야." 그는 차에 타는 내 어깨를 가볍게 두드렸다.

그의 말이 맞는 것 같다. 세상 모든 일을 우리가 결정하며 살고 있는 것 같지만 사실 우리가 결정할 수 있는 건 아주 사소한 것뿐이다. 까마득하게 깊은 인생이라는 골짜기를 걸어가며 우리는 선택하고 실패하고 좌절하지만 또다시 시도한다. 그리고 같은 실패를 또다시 반복하는 것이 인생이다. 중요한 것은 그 실패를 받아들이고 다시 시작해야 한다는 것이다. 그러기 위해, 그 실패를 다시 딛고 일어서기 위해, 우리는 서로를 격려하고 위로해야 한다. 힘들어하는 누군가를 만나면 따뜻한 음식 한 접시, 물 한 잔을 내밀어야 한다.

살아오면서 음식으로 참 많은 위로를 받았다. 어떤 이는 내게 김이 모락모락 나는 국밥 한 그릇을 주었고, 어떤 이는 내게 술 한 잔을 따라주기도 했다. 모든 것들이 위로였고, 그들이 건넨 위로의 힘으로 나는 여기까지 왔다.

그렇지, 세상에는 이렇게 먹을 게 많은데 세상을 우울하게 살 필요는 없지. 우리에게 남은 날은 어제보다 하루 줄어들었으니까, 오늘은 어제보다 더 맛있는 음식을 먹어야 하는 거지. '아니, 무슨 말도 안 되는 소리를 지껄이고 있는 겁니까.' 하고 생각하다가 '아니, 이것보다 더 맞는 말은 없는 게 아닌가?' 하는 생각이 든다.

우울하게 살기엔
맛있는 게 너무 많답니다.

내가 사는 파주에는 아주 맛있는 막국수 집이 두 곳 있다. 오두산막국수와 장원막국수다. 오두산 막국수는 헤이리 입구에 있다.

오두산막국수를 처음 찾았을 때를 기억한다. 벌써 10년 전이다. 파주로 이사 오자마자 오두산막국수로 달려가 막국수를 시켜 먹었다. 그때 세 살이었던 딸은 지금은 자라서 초등학생 소녀가 됐다. 커다란 막국수 그릇을 들고 육수를 훌훌 마시던 딸은 이제 불닭비빔면과 짬뽕을 야무지게 먹는다.

장원막국수는 교하 신도시에 있다. 주문을 받아야 메밀 반죽에 들어가기 때문에 나오기까지 약간 시간이 걸린다. 물막국수, 비빔막국수, 들기름막국수가 있는데 다 맛있다. 개인적으로는 들기름막국수를 추천한다. 들기름을 넉넉하게 뿌리고 김가루와 깨소금을 얹어낸다. "고소하고 고소하고 또 고소하다"는 게 먹어 본 이들의 평이다.

막국수를 먹을 때마다 아, 이젠 나이가 점점 들어가는구나, 하는 생각이 든다. 이런 맛이 점점 좋아지다니 말이다. 문득 뒤돌아보니 여기까지 왔다. 어느새 흰 수염이 많이 늘었다. 눈도 어둑해졌다. 노트북으로 원고 작업을 하다 보니 목과 어깨에 무리가 왔다. 그래서 노트북 거치대와 블루투스 키보드를 사서 작업하는데, 그러다 보니 노트북 모니터가 뒤로 밀려났고 워드의 글씨가 안 보인다. 할 수 없이 폰트를 키웠다. 자려고 누웠는데 팔목이 아픈 날도 있는데 왜 그럴까 곰곰이 생각해 보면 낮에 택배로 온 사과 상자 같은 것을 옮긴 날이다.

막국수뿐만 아니라 나이가 들면서 바뀌는 것이 많다. 메인 음식보다는 콩자반이며 멸치볶음 같은 반찬이 더 좋다. 이것들을 한 젓가락씩 집어 먹으며 막걸리, 소주를 마시다 보면 두루치기나 아귀찜 같은 메인 음식에는 젓가락이 잘 안 가게 된다. 나이가 들면서 점점 기계나 프로그램과는 멀어지게 된다. 얼마 전 줌으로 강연을 해야 해서 앱을 설치하고 테스트를 해보는데 아무리 해도 음성이 나오지 않았다. 그래서 초등학교 4학년 딸아이한테 물어보니 무심하게 버튼 하나를 눌러 주고 간다. 이게 안 켜져 있잖아.

그래도 다시 젊어지고 싶은 생각은 별로 없다. 누군가 "젊은 시절로 다시 돌아가시겠습니까?" 하고 묻는다면 단호하게 고개를 흔들 것 같다. 고맙습니다만, 사양하겠습니다. 진심이다. 20대, 30대로 다시 돌아가고 싶은 마음은 전혀 없다. 지금 생각해 보니 그 시절은 너무 힘들었고 우울했고 난폭했다.

나이가 들면서 타인의 잘못을 적당히 용서하고 눈감아 줄 수 있게 됐다. 그건 누군가도 나를 그렇게 하고 있다는 걸 알게 됐기 때문이다. 좋아하는 취향이 확실해져서 남들 눈치를 그다지 보지 않는다. 요즘은 옛날하고 달라서 남들의 옷이나, 음식, 음악, 영화 취향 등을 가지고 왈가왈부하는 사람도 없다. 이건 젊은 시절 이것저것 해보았기 때문이기도 하다. 엉뚱한 곳에 돈을 써봐서 내 취향을 알게 된 것이다. 지금은 싼 거 열 개보다는 좋은 거 하나가 필요한 나이라는 걸 알고 거기에 맞는 것을 고를 수 있는 안목이 생겼다. 그럭저럭 작가로 이름을 쌓아서 유니클로를 입고 에코백을 들고 미팅에 나가도 눈치를 보지 않게 됐다. 감당할 수 있는 일만 하고 감당하기 힘든 일은 슬며시 미루거나 시작을 아예 하지 않는다. 내 인생에 없어도 되는 것들이 무엇인지를 안다.

그래도 아직 새 일을 시작할 만한 열정과 도전 의식은 남아 있다. 가끔 주위에 뭔가 새로운 일을 시작했다는 친구들이 있는데, 다들 신나게 일하고 있다. 그들을 진심으로 응원한다. 질투 같은 건 하지 않는다. 그런 쓸데없는 곳에 에너지를 쓰고 싶지 않다.

막국수 한 그릇을 먹고 사설이 길었다. 그만큼 막국수가 맛있다는 뜻으로 이해해 주시길. 나이 탓인가, 이제는 위가 음식으로 가득 차 있는 것보다는 약간은 비어 있는 느낌이 좋다. 하지만 막국수 앞에서는 적당한 양만 먹어야 속이 편하다는 논리 같은 건 통하지 않는다. 막국수를 먹을 때마다 과식하게 된다. 막국수 집 문을 열고 나서자마자 후회하지만 '괜찮아, 막국수는 금방 소화가 돼.' 하면서 위로한다. 사실은 우울증 진단을 받고 에이 뭐, 막국수나 먹자고 나선 길이다.

"우울증 초기입니다."

병원 로비에서 수학 문제집 같은 설문지를 30분 동안 작성한 후 찾은 상담실. 의사는 두꺼운 뿔테안경을 밀어 올리며 덤덤하게 말했다. "걱정하지 마세요. 누구나 겪을 수 있는 증상이니까요. 지금 나이면 한 번쯤 찾아옵니다. 1년 정도 치료하면 나아질 겁니다."

의사는 세로토닌 결핍으로 생긴 우울증이라고 설명했다.

세로토닌은 인체가 분비하는 화학 물질로 신경 전체에 신호를 전달하는 역할을 한다. 사람의 정서적 안정을 유지하는 것이 주요한 기능이다. 이것이 부족하면 조급함, 스트레스, 우울증 같은 부정적인 감정을 유발한다.

"허리나 등이 아프지는 않으세요?" 하고 의사가 물었다. 나는 고개를 끄덕였다. "그것도 우울증의 한 증상입니다. 우울증은 정신뿐만 아니라 신체에도 영향을 미칩니다. 근육이 부드럽게 움직일 때 근육의 수축을 도와주는 역할을 하거든요." 의사는 컴퓨터에 처방전을 입력하며 이렇게 덧붙였다. "시간이 지날수록 더 심해지고 심각한 병으로 이어질 수도 있기 때문에 빨리 치료하는 것이 좋습니다."

"세로토닌 결핍은 왜 생기는 거죠?" 내가 묻자 의사가 대답했다. "비타민이나 미네랄이 부족해서 그런 거예요. 술을 너무 마시는 것, 햇빛 부족도 원인이 됩니다." 그렇군. 그동안 집안에 틀어박혀 원고만 쓰고 술만 마셔댔던 거지. 밖으로 쏘다니고 맛있는 음식도 먹어대야 하는데 통 그러질 못했어. "고등어, 연어, 참치, 고기, 치킨, 달걀, 치즈, 견과류, 초콜릿 등이 세로토닌의 분비를 촉진하는 음식입니다. 많이 많이 많이 드세요." 의사는 분명 '많이'를 세 번이나 말했다. 다이어트도 원인이었던 거야. 젠장, 오늘부터 많이 많이 많이 먹어주마. 병원문을 나서며 다짐했다. 따가운 햇빛이 눈을 찔렀다.

막국수 한 그릇을 다 먹고 나니 우울증이 조금은 나아진 것 같다. 그렇지, 세상에는 이렇게 먹을 게 많은데 우울하게 살 필요는 없지. 우리에게 남은 날은 어제보다 하루 줄어들었으니까, 오늘은 어제보다 더 맛있는 음식을 먹어야 하는 거지. '아니, 무슨 말도 안 되는 소리를 지껄이고 있는 겁니까.' 하고 생각하다가 '아니, 이것보다 더 맞는 말은 없는 게 아닌가?' 하는 생각이 들었다.

인생은 꽃잎 하나가 눈가를 스치는 찰나라서

1월. 보성 벌교에는 꼬막이 한창 나고 있었다. 벌교 시장 거리에는 꼬막 자루가 수북하게 쌓여 있었다. 우리가 시중에서 흔히 먹는 꼬막은 새꼬막이다. 껍데기 골의 폭이 좁고 표면에 털이 나 있다. 고급 꼬막은 참꼬막이다. 새꼬막이 배를 이용해 대량으로 채취하는 반면, 참꼬막은 갯벌에 사람이 직접 들어가 캔다. 완전히 성장하는 기간도 새꼬막은 2년이면 충분하지만 참꼬막은 4년이나 걸린다. 가격도 참꼬막이 새꼬막에 비해 5배나 비싸다. 꼬막이 나는 지방에서는 제사상에도 참꼬막이 오르는데, 그래서 '제사 꼬막'이라는 별명으로도 불린다. 벌교에 사는 지인은 "참꼬막은 비싸서 아버지 제삿날에나 한 움큼

씩 올리곤 했지." 하고 말했다.

초등학교 시절, 어머니는 양념에 무친 꼬막을 도시락 반찬으로 싸주시곤 했다. 경상도가 고향이라 꼬막 구하기도 쉽지 않았을뿐더러 손질하는 데도 여간 수고가 드는 것이 아니었다. 경상도 시골에서 꼬막을 도시락 반찬으로 싸갈 수 있었던 것은 아버지가 술안주로 꼬막을 즐기셨기 때문이다. 아버지는 밤늦게까지 데친 꼬막을 앞에 두고 막걸리 잔을 홀로 기울이시곤 했다. 달짝지근한 막걸리 맛과 비릿하면서도 고소한 꼬막 한 점의 맛을 초등학생 아들은 이해할 수 없었겠지.

아버지가 꼬막에 막걸리를 드신 다음 날 아침상에는 매생잇국이 올라왔다. 푸른 매생이가 넘실거리는 대접에는 토실한 굴 몇 개가 담겨 있었다. 아버지는 나무젓가락으로 매생이를 집어 드셨고 국이 식으면 대접째 훌훌 들이키셨다.

출장에서 돌아와 벌교 시장에서 사 온 꼬막과 장흥에서 사 온 매생이탕을 놓고 막걸리를 마시고 있다. 나는 그 옛날의 아버지처럼 우두커니 겨울밤 앞에 앉아 있다. 꼬막 한 접시와 매생이 한 숟가락으로 기억하는 아버지의 삶. 내 삶은 훗날 아이들에게 무엇으로 기억될 것인지 궁금하다.

베란다 창문에 홀로 술을 마시는 내 모습이 희미하게 비친다. 건너편 아파트 불빛이 모스부호처럼 깜빡인다. 인생이 흐르고 흘러 어느새 여기까지 왔다. "그대는 보지 못하는가/ 황하의 물이 하늘에서 내려와서/ 흘러서 바다로 가서는 다시 돌아오지 못하는 것을." 나는 어느덧 막걸리를 마시며 이백의 〈장진주〉를 읽는 밤에 당도했으니. 문득 정신을 차려보니 서른이었고, 문득 정신을 차려보니 아이가 있었고, 문득 정신을 차려보니 살아온 날이 살아갈 날보다 훨씬 많다는 것을 알게 됐다. 두보 영감은 "봄을 마음껏 보려고 하나 꽃잎은 눈을 스치고 지나간다"라고 했던가. 인생은 그런 것이다. 꽃잎 하나가 눈가를 스치는 찰나다. 그사이 봄은 지나간다.

베란다 바깥의 풍경을 바라보고 있자니 점점 이상한 기분이 들었다. 내가 지나온 날들이 저기 다 있다는 그런 느낌이랄까. 문득 팽이를 닮은 타임머신이 베란다 창문 앞으로 와서 "타세요. 이십 년 전으로 데려다 드릴 테니. 다시 돌아가서 뭐라도 해보세요." 하고 스윽 문을 열어준다면 나는 어떡할까. "고맙지만 사양하겠습니다. 여기서 그냥 막걸리나 마실랍니다." 하며 잔을 들어 보이지 않을까.

새로운 한 해가 시작됐지만 이젠 그런 것에 별로 의미를 두지 않는 나이가 됐다. 다만 창밖에는 어제와 똑같은 하루가 펼쳐지고 있고 우리의 생은 어제보다 하루가 더 줄어들었을 뿐이라는 사실을 안다.

살아가야 할 날이 하루만큼 줄어든 어느 겨울밤, 나는 막걸리 한 잔을 마시고 꼬막 하나를 집어먹으며 생각한다. 모든 음식에 제철이 있듯 모든 일에도 해야 할 때가 있구나. 그때는 지나가면 다시 오지 않고, 그때 하지 않은 일은 시간이 지나면 아무런 의미도, 쓸모도 없구나.

사랑 역시 할 수 있을 때 해야 하는 것. 막걸리와 꼬막 한 접시를 놓고 별 감상에 다 젖는 겨울밤. 구차하고 쓸쓸하지만, 인생은 이런 겨울밤 같은 것이다.

살아서 잘 먹자
살았을 때 잘 살자

친구 아버님의 부고를 듣자마자 기차를 타고 김해로 향했다. 중학교 2학년 때부터 친구니 오랜 세월 우정을 나누었다. 마흔 넘은 남자에게 집안일 빼고 가장 먼저 달려가야 할 일은 친구의 부친상이라고 알고 있다. 마흔 넘은 남자에게는 두 종류의 친구가 있다는 말도 있다. 아버지 돌아가셨을 때 온 '친구'와 안 온 '놈'. 페루 취재여행 중 가장 친한 친구의 부친상 소식을 듣고 부랴부랴 일정을 취소하고 비행기를 탔지만 발인 하루 뒤 도착한 것이 두고두고 후회가 된다.

저녁 무렵 찾은 빈소는 코로나 때문인지 한적했다. 입구에 늘어선 조화보다 문상객이 적었다. 나와 친구들은 조문을 마치고 자리에 앉았다. 종이 그릇에 담긴 쌀밥과 시락국(시래깃국)과 돼지고기 수육과 김치 등등이 상 위에 놓였다. 장례식장에서 나오는 음식은 망자가 자신을 찾아온 사람들을 위해 마지막으로 베푸는 후의다. 서울에서는 주로 육개장이 오르고 아래 지방에서는 육개장 대신 시락국이 자주 놓인다. 전라도에는 홍어가 오른다. 수육과 시락국을 사이에 두고 우리는 소주를 마셨고 오랜만에 서로의 안부를 물었다. 부친이 살아계신 친구가 열한 명 중에 겨우 셋이었다. 누군가 말했다. 요즘은 이별에 바쁘다.

그래, 이제 죽음을 챙기기에 바쁠 나이다. 우리는 점점 노련한 문상객이 되어 간다. 페이스북의 누군가는 지난 일주일 동안 상가만 다녔다고 푸념을 늘어놓았다. 가끔 밤에 문자메시지가 온다. '본인상'을 알리는 문자다. 그런 날은 다시 잠을 이루지 못한다. 올해 초 친한 선배로부터 새해 인사 메시지가 왔다. 그날따라 일이 바빠 답장을 하지 못했는데 저녁에 다시 메시지가 왔다. '선배가 메시지를 보냈는데 왜 답장이 없냐.' 부랴부랴 선배에게 전화를 걸었다. "선배, 죄송합니다. 제가 일이 바빠 미처 답장을 드리지 못했습니다. 새해 복 많이 받으세요." 선배가 대답했다. "답장을 안 해서 서운한 게 아니라, 이젠 답장이 없으면 덜컥 겁이 나더라고. 살아있나, 어디 갔나 싶어서.” 전화를 끊고 나서 잠시 멍했다. 그래, 이젠 답장이 없으면 ‘어디’ 갔을 수도 있겠구나.

밤늦게까지 빈소를 지키다 근처 사우나에 가서 잠깐 눈을 붙이고 다음 날 아침 늦게 부산으로 갔다. 친구 중 하나가 내려온 김에 바다나 보자고 이끌어 나선 걸음이었다. 출발하자마자 부슬부슬 비가 내리기 시작했다. 해동 용궁사를 한 바퀴 돌아보고 근처 포구로 가 곰장어를 굽고 낮술을 마셨다. 십여 년 만에 찾은 기장이었다. 바다가 보이는 포장마차에 앉아 우리는 각자의 술을 마셨다. 누구는 맥주를, 누구는 소주를, 누구는 막걸리를 잔에 따랐다. 고향을 떠나 살아온 세월만큼 마시는 술도 어느새 제각각이었다.

매운 양념이 된 곰장어를 씹으며 우리는 옛날을 이야기했다. 옛날은 빛바래 있었고 각자가 마실 수 있는 양만큼 술을 따라 마시며 이제 우리가 나눌 수 있는 건 미래가 아니라 과거라는 사실을 인정해야 했다. 그렇다고 그것이 아쉽거나 슬펐다는 건 아니다. 각자에겐 각자의 삶이 있고 우린 그걸 알 만한 나이였으니까. 비는 점점 거세졌고 수평선 너머에서는 회색빛 파도가 일렁였다.

저녁 무렵 빈소로 다시 가서 늦게까지 수육과 시락국을 앞에 놓고 소주를 마셨다. 그리고 다음 날 이른 아침 발인을 보고 화장터까지 친구와 함께 한 후 기차를 타고 집으로 돌아왔다. 헤어지며 누군가가 말했다. “내가 죽어도 너희들한테 대접할 건 수육 한 접시와 시락국뿐이다. 와서 그거라도 많이 먹어주라.”

죽음 앞에서 그리고 그 죽음 앞에 모여든 삶 앞에서 우리는 서로에게 무슨 말을 해야 할지 몰라 막막하고 망연자실하다. 그 어색한, 하지만 더 자주 우리 앞으로 다가올 죽음의 풍경 앞에서 우리는 먹고 마실 뿐이다. 수육과 시락국과 곰장어를 먹으며 생각했다. 죽어서 우리가 나눌 수 있는 건 겨우 수육 한 접시와 시락국 한 그릇뿐이니 살아서 잘 먹자, 살았을 때 잘 살자 라고. 모든 삶은 죽음 앞에서는 핑계일 뿐이니까.

좋은 인생이다. 지루해지면 여행을 떠나고, 라멘과 돈가스, 달달한 빙수를 먹고 있으니 말이다. 꼭 커다란 이념이나 지고지순한 사랑, 엄청난 부와 명예 같은 걸 이루어야 제대로 산 게 아니다. 그냥 즐거운 음악을 듣고 달콤한 빙수를 떠먹으며 틈틈이 여행이나 다니는 인생이면 충분하다.

02

첫맛은 쓰고 끝맛은 달았으면

맛있는 음식이 있고 함께 먹을 사람이 있어 나쁘지 않은 인생입니다.

인생은 카페 쓰어다 같았으면 좋겠습니다. 첫맛은 쓰고 끝맛은 달았으면 좋겠습니다.

SUMOL

음식에 제철이 있듯, 일에도 해야 할 때가 있단다. 사랑 역시 할 수 있을 때 해야 하는 것이란다.

음식엔 진심이 필요합니다.

인생엔 격려가 필요하고요.

일상과는 무관한 사람이 되었습니다

여행 작가로 살아가고 있지만 여행을 가고 싶을 때가 많다. 무거운 카메라 가방을 내려놓고 취재 여행이 아닌 온전히 여행으로서의 여행을 즐기고 싶다는 말이다. 여행을 가서 콘텐츠를 만들어야 하고 그것을 팔아 마진을 남겨야 하는 것이 여행 작가의 일이다. 그래서 가장 효율적으로 시간을 운용할 수 있는 동선을 짜고 비용을 절감할 수 있는 여러 가지 방법을 찾아야 하는데, 그러다 보면 여행을 가기 전부터 머리가 지끈지끈 아프다.

일반인(여행을 업으로 하는 사람이 아닌 사람들을 말한다. 오해 없으시길)이 일 년에 한두 번 휴가를 가듯 여행 작가도 여행을 떠난다. 그럴 때면 약간은 무리를 해서라도 좋은 호텔에 묵곤 한다. 그동안 열심히 일했으니 이런 날이 일주일 정도는 있어도 되지 않을까 하는 마음으로 말이다.

여행을 떠나왔다는 사실을 가장 잘 실감할 때는 여행지의 호텔에서 첫 아침을 맞이할 때다. 비행기에서 내려 버스와 전철을 갈아타며 무거운 짐을 끌고 밤늦게 도착한 호텔. 시차 때문에 잠자리를 뒤척이다 겨우 잠들어 늦은 시간에서야 겨우 눈을 뜬다. 주섬주섬 창가로 가 커튼을 여는데, 이때 내 앞으로 문득 다가오는 낯선 풍경. 취재 동선의 효율을 고려해 주로 시내 호텔에 묵는데, 창밖으로 내가 매일 마주하던 지붕과는 전혀 다른 지붕이 펼쳐지는 것이다. 아, 나는 여행을 떠나온 거야.

기지개를 켜고 세수를 대충 한 후 레스토랑으로 간다. 아침 식사를 하기 위해서다. 한국에서 생활할 때는 대부분 거르는 아침 식사지만 여행을 와서는 꼭 챙겨 먹는다. 어느 소설가가 호텔에 가면 조식을 먹는 이유를 "객실료에 이미 포함되어 있기 때문"이라고 했는데, 그것 때문이 아니라고는 말하지 못하겠다.

레스토랑 입구에서 직원에게 방 번호를 말하면 자리로 안내한다. 커피를 주문한 후 식당을 둘러본다. 세계 각국에서 온 사람들이 아침 식사를 하고 있다. 비즈니스 정장 차림의 남자는 급히 샌드위치를 먹고 있고 여행을 떠나온 것이 분명한 노부부는 지도를 보며 샐러드와 오트밀을 느긋하게 먹고 있다. 베이컨과 소시지, 으깬 감자, 스튜, 파스타, 브로콜리, 올리브, 갖가지 채소와 샐러드 등이 담긴 커다란 그릇이 식당 한쪽에 나란히 놓여 있다.

내게 여행지에서의 첫 아침 식사는 언제나 크루아상과 올리브 세 알 그리고 커피다. 여행작가가 된 이후 지키고 있는 루틴이다. 지금까지의 경험상 인도나 부탄, 에티오피아 등 몇몇 여행지를 빼고는 호텔 조식에 이 두 가지 음식이 없는 경우는 거의 없었던 것 같다.

하얀 도자기 접시에 크루아상 하나와 올리브를 담은 후 자리로 돌아와 커피 한 잔을 마신다. 비즈니스호텔 레스토랑의 커피는 하나같이 맛이 비슷비슷하다. (왜 그럴까? 불가사의한 일이다.) 맛은 밍밍하고 향은 희미하다. 탄내도 약간 섞여 있다. 커피 한 모금을 마신 후 크루아상을 베어 문다. 나는 빵에 관해서는 잘 모르지만 크루아상에 대해서만은 까다로운 기준을 가지고 있다. 잘 만든 크루아상은 버터가 밀가루 사이에 완벽하게 스며들어야 하고 한 입 베어 물면 겉이 와사삭 부서지면서 빵 속에 숨어있던 버터 향이 콧속을 가득 채워야 한다. 내가 생각하는 좋은 호텔의 기준에는 아침 식사로 좋은 크루아상을 내는 것도 포함되어 있다.

크루아상의 고소하고 풍부한 버터 향이 입속 가득 퍼지기 시작하면서 마음이 느긋해지고 평화로워진다. 낯선 여행지에서 첫 아침 식사로 커피와 크루아상을 먹는 일, 그건 내게 어떤 의식과도 같다. 부드러운 크루아상을 먹다 보면 이번 여행이 아무 탈 없이 무사히 끝날 것 같다는 믿음이 새록새록 생겨난다. 그건 타자들이 타석에 들어서서 헬멧을 툭툭 치거나 배트를 머리 위로 돌리는 루틴과도 비슷하다.

크루아상을 다 먹은 후 올리브를 먹는다. 올리브는 일종의 여행자 보험이다. 여행에서는 무조건 아프지 않아야 한다. 일본에서는 '아침의 매실 한 알이 하루를 편안하게 한다'라는 말이 있는데, 나는 아침의 올리브 세 알이 낯선 이국의 음식으로부터 내 하루의 여행을 안전하게 지켜준다고 믿고 있다.

여행은 일상에서 벗어나는 일이다. 하기 싫지만 억지로 해야 하는 일, 갚아야 할 할부금, 만들어야 할 보고서 등 여행은 우리를 옭아매고 있는 이 모든 것에서 우리를 구해낸다. 나는 여행이라는 우주선을 타고 일상에서 벗어난 무중력 공간으로 들어가는데, 우주선으로 들어가는 문 앞에는 커피 한 잔과 크루아상이 놓여 있는 것이다.

자, 나는 지금 여행을 떠나왔고 내 앞에는 잘 구워낸 크루아상이 있다. 나는 일주일 동안만이라도 내가 생활하고 있던 '저쪽 세계'의 여러 가지 골치 아픈 일과는 무관한 사람이 되었다.

오늘은
오늘밖에 없으니까요

커피를 좋아한다. 하루에 6~7잔은 마신다. 가장 좋아하는 커피는 새벽 3시 반, 노트북을 켜고 초콜릿 한 조각과 함께 마시는 에스프레소다. 모카 포트에서 갓 뽑아낸 진한 에스프레소를 홀짝이며 원고를 재촉하듯 깜빡거리는 커서를 바라보고 있으면 '자, 오늘도 뭐라도 써야지.' 하는 마음이 생겨난다. 나는 에스프레소 한 모금을 마시고 초콜릿을 씹으며 키보드 위에 손을 올려놓는다. 첫 에스프레소 이후 잠자리에 들 때까지 틈틈이 커피를 마신다. 에스프레소가 있으면 좋지만 없어도 상관없다. 종류는 가리지 않는다. 아메리카노, 카페라테, 플랫화이트, 자판기 커피, 편의점 커피, 커피믹스 등 뭐든 다 좋다.

그동안 세상 이곳저곳을 여행하며 다양한 커피를 마셨다. 세계 최초로 커피를 발견한 에티오피아 카파Kaffa에서 마신 커피, 시칠리아의 시골 바에서 마신 에스프레소, 터키 이스탄불에서 마신 터키 스타일 커피, 호주의 플랫 화이트, 오스트리아 비엔나의 멜랑쥐, 연유를 잔뜩 넣은 베트남의 카페 쓰어다, 두바이에서 마신 향신료를 넣은 아랍식 커피의 맛이 아직도 혀에 또렷하게 남아있다.

지금까지 마신 이들 커피 중에 가장 기억에 남는 커피를 꼽으라면 베트남 하노이에서 맛보았던 카페 쓰어다다. 2006년 여름 어느 날, 나는 어리둥절한 표정으로 하노이B역에 커다란 배낭을 메고 서 있었다. 신문과 잡지에서의 여행기자 생활을 접고 여행 작가로는 처음으로 떠난 배낭여행이었다. 역을 빠져나오니 거리를 떠도는 자극적인 음식 냄새와 매캐한 매연이 코를 찔렀다. 사방에서 튀어나오는 수많은 오토바이는 정신을 쏙 빼놓기에 충분했다. 날씨는 왜 그렇게 더운지. 가만히 서 있는데도 구슬 같은 땀방울이 줄줄 흘러내렸다. 아, 도대체 어디로 가야하고 뭐부터 해야 하지? 어디 시원한 데 앉아 정신부터 차리자는 생각에 눈에 띄는 노천카페로 들어가 커피를 시켰다. 종업원이 물었다. "베트남 스타일 오케이? 위드 아이스?" 나는 고개를 끄덕였다.

종업원이 갖다 준, 커피가 담긴 유리컵 바닥에는 하얀 연유가 두껍게 깔려 있었다. 이게 베트남 스타일이군. 나는 빨대로 컵을 한 바퀴 휘저은 다음 힘껏 빨대를 빨아 당겼다. 강한 쓴맛이 올라왔고 뒤이어 달콤한 맛이 따라왔다. 입속은 쓴맛과 달콤한 맛이 어울려 폭죽이 터지는 것 같았다. 그제야 약간이나마 정신을 차릴 수 있었고 하노이의 풍경이 눈에 들어오기 시작했다. 낯선 냄새와 복잡한 풍경이 오히려 이국의 낭만적인 풍경으로 느껴졌다. 달콤한 커피 한 잔의 힘이었다.

그때의 기분을 정확하게 표현할 단어가 지금 내겐 없다. 다만 지금도 기억하고 있는 건, 그 첫 모금을 마시는 순간, 8년 동안 다녔던 회사를 그만두길 잘했고 여행을 직업으로 갖게 된 것이 정말 행운이라는 생각이 들었다는 것이다. 하노이B역 노천카페의 달콤한 카페 쓰어다 한 잔은 내 여행 작가 생활의 시작을 축복해 주는 것만 같았다.

그 시절에서 많은 시간을 지나왔다. 지금 생각하면 그때는 그저 인생의 길 앞에서 아장거린 것에 불과했다. 모든 걸 다 안다고 생각했고, 모든 걸 다 할 수 있다고 자만하며, 모든 걸 다 경험해 보겠다고 겁 없이 덤비던 시절이었다. 호기심과 상상력을 연료로 무작정 달려가던 때다.

단 음식을 별로 좋아하진 않지만, 가끔 연유가 듬뿍 들어간 베트남식 커피가 마시고 싶을 때가 있다. 그럴 때면 베란다에서 베트남에서 사 온 양철 드리퍼로 커피를 내려 마시곤 한다. 되는 일이 별로 없는 세상이지만, 이젠 열심히 하고 싶은 마음보다 그만두고 싶은 마음이 자주 드는 나이지만, 이젠 인생이 맨날 쓰지만은 않다는 것도 아는 나이가 됐다. '오늘은 오늘밖에 없는 것이지.' 하고 생각하며 달짝지근한 쓰어다를 한 모금 마신다. 인생은 카페 쓰어다 같았으면 좋겠다. 첫맛은 쓰고 끝맛은 달았으면 좋겠다. 아파트 숲 너머 멀리 노을이 오고 있다.

달콤한 시간이었다. 가게를 나와 전철을 타러 간다. 한 무리의 여고생들이 지나간다. 까르르……. 그들의 웃음소리가 거리에 울려 퍼진다. 그렇지. 그 나이에는 모든 게 즐겁고, 모든 게 기쁘고, 모든 게 달콤하지. 하지만 진정한 달콤함을 알게 될 때 비로소 어른이 되는 것이란다. 달콤함을 얻기 위해서는 고독을 지불해야 하는 법이거든.

우린 점점 변해가지만
그래도 변하지 않는 것이 있어서

지난해 2000년 이후 처음으로 홍콩을 찾았다. 공항에 내리자 왕가위 감독의 영화 〈중경삼림〉의 무대인 미드 레벨 에스컬레이터와 소호 등지를 돌아다녔던 당시의 기억이 어슴푸레하게 떠올랐다. 1990년부터 2000년까지는 홍콩 영화의 전성기였다. 주윤발, 유덕화, 장국영이 출연한 영화를 보며 몽콕, 구룡, 센트럴 등의 홍콩을 알게 됐다. 왕가위 감독이 양조위를 앞세워 만든 영화를 보고 또 보며 소호로 대표되는 화려한 홍콩을 동경하기도 했다.

그리고 세월이 흘렀다. 주윤발의 쌍권총에 열광하던 까까머리 고등학생은 사십 대 후반의 아저씨가 됐다. 바바리코트를 멋지게 휘날리며 스크린을 누비던 주윤발은 이젠 조금 옛날 배우가 된 것 같다. 왕가위 감독의 마지막 영화가 뭐였는지 생각이 나질 않는다. 양조위와 유덕화는 아직 스크린에서 만날 수 있어 그나마 다행이다.

홍콩에 도착하자마자 달려간 곳은 '카우키'라는 국숫집이었다. 쇠고기 육수로 만든 국수가 유명해 점심시간이면 긴 줄이 늘어서는 곳이다. 한국인 여행자도 많이 찾는다. 저녁 무렵, 국수 가락을 건져 올리며 식당 안을 두리번거렸다. 왜냐하면 이 집이 양가위의 단골집이라는 걸 알고 있었으니까. 혹시라도 그를 우연히 만날 수 있지 않을까 하는 기대를 했지만 만나지 못했다.

구룡에 있는 '팀초이키'는 홍콩 스타일의 국수와 광동식 죽인 콘지를 내는 집이다. 작고 허름한 집이지만 1948년 문을 열었고 지금은 3대째 운영하고 있는 내공 있는 식당이다. 오징어, 소고기 등을 넣고 푹 끓여서 만드는 뎅짜이 콘지는 고소한 맛이 일품이다. 배우 주윤발의 단골 죽집으로 알려져 있다. 당연히 팀초이키도 취재 목록에 올라 있었다.

늦은 점심을 먹기 위해 미니밴을 타고 팀초이키로 가는 길이었다. 주윤발의 단골집이라 운이 좋으면 만날 수도 있겠지 하고 내심 기대했다. 주윤발은 서민적인 행보로 유명한 배우다. 세계적인 대스타답지 않게 검소하게 생활한다. 지하철을 타고 다니는 모습이 인터넷에 가끔 올라오기도 한다. 그는 전 재산 56억 홍콩달러(약 8,100억 원)를 전부 기부하겠다고 밝혀 화제가 되기도 했다.

버스를 타고 가는데 창밖으로 키가 훤칠한 한 남자가 백팩을 메고 걸어가고 있는 것이 보였다. 검은 트레이닝복을 입고 짙은 선글라스를 쓴 그 남자는, 다름 아닌 주윤발이었다! 주윤발 단골집을 취재하러 가고 있는데 주윤발을 만난 것이다. 버스를 급히 세우고 내렸다. 하지만 그는 이미 모퉁이를 돌아 사라지고 없었다. 서둘러 모퉁이로 뛰어갔다. 몇몇 사람들이 어떤 가게 앞에 웅성거리며 모여 있었다. 아, 저 가게에 주윤발이 있구나.

휴대폰 충전기 등을 파는 만물상 같은 가게 카운터에 그가 서 있었다. 나도 모르게 휴대폰을 꺼내 사진을 찍다가 그와 눈이 마주쳤다. '같이 찍자고요.' 주윤발이 눈빛으로 이렇게 말하며 내게 오라고 손짓을 했다. 주윤발과 함께 내 휴대폰으로 셀피를 찍었다. 물론 그가 찍었다. 나보다 팔이 기니까. 사진을 찍은 후 그는 '감사합니다'라는 한국말을 남기고는 거리 끝으로 사라졌다. 그에게서 건네받은 휴대폰을 든 내 손이 바르르 떨리고 있었다.

숙소로 돌아와 고등학교 2학년 아들에게 주윤발과 찍은

사진을 보내며 물었다. “아들, 너 주윤발 알아? 우연히 길에서 만나 같이 사진 찍었어.” 아들이 대답했다. “주윤발? 글쎄 잘 모르겠는데……. 들어보긴 한 것 같아.” 주윤발을 모르는구나.

침대에 누워 있는데 어딘가 마음 한구석이 쓸쓸했다. 한 시대가 지나간 듯한 느낌이 들었다. 북적거리는 거리를 걸어가던 대배우의 뒷모습이 어른거렸다. 그 모습을 떠올리며, 세월이 많이 흘렀고 그 시간 동안 많은 것이 변했다는 것을 깨달았다. 우리는 어느새 늙었고 우리를 둘러싼 풍경은 바뀌었다. 홍콩은 더 복잡해졌고, 중국의 일부가 됐다. 배우들의 얼굴엔 주름이 깊게 팼다. 하지만 변하지 않은 것들도 있다. 배우들을 사랑하고 동경하는 내 마음은 여전하고, 내 마음속에 남아있는 그들의 모습은 90년대 바바리코트를 멋지게 휘날리던 그 모습 그대로다.

침대에서 일어나 거울을 보았다. 그 속엔 하얀 턱수염의 남자가 있었다. 낯설었다. 여행을 하며 낯선 음식을 먹으며 나는 서서히 낯선 사람이 되어 간 것이다. 앞으로도 점점 더 낯선 사람이 되겠지. 우린 점점 더 변해가겠지. 그래도 변하지 않는 것이 있겠지. 이를테면 동경과 연민, 사랑, 추억 같은 것들.

변하는 것은 변하고 변하지 않는 것은 변하지 않는다는 것을 알게 됐으니 그나마 살아온 보람이 있었다.

더 열심히 놀아야지
더 열심히 사랑해야지

몰디브는 스리랑카에서 남서쪽으로 650킬로미터 떨어져 있다. 인도양에 뿌려진 산호섬 1,192개로 이루어진 이 나라의 영토 대부분을 구성하고 있는 것은 아톨atol이라고 부르는 고리 모양의 산호초인데, 이 산호초마다 고급 리조트가 들어서 있다. 우리가 몰디브로 여행 간다고 했을 때는 이 아톨에 들어선 리조트로 가는 것이다.

몰디브에서 여행자는 놀고 먹고 쉬는 일 외에는 별달리 할 일이 없다. 몰디브에서 보낸 하루는 대략 이랬다. 새벽 6시 30분 일어난다. 창문으로 들어오는 붉은 아침 빛이 저절로 눈을 뜨게 만든다. 차가운 생수를 마시고 발코니 문을 열고 밖으로 나간다. 발코니 앞은 바다다. 발코니 끝에 바다로 내려가는 계단이 있다. 계단에 앉아 바닷물에 발을 담그고 해가 뜨는 걸 멍하니 바라본다. 가끔 작은 상어 몇 마리가 다가와 발 주위를 맴돌다 간다. 다시 침대로 돌아와 잔다. 9시쯤에 다시 일어나 느긋하게 아침을 먹고 오전 내내 스노클링을 한다. 점심을 먹고 낮잠. 오후에는 다시 스노클링을 하든지 마사지를 받는다. 늦은 오후에는 잘 구워진 오징어와 참치를 먹으며 샴페인을 마신다. 그러다 보면 어느새 해가 진다. 해변이 보랏빛으로 물들고 석양을 바라보며 모히토를 마신다. 이 모든 걸 내 비자카드가 한다는 걸 알고 있지만, 살면서 이런 날도 며칠쯤은 있어야지 하고 생각해버린다. 여행은 생의 고단함을 잊는 그리고 극복하는 가장 좋은 방법이다.

하루는 스노클링을 하기 위해 리조트 스포츠 숍에 장비를 빌리러 갔다. 입구 안내판에 이런 문구가 붙어 있었다. 〈죄송하지만 ○○세 이상에게는 장비를 빌려드릴 수 없습니다.〉 ○○살이 되려면 아직 멀었지만 그 이유가 궁금해서 주인에게 물었다. 주인은 심장마비 등 사고가 일어나는 것을 방지하기 위해서라고 답했다. ○○살 이상은 돈이 아무리 많아도 몰디브에서 스노클링을 할 수가 없구나. 문득 마음 한구석이 어둑해졌다. 이젠 놀 수 있는 시간이 별로 남지 않았다는 생각이 들었기 때문이다.

얼마 전 또 한 권의 책을 마감했다. 국내 여행지를 소개한 책이다. 책을 낼 때마다 느끼는 것이지만 언제나 아쉬움이 남는다. 설명이 부족한 부분이 있고, 지면의 한계 때문에 보여주지 못한 장면이 많다. 그러고 보니 책을 내는 일도 우리의 여행과 참 많이 닮은 것 같다. 한 권의 책에서 모든 여행지에 대한 가이드와 사진을 다 보여줄 수 없듯, 한 번의 여행으로 우리는 그곳의 모든 것을 다 보고 느낄 수 없다. 그래서 언제나 아쉬운 것이 여행이지만, 어쩌면 그 아쉬움 때문에 우리는 다음 여행을 기약하고 지금의 여행에 최선을 다하는지도 모른다.

벌써 20년을 여행 작가로 살아왔다. 그동안 10테라 외장 하드에 자료를 가득 담았다. 그래도 아직 여행이 간절하다. 더 다니고 싶고 더 만나고 싶고 더 맛보고 싶다.

여행만큼이나 삶도 아쉽다. 하루에 하루씩 사라져 가는 하루가 야속하다. 그래서 더 놀고 더 먹고 더 사랑하려 한다. 우리는 매일매일 사라져 가니까. 그것만큼 절실한 이유가 있을까.

몰디브에서의 마지막 날 저녁, 나는 리조트 발코니에 걸터앉아 모히토를 마시고 있었다. 수평선 너머로 서서히 해가 사라졌고 사위는 곧 어두워졌다. 달그락…… 달그락……. 얼음이 녹아내리는 소리가 몰디브의 짙은 밤을 흔들었다. 내가 즐겁게 놀 수 있는 날이 또 하루 사라졌구나.

어둠 너머에서 희미하게 밀려오는 파도 소리를 들으며 나는 내가 가진 행복한 기억을 떠올려보았다. 그 기억의 대부분은 사랑하는 사람과 함께 '놀았을 때' 만들어진 장면들로 이루어져 있었다. 밤새워 공부하고 일했던 기억은 단 한 장면도 없었다. 나는 사랑하는 사람과 놀 수 있는 시간이 얼마 남지 않았다는 사실에 새삼 마음이 아팠다.

이제 내겐 얼마나 많은 하루가 남아있을까. 돌아가서는 더 열심히 놀아야지 더 열심히 사랑해야지. 나는 아직 몰디브에서 마신 모히토의 달콤함을 잊지 않고 있다. 메멘토 모리 Memento Mori.

얻는 거라곤 월급뿐이지만
그래도 튀김이 있으니까요

기름진 음식을 딱히 좋아하고 즐겨 먹는 건 아니지만 일 년에 서너 번은 튀김이나 전 같은 음식을 격렬하게 먹고 싶은 충동이 인다. 개인적인 취향을 말하자면 김치찌개에 소주, 찬 두부에 캔맥주, 연어 샐러드에 소비뇽 블랑이지만 간혹 기름기가 풍성하게 흐르는 난폭하고 윤택한 맛을 입안 가득 호기롭게 머금고 싶다.

음식을 두고 좋다 나쁘다, 잘했다 못했다를 따지던 때가 있었다. 이 음식은 이렇게 먹는 거지 하며 잘난 척할 때도 있었고, 이 음식은 어디에서 비롯됐고 이렇게 먹는 방법이 맞아하고 시시콜콜 따지고 가르치려고 할 때도 있었다. 하지만 지금은 그냥 맛있게 먹는 것을 최우선에 두려고 한다. 박학다식하고 까칠한 아저씨보다는 모르는 것이 많지만 유쾌한 아저씨가 되는 쪽을 선택한 것이다. 이젠 아는 것보다는 즐기는 것이 중요한 나이가 됐으니까. 기름진 음식이 먹고 싶을 땐 기름진 음식을 맛있게 먹어주는 것이 몸에 대한 배려와 예의라고 생각한다. 누군가 맛있다고 데려간 집에서는 맛있게 먹는 것이 맞다.

이럴 때면 찾는 것이 쿠시카츠다. 쿠시카츠는 일종의 꼬치튀김이다. 일본 오사카에서 처음 만들어 먹기 시작했다고 알려져 있다. 1929년 텐노지에 자리한 '쿠시카츠 다루마'라는 가게에서 고기와 채소를 튀겨 지역 노동자들에게 팔기 시작했는데, 간편하게 먹을 수 있는 데다 노동자들의 칼로리를 보충해 줄 수 있어 급속히 퍼져나갔다고 한다.

쿠시카츠의 재료는 다양하다. 돼지고기, 닭고기, 소고기는 물론이고 대파, 버섯, 연근, 아스파라거스, 당근 등도 훌륭한 재료가 된다(심지어 타코야키도 튀긴다. 아마도 책상 빼고는 다 튀기는 듯). 방금 튀겨져 나온 기름이 자르르 흐르는 쿠시카츠는 보는 것만으로도 입속에 군침을 돌게 한다. "아, 맛있겠다"라는 말이 저절로 나온다.

먹는 방법은 간단하다. 먼저 테이블 위에 놓인 간장통에 꼬치를 살짝 찍는다. 이때 주의사항. 간장은 반드시 한 번만 찍을 것. 입에 들어갔다 나온 꼬치를 다시 집어넣는 건 매너가 아니다. 수많은 사람이 간장통을 같이 사용한다. 간장을 두 번 이상 찍으면 삼대가 망한다는 우스갯소리까지 있다.

다음에는 시원한 생맥주. 물론 벌컥벌컥 마시는 것을 추천한다. 입 안 가득 고인 기름 맛을 시원하고 산뜻한 맥주가 씻어준다. 예전에 오사카 취재 여행에서 먹었던 쿠시카츠와 생맥주의 맛을 지금도 또렷하게 기억하고 있다. 온종일 쫄쫄 굶다 먹었던 쿠시카츠와 생맥주의 맛은 뭐랄까, 삶의 기쁨을 여실히 느낄 수 있게 해주는 맛이었다고 할까. 그 자리에 함께했던 동행은 "이 음식을 먹을 수 있어, 살아있다는 것이 고맙게 느껴진다"고까지 표현했는데, 그의 표정을 보았던 나는 그의 말에 조금의 과장도 섞이지 않았다는 것을 알 수 있었다.

자, 어쨌든 이만큼 왔다. 월급 말고는 얻는 게 별로 없는 인생이지만, 이젠 누구를 탓할 나이도 아니다. 열심히 해도 이룰 수 없다는 것쯤은 진작 알고 있었다. 그래도 쿠시카츠 한 입을 베어 물고 맥주 한 모금을 들이키면 인생이 무작정 나쁜 것만은 아니라는 생각이 든다.

쓸데없다면 쓸데없는 말 같지만, 좋은 일과 나쁜 일이 모여 내 인생이 있는 거지 하고 생각하면서 쿠시카츠를 한 입 베어 문다. 입술에 기름기가 잔뜩 묻지만 이게 또 튀김을 먹는 즐거움이고 행복이다. 튀김 앞에서 우리는 언제나 속수무책이다. 죄책감 같은 건 생각하지 말고 두손 두발 다 들고 튀김 속으로 뛰어드는 것 말고는 다른 방법이 없다.

역시 음식은 머리로 먹는 것이 아니다. 입으로 맛있게 먹고 배를 두드리면 된다. 군만두를 먹다 보면 마음 깊은 곳에서 식탐이 살아나면서 아, 그럭저럭 살 만한 인생이군! 하는 생각이 든다.

영원히 지는 인간은 없다니까요

로쿰locum 하나를 집어 입에 넣는 순간, 뭐라고 해야 할까, 세상의 모든 일들이 행복한 쪽으로 천천히 흘러가고 있는 것처럼 느껴졌다. 가끔 여행하는 삶을 살기를 잘했다, 이 정도면 괜찮은 인생이라고 느낄 때가 있는데, 로쿰을 입 속에 넣고 오물거리는 지금 같은 순간이다. 맛있는 음식을 입으로 가져가고, 그 맛에 스르륵 눈이 감기면서 미소가 번지는 그런 순간.

이스탄불 남쪽으로 약 280킬로미터 떨어진 아피온Afyon은 터키 최대의 온천 도시다. 땅속에서 미네랄 성분이 풍부한 온천수가 끝도 없이 솟아난다. 이스탄불을 거쳐 아피온까지 온 이유는 온천 시설을 취재하기 위해서였다. 4박 5일 동안의 취재 일정 내내 신발에 비닐봉지를 씌우고 아피온에 있는 여러 호텔의 사우나와 수영장, 마사지, 테라피 등 다양한 시설을 돌아보는 일정이었다. 하지만 온천탕만 돌아보며 보내기에는 시간이 너무나 아까웠다. 세월이 한참 더 흘러 다리에 힘이 빠지고 관절이 거칠어지면 분명 따뜻한 온천에 몸을 담그고 있는 것이 거리를 쏘다니는 것보다 훨씬 좋아질 것이고, 그때면 이곳 아피온의 따뜻한 목욕탕이 머릿속에 떠오를 것 같았지만, 지금은 분명 아니다. 다행이 일정 중에 약간의 시간이 났고, 다리를 움직일 만큼의 기운은 남아 있었던 나는 카메라를 들고 거리로 나가기로 했다. 호텔 밖으로 나가야 할 이유는 분명했다. 여길 또 언제 와보겠어?

하니페Hanife가 기꺼이 아피온 가이드를 해주기로 했다. 스물세 살의 그녀는 아피온 문화센터에서 한국어를 공부했다고 했다. 한국말은 내가 잘하지만, 서울말은 나보다 그녀가 잘하는 것 같았다. "대장금을 아주 좋아해요. 온갖 어려움을 이겨내는 그녀에게서 많은 감명을 받았어요. 여기서도 BTS가 아주 인기가 많아요."

오후의 거리는 한적했다. 사람들은 골목에 놓인 자그마한 테이블에 모여 앉아 홍차를 마시고 있었다. 동양인을 많이 접하지 못했던 그들은 내가 지나갈 때마다 친절하게 웃어주었다. "아 유 꼬레?" 하고 물을 때마다 나는 고개를 끄덕였고 그들은 기다렸다는 듯 다가와 어깨동무를 하고 사진을 찍었다. 가게 문 앞에 기대 있던 알리도 그랬다.

- 한국에서 왔어?
- 응.
- 아피온은 처음이지?
- 응.
- 들어와 봐, 내가 세상에서 제일 맛있는 로쿰을 먹게 해줄게.

그렇게 들어가게 된 로쿰 가게 '미림 울루'. 이 가게는 1860년부터 로쿰을 만들어 팔기 시작했다. 1860년이라……, 우리나라로 치면 철종 11년이다. 철종 때부터 엿을 팔던 가게가 아직도 문을 열고 엿을 팔고 있는 것이다. 먹어봐. 주인 알리가 시식해보라며 집어준 건 부드러운 치즈가 잔뜩 들어간 로쿰이었다. "카이막 로쿰이라고 하지. 이게 우리 집에서 가장 맛있어." 알리는 눈을 찡긋하며 가위로 로쿰을 썰어주었다. 알리가 건넨 로쿰 한 조각을 먹자마자, 왜 이걸 '터키쉬 딜라이트delight'라고 부르는지 알 수 있었다. 달콤한 로쿰은 입에 들어가자마자 나를 기쁘게 해주었고 지구 한 귀퉁이에 이런 맛이 존재하고 있다는 것이 축복처럼 느껴졌다.

고작 로쿰 한 조각에 너무 감동한 것 아니냐고 말할 수도 있지만, 나는 그게 우리가 여행해야 하는 이유라고 생각한다. 매일 매일을 사이드 브레이크를 채운 채 힘겹게 언덕길을 올라가는 중고 트럭처럼 살아가는 우리는 여행을 떠나와서야 비로소 사소한 것에 감동하는 법을 배운다. 그리고 그 사소한 것들이 얼마나 소중한지를 깨닫는다. 여행은 우리가 잊고 있었던 감동이라는 감각을 다시 일깨워준다.

아침으로 올리브와 치즈, 말린 무화과와 살구, 요구르트, 삶은 계란, 딱딱한 바게트를 먹었다. 점심으로는 삶은 계란과 요구르트, 딱딱한 빵, 치즈, 말린 무화과와 살구, 올리브를 먹었다. 눈치 빠른 분은 알아채셨겠지만 접시 위에 놓인 음식의 순서만 바뀌었을 뿐이다. 그러니까 나는 터키를 여행하는 내내 치즈와 올리브, 요구르트, 딱딱한 빵, 삶은 계란을 먹었다는 것이다. 이 음식들이 맛없었다고 불평하는 게 아니다. 오히려 나는 지금까지 이토록 맛있는 올리브와 치즈, 말린 무화과와 살구, 요구르트를 먹어본 적이 없다는 걸 말하고 싶을 뿐이다.

아침을 먹기 위해 호텔 식당에 내려갔을 때 나를 놀라게 한 건 올리브가 무려 13가지나 있다는 사실이었다. 더 놀라운 건 건너편 테이블에 놓인 11가지의 치즈, 그리고 그 옆에 놓인 9종류의 요구르트와 과일 잼이었다. 나는 사흘 동안 그 호텔에 묵었는데 사흘째 아침에서야 비로소 그것들을 다 맛볼 수 있었다.

직업이 여행 작가다 보니 현지 관계자들과 함께 식사를 해야 할 때가 있다. 어떤 직업이든 '꼭 하지 않아도 되지만 반드시 해야 하는 일'이 있는데, 현지 관광청 관계자와의 식사 역시 이런 일 가운데 하나다. 처음 마주하는 사람과 커다란 테이블을 두고 앉아 코스 요리를 먹으며 각자의 나라에 대한 이야기 - 인구와 수도, 인사법, 식사예절, 향신료, 휴가 일수 등에 관한 - 를 하는 것은 정말이지 지루한 일이다. 귀중한 시간을 낭비하는 것만 같지만, 이 역시 일의 일부분이라고 생각하고 어쩔 수 없이 받아들인다. 그래도 시간이 아까운 건 사실이다.

터키 취재 여행도 그랬다. 세상은 때로 끝없이 잔인하게 군다. 장애물 하나를 넘으면 또 다른 장애물 하나를 준비해두고 있다. 마치 기다렸다듯. 그렇다, 나는 지금 망할 인스펙션(inspection, 호텔 관계자에게 호텔 룸과 각종 시설 안내를 받는 것. 정말 재미없고 지치는 일이다) 이야기를 하고 있는 것이다. 터키 일정 내내 나는 매일매일 4~5개의 호텔을 돌며 인스펙션을 해야 했다. 하루 종일 호텔방과 헬스장, 온천 시설, 레스토랑 등을 돌아보고 나면 어느새 저녁이 되었고 다리가 퉁퉁 부어 있었다. 가방에는 호텔에서 나눠준 머그컵과 볼펜, 각종 자료로 빼곡했다(물론 그것들은 하나도 가져오지 않았다).

하지만 어쩔 수 없는 일. 피하려 해도 피할 수 없는 것이 '일정'이다. 천재지변이 일어나지 않는 한 바뀌지 않는 것이 일정이라는 걸 경험적으로 알고 있다. 어느 순간부터 내 몸은 '일정으로 빽빽한 팸투어'라는 현실에 조금씩 적응해가고 있었다. 나를 비롯한 일행은 호텔을 나오면 자동적으로 정문 앞에 열을 맞춰 한 줄로 섰다. 그리고 형식적인 미소를 지으며 호텔 관계자들과 함께 형식적인 사진을 찍고서는 다음 호텔로 이동하기 위해 줄지어 버스에 올랐다.

그래도 올리브와 치즈, 케밥, 로쿰은 정말 맛있었다. 그것만으로도 엉망진창의 일정을 모두 용서할 수 있을 만큼 맛있었다. 윤기가 흐르는 올리브와 치즈, 견과류, 꿀, 대추야자로 가득한 터키의 식탁 앞에 앉을 때마다 나는 앞으로의 일정에 대한 모든 걱정과 근심을 잊을 수 있었다.

아피온에서의 마지막 날이다. 나는 저녁이 내리는 거리에 앉아 진한 터키쉬 커피를 마시고 있다. 물론 그 옆에는 로쿰이 담긴 접시가 있다. 지금 기분은 뭐랄까, 바람이 기분 좋게 부는 맑은 날 야구장의 외야석에 앉아 라디오를 들으며 힘차게 뻗어가는 야구공을 바라보는 것 같다. 외야 플라이로 끝나든 홈런이 되든 상관이 없는 그런 타구, 매끈한 곡선을 그리며 날

아가는 공의 궤적만으로도 아름다운 그런 타구 말이다. "식탁 위의 쾌락은 다른 모든 쾌락과 결합할 수 있으며, 다른 모든 쾌락이 사라진 뒤에도 마지막까지 남아 우리를 위로해 준다"라고 말한 건 브리야 사바랭이었지. 그렇지. 세상의 모든 일정에는 빈틈이 존재하는 법이지. 그것 봐, 영원히 지는 인간은 세상 어디에도 없다니까.

아무렇지도 않은 듯
아무렇지도 않은 듯

포르투갈에 코스타 노바Costa Nova라는 마을이 있다. '새로운 해안'이라는 뜻의 이름을 가진 예쁜 마을로 세계 각국에서 찾아온 젊은 여행자들로 언제나 북적인다. 일명 '줄무늬 마을'로 알려진 이곳에는 붉은색, 노란색, 파란색 줄무늬로 꾸며진 집이 해안가에 일렬로 늘어서 있다. 영화 세트장 같은 이 건물들 앞에서 여행자들은 갖가지 포즈로 기념사진을 찍는다.

마을의 집들이 줄무늬로 칠해지게 된 유래는 이렇다. 앞은 바다, 뒤는 호수가 위치한 이 마을은 늘 습했고 안개가 자주 끼었다. 마을 사람들은 대부분 고기잡이를 생업으로 삼았는데, 가장을 먼바다로 떠나보낸 가족들은 늘 마음을 졸이고 하루하루를 살아야 했다. 그러던 어느 날, 한 집이 집 외벽에 줄무늬를 그려 넣기 시작했다. 이유는 간단했다. 안개 가득한 먼바다에서도 집이 조금이라도 잘 보이도록 해 뱃일을 나갔던 사람들이 돌아오는 길을 잃지 않도록 하기 위해서였다. 이후 마을의 다른 집들도 줄무늬로 벽을 꾸몄다. 이런 까닭에 집들의 줄무늬가 다 색이 다르다. 각자의 집을 찾을 때 헷갈리면 안 되기 때문이다. 지금도 마을 사람들은 해마다 손수 페인트칠을 한다고 한다.

마을 사람들이 바다로 나가 잡아 온 생선은 대구다. 가난했던 포르투갈 사람들은 북대서양까지 나가는 대구잡이 배를 탔다. 낚시로 잡은 대구는 오래 보관하기 위해 배 위에서 바로 소금을 뿌리고 말렸다. 지금 세계에서 가장 유명한 포르투갈 요리인 바칼라우는 이렇게 시작됐다.

포르투갈을 여행하면 적어도 이틀에 한 번은 바칼라우를 먹게 된다. 바칼라우는 365개의 요리법이 있어 매일매일 다른 바칼라우를 먹을 수 있다고 한다. 이 말은 집집마다 비법을 가지고 있다는 뜻이다. 실제로 포르투갈을 여행하며 똑같은 바칼라우를 먹은 적이 없다. 어떤 집은 바삭하게 요리해서 냈고, 어떤 집의 바칼라우는 촉촉했다. 어떤 집은 김가루를 뿌려서 우리나라의 죽처럼 먹기도 했다. 곁들이는 음식으로는 감자가 나오기도 했고 수란을 올리기도 했다.

코스타 노바 해안가, 바다가 바라보이는 음식점에서 바칼라우를 먹었다. 가이드가 안내해 준 집은 현지인들이 주로 찾는 곳이었다. 머리카락이 새하얀 할머니가 바칼라우가 담긴 접시를 내왔다. "할머니의 할머니의 할머니 때부터 이곳의 집들은 줄무늬로 칠해져 있었고 할머니의 할머니의 할머니의 할머니 때부터 바칼라우를 먹었지." 바칼라우를 언제부터 먹기 시작했는지 묻자 할머니는 이렇게 답했다.

할머니의 바칼라우는 포르투갈에서 먹은 바칼라우 중 가장 맛있었다. 부드럽게 으깬 감자 위에 구운 대구가 얌전히 올라가 있었고 그 위에는 아주 잘 만든 수란이 얹혀 있었다. 수란을 터트리자 노른자가 바칼라우 위로 흘러내렸다. 노른자와 잘 섞인 바칼라우는 입속에 들어가자마자 사르르 녹아내렸다. 주방 앞에 서 있던 할머니가 나를 보며 눈을 찡긋했다.

바다로 나간 남편이 무사히 돌아오길 기원하며 집을 예쁘게 칠하다 보니 코스타 노바는 포르투갈에서 가장 아름다운 마을이 됐다. 먹을 게 없어 억지로 먹던 대구가 지금은 세계에서 가장 맛있는 요리 가운데 하나가 됐다. 겉으로는 잘살고 있는 것처럼 보여도 모든 존재에는 슬픔과 외로움이 깃들어 있다. 결코 극복할 수 없는 그 슬픔과 외로움을 껴안은 채 우리는 하루하루 살아간다. 아무렇지도 않은 듯, 아무렇지도 않은 듯.

우리도 언젠가는 아빠의 아빠의 아빠 때는 힘들었지, 엄마의 엄마의 엄마 때는 힘들었지 하며 눈을 찡긋할 때가 있을 것이다. 인생은 그런 것이다. 힘든 시절은 다 지나가기 마련이다.

야시장에
앉아 있으면 말입니다

미얀마 바간Bagan은 이라와디 강 동쪽에 자리한 도시다. 11~13세기 버마족은 이 도시를 수도로 삼아 바간 왕조를 세웠다. 바간 외곽에는 4,000여 기의 불탑과 수많은 사원이 바간의 아득한 들판을 메우고 서 있다. 여행자들은 자전거나 오토바이를 빌려 타고 탑과 탑 사이를 여행한다.

낮 동안 오토바이를 타며 먼지를 흠뻑 마신 그들은 해가 지면 노천카페나 식당으로 몰려 가 쌀국수를 먹으며 그들이 경험한 여행에 관해 이야기한다. 물론 여기엔 시원한 맥주 한 잔도 빠지지 않는다. 미얀마에는 미얀마 맥주라는 맛있는 맥주가 있는데 홉 향이 아주 진하고 목 넘김이 부드럽다.

이 맥주 옆에 반드시 놓이는 음식이 모힝가Mohinga다. 생선 국물을 우려내어 만든 쌀국수로 양파, 레몬그라스, 생강, 파, 마늘, 바나나, 무 줄기 등을 함께 넣어 먹는다. 베트남이나 태국, 라오스의 쌀국수와는 맛과 향이 확연히 다르다. 생선으로 육수를 낸 탓에 처음 맛보는 이들은 비린 맛에 얼굴을 찌푸리기도 하지만, 미얀마에 며칠 머무르다 보면 자연스럽게 아침부터 모힝가를 찾게 된다.

쌀국수는 조용한 방에서 먹는 것보다는 노천 식당에서 먹는 것이 더 좋다. 나는 세상의 모든 국숫집은 모름지기 떠들썩해야 한다고 생각한다. 쌀국수는 영어, 프랑스어, 스페인어, 중국어, 일본어가 뒤섞인 여행자 거리의 왁자지껄한 분위기 속에서 뜨거운 국물을 후후 불어가며 먹어야 제맛을 느낄 수 있다. 국물을 삼킬 때 강렬한 고수 냄새가 콧속으로 훅 들어와야 한다. 육수에 갓 담아 내온 쌀국수의 향은 풍성하고 면은 부드럽다.

쌀국수가 좋은 점은 아무 곳에서나 먹어도 평균 이상의 맛을 느낄 수가 있다는 것이다. 아주 맛있는 쌀국수를 먹은 적은 많지만 그렇다고 고개를 절레절레 흔들 정도로 맛없는 쌀국수를 먹은 적은 없는 것 같다. 지금까지 먹었던 쌀국수 대부분은 '이 정도면 괜찮군. 먹을 만해.' 하는 생각이 들었다.

맥주를 먼저 한 모금 마시고 쌀국수 한 젓가락을 집어 들어도 되고, 쌀국수 한 젓가락을 먹고 난 후 맥주를 마셔도 되지만, 개인적으로는 맥주를 먼저 마시기를 추천한다. 아무래도 맥주는 빈속에 마셔야 제맛이고, 뜨거운 동남아의 햇빛에 지친 몸을 시원한 맥주로 식혀 줘야 몸의 감각이 제자리를 찾기 때문이다. 그다음 어디 한번 먹어볼까 하고 본격적으로 쌀국수를 젓가락 가득 집어 올리면 된다.

맥주 한 병과 쌀국수 한 그릇을 깨끗하게 비우고 멀리 들판을 바라본다. 희미한 별빛 아래, 탑들이 어슴푸레하게 빛나고 있다. 사람들은 어떤 마음으로 이토록 수많은 탑을 세웠을까. 지금까지 피나는 노력이 인생을 바꾼 것은 봤지만, 간절한 기도가 인생을 도운 것을 목격하지는 못했다. 세상일은 가만히 내버려 둬도 흘러갈 방향으로 알아서 흘러간다. 상처는 입지 않으려 애쓴다고 입지 않는 것이 아니다. 그것은 자동차 사고와 같다. 내가 아무리 조심하더라도 모퉁이에서 갑자기 튀어나오는 차를 피할 수는 없는 것처럼, 피할 수 없는 불행이라는 게 세상에는 분명 존재하는 것이다. 그 무렵의 나는 여행을 하며 이런 인생살이를 조금씩 배워가는 중이었다.

아무튼 맥주는 시원하고 쌀국수는 맛있다. 동남아시아를 여행할 때마다 이 세상을 살아가는 데는 음악, 맥주, 쌀국수 정도만 있다면 그럭저럭 버틸 수 있겠다는 생각이 든다. 헐렁한 티셔츠에 반바지, 슬리퍼를 신고 야시장에 앉아 있다 보면 그런 생각이 드는 건 어쩔 수 없다. 그것 말고는 딱히 필요한 게 없으니까. 가끔 노을을 볼 수 있고, 더위를 식혀주는 스콜이 내리면 더 좋고, 사랑 같은 건 없어도 되고 말이다.

되는 일이 별로 없는 세상이지만, 이젠 열심히 하고 싶은 마음보다 그만두고 싶은 마음이 자주 드는 나이지만, 이젠 인생이 맨날 쓰지만은 않다는 것도 아는 나이가 됐다. '오늘은 오늘밖에 없는 것이지' 생각하며 달짝지근한 쓰어다를 한 모금 마신다.

틀리지 않고
다를 뿐입니다

아침에 일어나 가장 먼저 하는 일은 에스프레소 한 잔과 초콜릿 한 조각을 먹는 것이다. 뜨겁고 진한 에스프레소를 홀짝이며 달콤한 초콜릿을 우물거리다 보면 그제야 뇌가 제대로 작동하는 것 같다. 밤새 멈춰있던 톱니바퀴들이 우웅– 하는 소리를 내며 돌아가기 시작한다.

에스프레소를 오랫동안 마시며, 커피도 중요하지만 잔의 역할도 그에 못지않게 중요하다는 것을 알게 됐다. 같은 에스프레소라도 커다란 머그컵에 마시면 그 맛을 제대로 느낄 수 없다. 향은 물론이고 에스프레소 특유의 진하고 강렬한 맛이 하나도 나지 않는다. 김빠진 맥주를 마시는 기분이랄까. 종이 컵에도 따라 마셔봤는데, 한약처럼 쓴맛만 잔뜩 올라왔다.

사케 역시 마찬가지다. 일본 니가타에 사케를 취재하러 갔을 때다. 니가타는 일본 최고의 쌀로 손꼽히는 고시히카리가 생산되는 고장이다. 눈이 많이 내리는데, 노벨문학상을 수상한 가와바타 야스나리의 소설 〈설국〉도 니가타를 배경으로 했다. 최고의 쌀과 눈이 녹은 깨끗한 물이 만나 빚어낸 명품이 바로 니가타 사케다. 우리나라에서도 인기가 많은 구보타 만주, 고시노 칸바이, 핫카이산 등이 모두 니가타에서 만들어지는 사케다. 니가타에는 약 백여 개의 양조장이 있는데 이는 일본에서 가장 많은 숫자다. 개인이 운영하는 작은 양조장에서 생산하는 브랜드까지 모두 합치면 500개가 넘는 브랜드의 사케가 만들어진다고 한다.

어느 사케 양조장을 방문했을 때다. 가이드 하시모토 씨는 품에서 조그만 사케 잔을 꺼냈다. 그가 시음을 할 때마다 가지고 다니는 전용 잔이라고 했다. "사케는 작고 앙증맞은 전용 잔에 따라 마셔야 그 향과 맛을 제대로 느낄 수 있습니다. 시음용으로 나눠주는 플라스틱 잔은 사케 고유의 향과 맛을 표현해 내지 못합니다." 그는 다른 지방에 여행 갈 때마다 마음에 드는 사케 잔과 커피 잔을 찾기 위해 그릇 가게를 기웃거린다고 했다.

우리에겐 아직 잘 알려지지 않았지만 중국 후난성은 망산 국립공원과 동강 등의 관광지로 중국인들 사이에서는 꽤 유명하다. 후난성을 방문해 요리를 맛볼 기회가 있었는데 중국 요리답지 않다는 생각이 들 정도로 맵고 짰다. 오리고기 볶음, 돼지고기 절임, 야채 볶음, 두부조림 등 주안판(빙글빙글 돌아가는 원형의 식탁)을 가득 채운 요리는 우리나라 사람들의 입맛에 은근히 잘 맞아 함께 한 일행들이 매끼마다 맛있다고 엄지손가락을 치켜세웠다. 후난성 현지 가이드는 "중국 3대 요리로 사천, 광동, 상해 요리를 꼽지만 후난 요리도 이에 뒤지지 않는다"며 자랑했다.

후난 요리는 주안상에 밥 대신 삶은 소면이 오른다는 것이 독특하다. 삶은 소면이 대접에 가득 담겨 나오는데 이를 건져내어 요리와 함께 먹는다. 중국에서 처음 대하는 음식 풍경이었다.

소면이 오르는 이유를 물으니 답은 간단했다. 맵고 짠 후난 요리를 소면과 함께 먹으며 간을 맞추는 것이다. 후난성은 이모작이 가능해 쌀이 풍부한 반면 밀가루가 귀하다. 예로부터 손님이 오면 밀가루로 국수를 만들어 대접하는 전통이 있었는데, 국수가 대중화되면서 일반적인 음식으로 자리 잡게 됐다.

모든 것에는 다 거기에 맞는 형식이 있고 이유가 있다. 여행을 하며 살아오며 이를 깨달았다. 에스프레소와 사케에 어울리는 잔이 있듯, 모든 내용은 각자에게 가장 적당한 형식을 지니고 있다. 시는 시라는 형식에 들어갈 때 가장 아름답고, 축구는 역시 축구장에서 해야 가장 재미있고 제대로 된 경기를 할 수 있다. 이는 형식이 곧 표현이라는 말이기도 한데, 사케 잔은 사케라는 내용을 가장 잘 표현하기 위해 오랜 시간 동안 수많은 시행착오를 겪으며 만들어진 형식인 것이다.

후난성 사람들이 소면을 먹는 것도 마찬가지다. 북유럽에는 북유럽에 맞는 삶의 방식이 있고 동남아시아에는 동남아시아에 맞는 삶의 방식이 있듯 후난성에는 소면을 곁들여 먹는 것이 '후난성에 맞는' 가장 맛있는 방법인 것이다. 틀리지 않고 다를 뿐이다. Same Same But Different.

사는 데
꼭 거창한 이유가 필요한 건 아니랍니다

몇 해 전 A형, B와 함께 일본 가고시마에 갔다. 두 사람 모두 요리사다. 골목 풍경과 료칸, 시장 풍경을 카메라에 담았다. 그러면서 틈틈이 먹었다. 아니, 사실은 줄기차게 먹었다. 우동을 먹고 라멘을 먹고 야키니쿠 집엘 갔다. 밤이면 이자카야를 찾았다. 야키도리를 앞에 두고 맥주를 마시고 사케를 마셨다. 먹는 틈틈이 취재했다.

그즈음, 우리는 모두 각자의 일로 바빴다. 매일 매일 뜨거운 불 앞에서 요리를 해야 했고, 원고를 써야 했고, 방송 카메라 앞에 서야 했다. '하는' 것이 아니라 '해야만' 했다. 먹고 마시는 일을 해야 했지만 먹고 마시는 일이 즐겁지만은 않았다는 뜻이다.

어느 봄밤, 우리는 지금은 없어진 을지로의 어느 호프집에서 김빠진 맥주를 앞에 두고 앉았다. "아, 먹고 마시고 놀고 싶다." 셋 중 누군가가 한탄 섞인 이 말을 내뱉었고 그 말을 듣는 순간 우리는 모두 진심으로 먹고 마시고 놀고 싶어 한다는 걸 알게 됐다. 그래서 스마트폰으로 여행지를 검색했고 항공권과 호텔을 예약했다. 그래도 일단 취재라고 합시다. 집에 둘러댈 말은 있어야 하니까요.

후쿠오카 공항에 내렸을 때 우리는 충분히 허기져 있었다. 렌터카를 빌린 후 가고시마로 가는 자동차 도로에 올라서서는 무조건 첫 휴게소에 들어가 배부터 채우기로 했다. 다행히 30분쯤 지나자 휴게소가 나타났고 우리는 자석에 이끌리듯 스르륵 미끄러져 들어갔다. B가 물었다. "우리 뭐 먹을까요?" A 형이 대답했다. "규슈에 왔으니까 라멘부터 먹어야지. 걸쭉한 돈코츠 라멘 국물이 좋지 않을까?"

규슈는 돈코츠 라멘으로 유명하다. 돼지 뼈를 푹 고아 우려낸 걸쭉하면서도 묵직한 육수에 탱탱한 면을 푸짐하게 담아낸다. 한국이라면 아침으로 좀 부담스럽겠지만, 우리는 여행을 떠나왔고 여기는 일본이다. 아침부터 고속도로 휴게소에서 돈코츠 라멘을 먹는다고 비난할 사람은 아무도 없다.

일본의 라멘은 도시마다 약간씩 특색이 있는데, 가고시마 라멘은 후쿠오카나 구마모토 등의 여타 규슈 지역의 라멘에 비해 약간 담백하다. "음. 예전에 먹었던 잇푸도나 구루메 다이호의 라멘에 비해서는 약간 라이트한 거 같은데……." 내가 말했다. "그런 것 같아요. 하지만 조미료 맛이 혀에 확 와 닿는 건 일본 휴게소도 어쩔 수 없네요." B의 평. 그렇지, 여긴 휴게소니까.

그렇게 두 시간을 달려 마침내 가고시마에 도착했고 우리는 식당을 찾아 두리번거렸다. 어느새 점심시간이었고 우리는 약속이나 한 듯 일제히 배가 고팠다. 휴게소에서 라멘 한 그릇으로 때운 부실한 아침 식사를 반드시 근사한 점심으로 만회해야 했기에 구글을 이리저리 헤집으며 최대한 가까운 곳에 있는 최대한 맛있는 식당을 찾았다. 그래서 도착한 곳이 가고시마 중앙역 근처의 어느 돈가스 집.

가고시마 최고의 별미는 흑돼지다. 우리는 '상 로스카츠 런치'를 주문했다. 가게 입구 입간판과 메뉴판에서 대표 메뉴라고 광고하고 있었다. 일본에서는 식당에서 하라는대로 먹는 게 제일 낫다. "뭘 먹을지 모를 땐 무조건 '오늘의 메뉴'를 시킬 것. 실패할 확률이 제일 낮지." 일본 여행경험이 많은 A형의 귀띔이다.

역시 실패하지 않았다. 최상급 등심을 사용한 로스카츠는 비주얼부터 달랐다. 어른 손바닥만 한 크기의 두툼한 돈가스가 접시 위에 늠름하게 올라 있었다. 물론 나마비루도 한 잔씩 주문했다(왠지 나마비루는 나마비루라고 해야 그 맛이 온전히 전해진다. 생맥주라고 하면 김빠진 것처럼 허전하다. 한국에서는 당연히 생맥주라고 해야 그 맛이 제대로 전해진다. 치킨엔 생맥주). 이런 멋진 돈가스가 있는데 나마비루를 마시지 않는다면, 이건 돈가스에 대한 실례다. 맛있는 음식을 더 맛있게 만들어주는 건 역시 술이다.

일단 먹어보자. 느끼하지 않을까 하는 생각으로 한 입 크게 베어 물었다. 살 사이에서 빠져나온 육즙이 입 속을 가득 채웠다. 이 사이로 감기는 비계의 고소한 맛이 환상적이다. 우리는 후다닥 돈가스 한 접시를 다 비우고 빈 나마비루 잔을 탁, 하고 탁자에 내려놓았다. 그리고는 서로를 바라보았다. 입가엔 돈가스 기름이 살짝 묻어있었고 우리의 눈은 이렇게 말하고 있었다. 아, 잘 먹었다.

돈가스에 생맥주를 흡입한 우리는 숙박지인 이부스키로 향했다. 이부스키는 천연 모래찜질 온천으로 유명한 곳. 해안에 검은 모래사장이 펼쳐지는데 이곳에 모래 찜질방이 마련되어 있다. 적당한 곳에 누우면 아주머니, 아저씨들이 모래를 삽으로 퍼서 덮어준다. 말하긴 좀 그렇지만, 매장되는 듯한 기분이군. 10~15분 정도 누워 있으면 온몸이 땀에 젖는다. 해안 쪽으로 갈수록 모래 온도가 더 올라가는데, 거의 80도에 다다른다고 한다. 모래찜질을 하고 누워있으니 세상 부러운 것이 없다. 살아가는 덴 배고픈 소크라테스보다는 배부른 돼지가 나을지도.

가고시마는 인구 50만 정도 되는 도시다. 우리나라의 전주와 비슷하다. 가고시마 중앙역과 텐몬칸 주변이 번화가다. 텐몬칸은 아케이드 거리다. 거리 양편으로 상점들이 늘어서 있다. 길을 지나는데 오전부터 학생들로 북적이는 상점이 있어 고개를 기웃하니 '시로쿠마 빙수 가게'라는 간판을 달고 있다. '하얀 백곰'이라는 뜻의 시로쿠마. 가고시마에서는 흑돼지와 소주 못지않게 유명하다. 지금 우리가 먹는 팥빙수의 원형은 1950년께 일본 가고시마의 한 찻집에서 잘게 부순 얼음에 연유와 단팥, 과일을 얹어 판 것에서 찾을 수 있다. 시로쿠마라는 이름도 하얀 우유 빙수에 박힌 단팥과 건포도가 북극곰을 연상시킨다고 해서 붙은 이름이다.

봤으니 지나칠 수 없는 일. 빙수 가게 들어가 빙수 하나를 시켰다. 한 숟가락 입 속으로 가져가니 그 달콤함에 잠시 행복감이 인다. 좋은 인생이다. 지루해지면 여행을 떠나고, 라멘과 돈가스, 달달한 빙수를 먹고 있으니. 꼭 커다란 이념이나 지고지순한 사랑, 엄청난 부와 명예 같은 걸 이루어야 제대로 산

게 아니다. 그냥 즐거운 음악을 듣고 달콤한 빙수를 떠먹으며 틈틈이 여행이나 다니는 인생이면 충분하다.

정말 추천하고 싶은 곳은 가고시마 시내에 자리한 '유도우후곤효우에'라는 이자카야다. 온천물로 끓여내는 두부전골과 꼬치 등을 판다. 문을 연 지는 60년 정도. 처음 생겼을 때와 메뉴가 크게 달라진 건 없다고 한다. 자리에 앉으면 흰머리 가득한 할머니가 술을 따라주고 안주를 직접 내준다. 관광객들은 거의 찾지 않는 곳이다.

우리는 온천 두부전골 하나를 시켰다. 냄비 속에는 두부가 푸짐하게 담겨 있고 쑥갓과 콩나물이 그득하게 올려져 있다. 밤이 점점 깊어간다. 냄비가 보글보글 끓고 있고 우리는 따뜻한 오유와리를 시킨다. 할머니가 넘칠 듯 소주를 따라준다. 이것저것 꼬치도 시킨다. 옆에 앉은 일본 할아버지가 여긴 어떻게 알고 왔느냐고 묻는다. "지나가다가 우연히 들렀어요." 할아버지는 "난 여기 20년째 단골인데 온천 두부 맛이 하나도 변하지 않았어. 처음부터 지금까지 여전히 최고야." 하며 엄지손가락을 치켜세운다.

우리는 천천히 오유와리를 마신다. 여기는 가고시마의 어느 구석진 이자카야. 손님은 쉴 새 없이 들락거리고 문밖으로 트램이 지나가는 소리가 들린다. 그제서야 그들에게 물어본다. 왜 요리를 시작하게 됐는지. 기사에 뭐라도 써야 하니까.

“꼭 거창한 이유가 필요할까요. 그냥 어떻게 하다 보니 요리를 시작하게 됐고, 요리를 하다 보니 요리사가 된 거죠. 요리사로 살다 보니 요리를 계속하고 있는 것이고요.” B가 말했고 A형은 말없이 고개를 끄덕였다. 그렇지. 어쩌다 보니 우리는 여기까지 와 있는 것이다. 나는 B의 말이 뭔가 엄청나게 멋있는 것 같아서 휴대폰에 얼른 메모했다. 나는 작가고 뭐라도 써야 하니까. 냄비에서는 두부전골이 보글보글 끓고 있었다.

나이가 드나 보다. 예전에는 아무렇지도 않은 풍경이, 아무것도 아닌 것이 새삼 고맙다. 그것은 대부분 때맞춰 우리 곁으로 찾아와 주는 것이다. 그러니까 동백이며 목련, 주꾸미며 바지락 같은 것, 그것들은 잊지 않고 우리를 찾아와 우리 곁에 한동안 머물다 떠나간다. 당연한 일인데, 그 사실이 참 고맙다.

기다릴 줄 아는 것
먹기 좋은 온도가 될 때까지

성격이 급한 편이다. 마음을 먹으면 바로 움직여야 한다. 머리가 결정하기 전에 몸은 이미 움직이고 있을 때도 있다. 급한 성격 때문에 일을 그르칠 때도, 실수할 때도, 예의에 어긋나는 행동을 할 때도 많다. 그래도 이런 성격 때문에 이득을 볼 때도 있어 '플러스마이너스 제로'라고 스스로 위로하며 살고 있다.

먹는 일에도 급하다. 막국수 같은 건 그냥 후루룩 몇 젓가락 만에 다 먹는다. 뜨거운 라면을 먹다가, 펄펄 끓는 뚝배기에 든 국밥을 먹다가 입천장을 데는 일도 잦다. 음식이 나오기 전 '천천히 천천히'를 속으로 되뇌지만, 음식이 나오는 순간 깨끗하게 잊어버린다.

세계 곳곳을 돌아다니며 많은 음식을 맛보았는데 우리나라처럼 뜨거운 음식을 내는 곳은 없었던 것 같다. 대부분 먹기 적당한 온도를 가지고 있었다. 일본의 라멘과 우동, 이탈리아의 파스타, 헝가리의 굴라시, 미국의 치킨 수프는 뜨겁지 않았고 차갑지도 않았다. 한국의 국밥도 옛날에는 이렇게 뜨겁지 않았다고 알고 있다. 그릇에 미리 담아둔 밥과 고기에 국물을 부었다 내렸다 토렴을 하며 먹기 좋은 온도를 맞춰 냈다.

요즘 팀을 만들어 프로젝트 하나를 진행하고 있다. 처음 일을 제안한 사람을 만났을 때 그는 열정에 넘치는 목소리와 기대에 들뜬 눈빛으로 성공을 확신하고 있었다. 그가 우리를 대할 때 보였던 약간의 무례한 태도는 넘치는 자신감에서 나온 것이라고 생각하고 대수롭지 않게 넘겼다.

시간이 지나며 일은 조금씩 진행되고 있다. 실무적인 일을 해나가는 과정에서 잡음이 나오고 삐걱대기도 했다. 다들 팀을 만들어 하는 일은 처음이다 보니 그런 것이라고 생각하고 있다. 서로의 생각과 이상이 다르고 각자 다른 재능을 가지고 있다는 것도 알게 됐다. 그와 우리 팀은 넓고 깊은 바다를 사이에 두고 서로의 반대편에서 각각 다른 진화 과정을 거친 종이라는 것도 깨닫게 됐다.

일을 해나가며, 매일매일 노를 저어가며 열정은 조금씩 식어갔다. 부풀었던 기대는 회의와 의심으로 바뀌었다. 하지만 그게 나쁜 일만은 아닐 것이다. 일이 이루어지는 자연스러운 과정이라고 생각한다. 열정은 식었지만 그만큼 냉정을 되찾게 됐으니까. 일을 하다 보면 열정이라는 것은 성급한 응원단과 같다는 걸 자주 느낀다. 부추길 때는 힘차게 피리를 불지만, 실수를 하면 얼굴을 싹 바꾸고 비난하기에 바쁘다. 열정은 있으면 좋지만, 비즈니스는 열정만 가지고 할 수 있는 것이 아니다.

프로젝트를 시작한 지 시간이 제법 흘렀고 일은 여러 가지 이유로 소강상태에 빠졌다. 처음 계획한 것보다 일의 방향이 많이 바뀌었다. 이탈자도 생겨났고 새로운 인원이 합류했다. 일을 하다 보면 예기치 않는 일이 일어난다. 변수가 상수가 된다. 용기와 열정만으로 인생의 고난을 극복할 수 있는 것은 삼십 대 중반까지다. 그럼 나이가 더 들어서는 어떡해야 할까. 돈과 체력, 경험과 지혜로 버티는 거다. 여기에 유머가 더해져야 하고. 이걸 다 합쳐서 '실력'이라고 부른다.

며칠 동안 일어났던 머리 아픈 일을 뒤로하고 오사카에 왔다. 여기는 난바의 어느 골목 귀퉁이에 자리한 조그마한 우동집이다. 사케를 곁들여 유부 우동을 먹고 있다. 국물의 온도는 적당하다. 국물 한 모금을 마시고 사케 한 잔을 마신다. 뭔가를 결정해야 할 때 술은 좋은 선택이 아니지만, 뭔가를 내려놓아야 할 때 술과 여행은 아주 좋은 선택이자 조합이 된다는 것을 경험상 알고 있다.

일을 시작하고 첫 번째 세찬 바람이 지나간 것 같다. 두꺼운 먼지에 덮여 있던 길이 어슴푸레하게나마 보이기 시작한다. 나는 지금 여러 갈래로 펼쳐진 길 앞에 서 있다. 모든 길을 다 가볼 수는 없다. 용기를 가지고 어느 한 길을 선택해 걸어가야 한다.

해야 할 일을 착실하게 해나가다 보면 좋은 결과가 있겠지. 서두르지 말자. 음식을 맛있게 먹고 제대로 된 맛을 음미하기 위해서는 먹기 좋은 온도가 될 때까지 기다리는 것도 필요하다. 인내는 돈으로 할 수 없는 많은 부분을 커버해준다.

때론 눈을
질끈 감아야 할 때가 있는 법이죠

몇 해 전, 에티오피아를 여행한 적이 있다. 수도 아디스아바바에서 출발해 진카, 아브라민치, 하와사, 발레 로베, 봉가, 짐마, 드레다와, 하라르 등지를 20일 동안 여행했다. 일정 중 반을 제대로 씻지 못했다. 일행 중에는 배탈이 난 사람도, 벼룩에 물려 여행 내내 팔뚝과 허벅지를 긁어대는 사람도 있었다. 모든 여행이 그러하듯 가장 힘든 여행은 이번 여행이고, 모든 여행이 그러하듯 가장 그리운 여행은 지금 막 끝난 여행이다.

여행은 우리가 상상치 못했던 비현실적인 현실 혹은 장면과 마주하게 해준다. 예상했던 일이 빗나가고, 말도 안 되는 사건이 아무렇지도 않은 듯 일어나지만, 그것들을 아무렇지도 않게 받아들이는 것 또한 여행이다. 새벽녘 벌룬을 타고 내려다보았던 터키 카파도키아의 풍경은 이 세상에 존재할 것이라 생각지도 못했던 비현실적인 장면이었고, 에티오피아 여행 중 도르제 마을이라는 곳에서 그곳 사람들과 함께 아레키라는 42도짜리 독주를 마시고 취해 호텔로 돌아오다 흥에 못 이겨 일행 전부가 차에서 내려 카 오디오를 크게 틀어놓고 길바닥에서 30분 동안 춤을 춘 것은 분명 말도 안 되는 행동이었다. 그 일들은 분명 우리가 여행 중이라서 가능했던 것이리라. 말도 되지 않는 음식을 먹는 일 역시 여행이라 가능한 일이 아닐까. 가령 에티오피아에서 민물회를 맛보는 일 같은.

아와사Hawasa에는 차모 호수Chamo Lake라는 커다란 호수가 있다. 가이드 데스Dess는 이른 아침부터 나를 깨워서는 호숫가에서 열리는 어시장으로 데려갔다. 시끌벅적한 어시장 풍경을 기대했지만 나를 반긴 건 쓰레기 가득한 호숫가 풍경이었다. 호숫가에는 생선 난전이 펼쳐져 있었는데, 가까이 다가가자 비린내와 하수도 냄새가 훅 끼쳐왔다. 사진을 찍으러 가다가 진창에 발이 빠졌는데, 그날 밤 신발을 버려야 했다. 악취 때문에 도저히 신발을 방 안에 둘 수가 없기 때문이었다.

믿을 수 없게도 시장 한쪽에 자리한 간이식당에서는 그 호수에서 잡은 생선을 회로 뜨고 있었다. 커다란 나무 도마 위에는 생선 비늘이 잔뜩 흩어져 있었다. 요리사는 손바닥을 청바지에 문질러가며 생선의 비늘을 벗겼다. "아디스아바바에서는 회를 못 먹어. 로 피쉬raw fish는 이곳만의 별미지." 데스는 눈을 반짝이며 말했다. 나는 그가 이 말을 하며 침을 삼키는 것도 보았다. 이 자식, 설마 나한테 이걸 먹으라고 하는 건 아니겠지.

설마 하는 짐작은 언제나 현실이 된다. 데스는 접시 위에 담긴 회를 내 앞으로 가지고 왔다. 소스도 있었다. "이건 뭐야?" 내가 물었다. "핫 소스야. 찍어 먹으면 더 맛있어. 먹어봐." 데스는 커다란 회 한 점을 내 앞으로 내밀었다. 아와사 시청 관계자, 시장 현지 안내인, 나와 함께 온 여행사 직원, 드라이버 등 모두가 기대감에 가득 찬 눈빛으로 나를 바라보고 있었다. 먹지 않으면 안 되는 분위기였다. 0.1초 정도 망설였지만 먹기로 했다. 트렁크에 배탈약과 설사약, 아스피린이 있다는 것이 생각났다. 눈을 감고 입을 벌리자 뭔가 물컹하고 비린내로 가득하면서도 매운 것이 혀 위에 올려졌다. 에라 모르겠다. 대충 몇 번 씹고는 꿀꺽 삼켰다. 데스는 '어때?' 하는 기대감 가득한 눈빛으로 나를 바라보고 있었다. 나는 웃으며 엄지를 치켜세웠다. 굿. 딜리셔스. 찌그러진 냄비에 끓여서 파는 생선 수프도 먹었다. 한 컵에 30원이었다. 고춧가루가 빠진 우리나라 매운탕 맛과 비슷했다. 그 맛이 지금은 떠오르지 않아 다행이다.

캄보디아 여행에서는 커다란 거미튀김을 먹은 적이 있다. 운전 중 들른 한 휴게소 노점상에서 상인은 바구니에 검은 거미를 잔뜩 담아 팔고 있었다. 가이드는 내게 하나 먹어보라고 권했는데 정말이지 먹을 용기가 나지 않았다. 방콕 카오산 로드에서 파는 곤충 튀김은 애교 수준이었다. 나는 끔찍해하고 있건만 가이드는 집게손가락으로 거미튀김 더미를 태연하게 뒤적였다. "뒤적이는 이유가 뭐야?" 내가 묻자 가이드가 내 눈을 빤히 바라보며 말했다. "다리가 다 달려있고 굵은 놈을 찾고 있어."

에콰도르의 수도 키토의 재래시장에서는 황소의 성기를 먹은 적이 있다. 우리나라에서도 탕으로 먹는다. 경북 영천의 시장에서 팔고 있는 건 보았지만 직접 먹어보지는 못했다. 에콰도르에서는 삶아서 썰어 먹는다. 음식 취재 목적으로 갔으니 안 먹는다고 할 수도 없었다. 가이드는 내게 한 점 내밀며 이렇게 말했다. "넌 이거 꼭 먹어야 해. 이거 먹으면 머리카락이 많이 나거든." 하지만 아직 효과는 못 보고 있다.

호주 멜버른과 애들레이드로 미식 취재를 하러 간 적이 있다. 호주에 갔으니 맛있는 호주산 쇠고기를 잔뜩 먹을 수 있을 거라고 기대했다. 하지만 8일 동안 단 한 번도 먹지 못했다. 아르헨티나산 쇠고기를 한 번 먹었을 뿐이다. 악어 육포, 캥거루 스테이크는 많이 먹었다. 한국에 돌아오자마자 마트로 달려가 '호주 청정우'를 사서 구워 먹었다. 우리가 호주산, 미국산 쇠고기를 먹듯 호주에서는 아르헨티나 쇠고기를 먹는구나.

몽골에서는 양고기를 먹고 양고기를 먹고 또 양고기를 먹었다. 칭기즈칸 공항을 빠져나와 먹은 몽골에서의 첫 식사는 양고기 스테이크와 양고기 찜이었다. 샐러드에는 커다란 양고기 조각이 들어가 있었다.

다음 날 아침, 게르에서 일어나 처음 먹은 음식은 양고기가 가득 들어있는 커다란 튀김만두였다. 호쇼르라고 부르는 이 만두를 한 입 베어 물자 진한 육즙이 흘러나왔다. 양고기 만둣국도 함께 나왔는데 고기 냄새가 짙었다. 테를지 국립공원을 빠져나와 사막으로 가는 길, 휴게소에서는 양고기 국수를 먹었다. 가이드는 몽골 사람들이 가장 좋아하는 음식 가운데 하나라고 말했다. "양고기를 먹을까 아니면 국수를 먹을까?" 내가 묻자 가이드가 답했다. "양고기를 넣은 국수." 국수 그릇에는 면보다 고기가 더 많이 담겨 있었다.

사막 취재를 마치고 게르로 돌아오니 몽골 전통 양고기 요리인 허르헉이 준비되어 있었다. 허르헉은 양고기를 큼직하게 잘라 감자, 당근 등의 야채와 함께 양철통에 넣은 후 불에 달군 돌을 통에 넣어 뚜껑을 닫아 한 시간 정도 익힌 후 먹는 몽골의 전통 요리다. 양고기 특유의 진한 맛을 느낄 수 있다. 함께 취재 간 어느 기자는 양손으로 양고기를 뜯으며 몽골에 와서 송곳니가 부쩍 자라난 것 같다고 우스갯소리를 했다. 그런 것 같았다. 태어나서 송곳니를 가장 많이 사용해 본 일주일이었다.

다음 날, 운전기사는 운전하는 틈틈이 어제 먹다 남은 양갈비를 뜯어댔다. "배고파요?" 하고 물어보니 "간식이에요." 하고 대답했다. '에이 설마, 그럴 리가.' 하고 생각하는 사람도 있을 테지만, 내 대답은 "어, 근데 정말 그랬어"다. 몽골에서 보낸 일주일 동안 양 한 마리는 먹은 것 같다.

울란바토르에 유명한 북한 식당이 있다고 해서 여행 마지막 날, 가이드에게 특별히 부탁해 찾아갔다. 냉면을 먹었는데, 일주일 만에 한국 음식을 먹으니 그나마 살 것 같았다. 가이드는 불고기를 먹었다. "한국 사람들은 이 음식을 왜 먹는 겁니까? 차갑고 밍밍한 국물에 아무 맛도 안 나는 면을 넣은 이 음식이 그렇게 맛있습니까?" 가이드가 뭔가 불만 섞인 표정으로 냉면을 가리키며 말했다. "게다가 고기도 겨우 두세 점 올라가 있을 뿐이잖아요." 그는 입속으로 허겁지겁 면발을 밀어 넣는 나를 신기한 눈으로 바라보았다.

"몽골 사람들은 채소를 잘 안 먹는 것 같아요" 초원을 지나며 내가 말했을 때 그는 초원에서 풀을 뜯고 있는 양들을 조용히 손가락으로 가리켰다. 양들이 풀을 먹잖아, 우린 그 양을 먹고. 그러니까 풀도 먹는 셈이지. 아마도 이런 뜻 같았다. 그가 설명했다. "2주만 있어도 이 초원의 풀이 하나도 남아있지 않을 거예요. 양들이 다 뜯어먹었을 테니까요. 새로운 목초지를 찾아 이동해야죠. 언제 밭 일구고 씨 뿌리고 채소를 기릅니까." 음, 그렇군. 역시 거기엔 거기에 맞는 가장 맛있는 방법이 있는 것이다.

일본 미야기현의 게센누마라는 도시에서는 상어 심장을 먹었다. 주방장은 상어 심장은 상어의 내장 중에서 유일하게 회로 먹을 수 있는 부분이라고 설명했다. 지느러미는 튀김으로 먹고 나머지 살은 가마보코(어묵)로 만든다. 심장의 맛은 육회와 비슷하다. "대동맥과 심장이 만나는 이 부위가 가장 맛있어요." 주방장이 검붉은 근육이 올려진 접시를 내밀며 말했다. 식감은 육회보다 더 쫄깃했다. 회 한 접시를 먹고 나니 조금 더 용기 있는 사람이 된 것 같았다.

나갈랜드는 인도 동북부 끄트머리에 자리한 주다. 몽골로

이드계 민족인 나가족이 많이 거주한다. 한때 아삼주에 속했지만 나가족이 꾸준히 분리 독립운동을 한 결과 1963년 나갈랜드 주가 만들어졌다.

첫 목적지는 주도 코히마였다. 점심을 먹기 위해 찾은 식당에서 내 앞으로 나온 물고기 요리 이름이 궁금해 주인에게 물었다. "이 요리 이름이 뭐죠?" 주인은 조금 난처한 얼굴을 지으며 이렇게 대답했다. "이곳엔 모두 열여섯 부족이 살고 있어요. 부족마다 이 물고기를 부르는 이름이 달라요. 그러니까 이 물고기 요리 이름이 모두 열여섯 개라는 말이죠. 다 가르쳐 드릴까요?" 나는 고개를 저었다. "아뇨, 그냥 나가 스타일 피시라고 하면 되겠군요."

나갈랜드 사람들은 매운 음식을 즐기는 듯했다. 가이드는 땀을 뻘뻘 흘리며 나가 스타일 돼지고기를 잘도 먹었다. 킹 칠리라는 매운 고추로 양념한 나가 스타일 가지 요리는 오후 내내 속을 쓰리게 만들 정도로 매웠다.

점심을 먹고 시내 한가운데 자리한 시장을 돌아보았다. 식료품 코너에 애벌레가 있었다. 가이드에게 이게 왜 식료품 코너에 있냐고 물어보니 그가 말했다. "먹는 거니까 여기 있는 거지. 맛있어. 나도 좋아해." 꼬물거리는 노란색 애벌레 옆에는 하얀 스티로폼 같은 벌집이 가득 쌓여있었다. "벌집 속 애벌레가 꿀보다 더 맛있어." 가이드는 집게손가락으로 애벌레 하나를 꺼내더니 내게 내밀었다. 먹어 봐. 물론 그 역시 에티오피아의 데스처럼 기대감 가득한 반짝이는 눈으로 나를 바라보았다. 나는 잠시 망설였지만 먹기로 했다.

손바닥 위에서 애벌레는 꿈틀거리며 내 손금을 따라 기어갔다. 나는 눈을 질끈 감고 애벌레를 입 속에 털어 넣었다. 애벌레는 혀 위에서도 꼬물거렸다. 차마 씹지는 못하고 그냥 꿀꺽 삼켰다. 앗! 그런데 녀석이 내 목젖에 걸리고 말았다. 나는 다시 한번 힘주어 삼켰다. 애벌레는 꼬물거리며 내 식도를 타고 천천히 내려갔다. 아, 내 식도가 이렇게 길이 나 있구나 하는 걸 그때 처음으로 느꼈다. 맛은 음, 약간 고소했다고 해두자. 이 글을 쓰고 있는 지금도 뱃속에 그 녀석이 꼬물거리는 것 같다. 그 녀석들은 애니메이션 〈라바〉의 꿈틀이처럼 생겼는데, 앞으로 젤리는 먹지 못할 것 같은 예감이 들었다.

코히마에서 하룻밤을 묵었다. 숙소에는 더운물이 나오지 않았다. 온종일 먼지 가득한 길을 달렸지만 너무 추워서 씻을 생각이 들지 않았다. 물티슈로 대충 얼굴과 손발을 닦은 뒤 후드티와 청바지를 입은 채 담요를 목까지 끌어당기고 잤다. 새벽이 되자 동네 닭들이 일제히 울었다. 트럭들이 경적을 울리며 지나갔다. 나는 분명 방에 누워 있었는데, 길바닥에 누워 있는 것 같은 기분이 드는 건 왜일까?

다음 날 새벽에 일찍 일어나 호텔 현관 앞으로 가 쪼그리고 앉아 햇볕을 쬐었다. 방보다 거리가 더 따뜻했다. 해변의 바위 위에서 몸을 데우는 바다 이구아나가 된 것만 같았다. 몸이 데워지자 비로소 풍경이 눈에 들어왔다. 학생들이 지나가고 트럭이 먼지를 자욱하게 일으키며 털털내며 굴러갔다. 마을 곳곳에 짓다 만 건물들이 어색하게 서 있었다. 어제는 점심으로 애벌레 두 종류와 이곳의 전통 막걸리를 먹었다. 저녁으로는 닭 요리를 먹었는데 비린내가 나서 도저히 손을 댈 수가 없었다. 그나마 아침엔 호텔 식당에서 삶은 계란을 먹을 수 있어 다행이었다.

여행을 하노라면 나는 왜 이토록 고난스러운 일을 하고 있는 거지 하는 생각을 하게 된다. 하지만 이내 그런 생각하는 것마저도 포기해버린다. 고민한다고 뾰족한 답이 나오는 것도 아니니까. 그냥 여행을 왔기 때문에 여행하고 있는 것이라고 생각한다. 애벌레를 먹어야 한다면 그냥 먹어버리는 게 편하다.

때론 눈을 질끈 감아야 할 때가 있다. 나는 여행 작가니까, 먹으면 그래도 뭐라도 한 줄 쓸 거리가 생기니까. 여러분, 여행 작가는 이런 직업입니다.

어둠 너머에서 희미하게 밀려오는 파도 소리를 들으며 나는 내가 가진 행복한 기억을 떠올려보았다. 그 기억의 대부분은 사랑하는 사람과 함께 '놀았을 때' 만들어진 장면들로 이루어져 있었다. 밤새워 공부하고 일을 했던 기억은 단 한 장면도 없었다. 나는 사랑하는 사람과 놀 수 있는 시간이 얼마 남지 않았다는 사실에 새삼 마음이 아팠다.

그러니
인생은 얼마나 공평한가

이탈리아 마르케Marche를 여행한 적이 있다. 마르케는 동북부에 자리한 주로 푸른 아드리아해와 마주하고 있다. 열흘 동안 마르케를 여행하며 수비드로 요리한 송아지 스테이크와 야생 사과로 만든 잼, 나무 오븐에 구운 빵, 염소 치즈를 얹은 파스타를 먹었다. 밀가루 1킬로그램당 계란 노른자 40개를 넣어 반죽한 탈리아텔레tagliatelle는 부드러운 식감과 풍미가 일품이었다. 이탈리아의 찬란한 햇빛 아래에서 마시는 와인은 인생이 일만 하며 보내기엔 너무 짧다는 사실을 깨닫게 해주었다. 누군가는 이런 멋진 날씨 속에서 이토록 맛있는 음식을 먹으며 여유로운 인생을 살아가고 있구나. 그러니 인생은 얼마나

불공평한 것인가.

지금은 오스트리아 잘츠부르크에 와 있다. 모차르트가 태어난 도시다. 그의 생가는 온종일 관광객들로 붐빈다. 날씨는 좋지 않다. 아침부터 저녁까지 추적추적 비가 내린다. 우산을 쓰고 걷다 지치면 카페에 들어가 아인슈패너를 마신다. 크림을 듬뿍 얹은 커피다. 오스트리아에 오면 으레 마시는 커피지만, 오스트리아가 아니라면 굳이 마시고 싶지 않다. 커피에 왜 크림을 얹어야 하는 것일까. 개인적으로 그다지 좋아하는 맛은 아니다.

잘츠부르크에 온 지 벌써 나흘째다. 그동안 많은 음식을 먹었다. 모차르트의 〈피가로의 결혼〉을 들으며 먹었던 '모차르트 디너'에서는 치즈 덩어리를 넣은 수프가 나왔는데 너무 짜서 입에 대기가 어려울 정도였다. 그래도 스피커가 아닌, 직접 듣는 모차르트는 너무나 좋았다. 스키 곤돌라를 타고 올라간 해발 2천 미터 오두막집에서는 팬케이크를 잘게 썰어 넣은 수프를 먹었다. 수프에 팬케이크를 넣을 생각을 도대체 왜 한 것일까. 그래도 눈 앞에 펼쳐진 알프스의 장관이 수프 속에서 퉁퉁 불은 팬케이크의 끔찍함을 잊게 해주었다.

그리고 슈니첼. 송아지 고기를 망치로 두들겨 연하게 만든 다음 밀가루와 달걀 등을 묻혀 튀긴 요리다. 오스트리아를 대표하는 요리인데 돈가스 비슷하다고 보면 된다. 슈니첼은 매일 먹고 싶은 음식은 아니었지만 그래도 취재니까 어쩔 수 없이 먹어야 했다.

오스트리아에서 머문 7박 8일 동안 나는 슈니첼을 일곱 번 먹었다. 하루에 한 번씩 먹은 셈이다. 취재 관련 관계자를 만나 식사를 할 때면, 메뉴판을 보는 내게 그들은 하나같이 "슈니첼은 오스트리아의 전통 음식이죠." 하고 말했다. 그의 입술은 웃고 있었지만 눈은 "그러니까 슈니첼을 먹으란 말이야! 아니, 당신은 반드시 슈니첼을 먹어야 해!" 하고 소리치고 있었다. "네, 슈니첼로 할게요." 주문을 하고 난 후 나는 덧붙였다. "슈니첼도 식당마다 맛이 다 다르더라고요." 관계자는 그제야 만족스러운 웃음을 띠었다.

새하얀 접시 위에 가을의 플라타너스 낙엽처럼 놓여 있는 슈니첼을 나이프로 자를 때마다, 나는 일본 가고시마에서 먹었던 흑돼지 돈가스를 떠올렸다. 두툼한 지방과 살코기가 어울린 고소한 맛을 혀끝으로 떠올리며 한국에 돌아가자마자 돈가스집부터 가야겠다고 생각했다. 알프스의 눈부시게 아름다운 풍경 앞에서 모차르트를 들으며 먹는 슈니첼. 하지만 고기는 질겨서 가끔 나이프가 어긋나기도 했다. 결국 일곱 번째 낙엽은 반쯤 먹다 포기해야만 했다. "죄송합니다. 제가 먹기엔 양이 너무 많네요." 그나마 시원한 맥주가 위안이었다.

7박 8일 동안의 오스트리아 취재를 마치고, 그러니까 7장의 플라타너스 낙엽을 나이프로 산산조각 잘라 내 위 속으로 넣고 난 뒤 나는 마침내 잘츠부르크 공항의 한 귀퉁이의 바에 앉을 수 있었다. 보딩까지는 시간이 많이 남아 뭐라도 먹어야지 하며 바의 메뉴판을 살펴보는데 맙소사, 슈니첼 버거가 있는 것이다. 슈니첼을 햄버거로 먹다니! 메뉴판 사진을 보니 두툼한 햄버거 빵 사이에 더 두툼한 슈니첼이 당당하게 자리 잡고 있었다. 하긴 우리도 불고기 버거를 먹으니까.

슈니첼 버거를 먹어야 하나 말아야 하나, 나는 한참 동안 망설였다. 슈니첼이라면 지긋지긋했지만 그래도 슈니첼 버거를 먹으면 사진 한 장을 찍을 수 있을 것이고 슈니첼에 대한 원고 하나를 쓸 수 있을 것이다. 뭔가 쓸 거리가 생긴다는 말이다.

잘츠부르크 공항을 이륙하자 비행기 창문 밖으로 만년설을 머리에 인 알프스가 보였다. 점점 멀어져 가는 알프스를 바라보며 나는 생각했다. 인생은 얼마나 공평하단 말인가. 어떤 이들은 이토록 아름다운 풍경 앞에서 마른 낙엽 같은 음식을 먹고 있으니 말이다.

커리와 맥스봉
그리고 노 쁘라브럼

인도 북부 라자스탄 지역을 여행한 적이 있다. 조드푸르, 푸쉬카르, 자이푸르, 우다이푸르 등의 도시를 15일 동안 취재했다. 타이항공이 여행사 대표와 작가를 초청해 마련한 투어였는데, 부산 지역 여행사를 대상으로 한 투어였기 때문에 출발 공항이 김해공항이었다. 게다가 타이항공에서 주최한 투어라서 방콕에서 스톱오버를 해야 했다.

이른 아침 비행기로 출발이어서 나는 어쩔 수 없이 하루 일찍 서울에서 출발해 김해에서 하룻밤을 보내고 다음 날 공항에서 여행을 함께 할 일행을 만났다. 타이항공 관계자(김 과장)와 여행사 대표님 두 분이었다. 서로를 '어이, 김 대표', '어이, 이 대표'라고 부르는 여행사 대표 두 분은 오랜 지인 사이로 보였다.

인도까지 가는 여정은 쉽지 않았다. 김해에서 출발해 방콕에 도착한 후, 공항에서 8시간 동안 대기, 인도 뉴델리까지 비행기를 갈아타고 다시 가야 했다. 오랜 비행 끝에 공항에 도착했을 때는 반쯤 녹초가 되어 있었다. 하지만 가이드는 나와 있지 않았다. 지금까지 공항에 도착했을 때 가이드가 없었던 경우는 인도가 유일하다.

공항에서 1시간 정도 기다렸을까, 인도 전통 옷인 사리를 입은 아주머니 가이드가 나왔다. 너무 피곤해서 항의할 힘도 없었다. "웰컴 뚜 인디아." 가이드 아주머니는 이를 하얗게 드러내며 두 손을 모았다. 네. 나마스떼. 우리는 뉴델리 공항에서 기차를 타고 다시 자이푸르까지 가야 했는데, 지금은 정확하게 기억나지는 않지만 대략 6~8시간 정도 걸렸던 것 같다.

뉴델리 역에서 아주 신기한 일을 겪었다. 역에 도착했을 때 어디선가 머리에 커다란 터번을 두른 사람들이 성큼성큼 와서는 우리 짐을 어깨에 짊어지고 앞서가기 시작했다. 우리는 당연히 우리를 초청한 주최 측에서 보낸 사람으로 알고 그들의 뒤를 따라갔다. 그들은 우리 자리 위에 짐을 자연스럽게 얹더니 오른손 엄지손가락과 검지로 지폐 세는 시늉을 했다. 돈을 달라는 말이었다. '어이 김 대표'가 가이드에게 물었다. "가이드님께서 짐꾼들 부른 것 아니에요?" 가이드가 대답했다. "아뇨. 제가 부르지 않았는데요." '어디 이 대표'가 고개를 절레절레 흔들며 짐꾼들에게 돈을 주었다. 돈을 받은 그들은 순식간에 사라졌다. 도대체 그들은 우리 자리를 어떻게 알았을까. 지금도 궁금하다.

자이푸르로 가는 기차 안에서 황당한 소동도 있었다. 검표원이 가이드 아주머니를 추행하다가 따귀를 올려 맞은 것이다. 짝! 가이드가 검표원의 빰을 올려붙이는 순간, 객실에 있던 여행자로 보이는 외국 여성들이 전부 일어나 박수를 쳤다. 검표원에게 당한 사람이 한두 명이 아니었던 것이다. 가이드는 우리는 인도 정부로부터 초청받은 사람이라며 외교 문제가 될 수 있다며 지금 당장 책임자를 불러오라고 고래고래 고함을 질렀다. 사건은 결국 자이푸르 역에 도착해 역장에게 공식 사과를 받는 것으로 마무리됐다.

우여곡절 끝에 자이푸르 역에 내리니 25인승 버스가 대기하고 있었다. 가이드가 말했다. "여기서 다시 버스를 타고 5시간 동안 이동해야 합니다. 그동안 푹 쉬세요." 또 버스를 타야 한다니! 버스는 비포장길을 열심히 달렸다. 인도나 동남아시아를 여행해 본 사람은 알 것이다. 버스에서는 절대로 푹 쉴 수 없다는 것을.

시계를 보니 얼추 다 온 것 같았다. 창밖으로는 황량한 사막 풍경이 펼쳐졌다. 팔과 다리가 박달대게처럼 긴 아이들이 가끔 낙타를 끌고 지나갔다. "어이, 김 대표 도대체 요가 어데고." '어이 이 대표'가 게슴츠레한 목소리로 물었다. 그는 출발할 때부터 하얀색 골프 셔츠와 짙은 감색의 양복바지를 입고 있었는데 셔츠의 하얀 깃은 어느새 갈색으로 변해 있었다. "니도 모르는 걸 내가 우째 알겠노. 일단 여기는 버스 안이다." '어이 김 대표'가 풀지 못하는 모의고사 수학 문제를 읽어 내리듯 무신경하게 대답했다. 그는 출발할 때부터 반바지에 반소매 셔츠, 샌들 차림이었고 20리터짜리 배낭을 메고 있었다. 이 대표와는 달리 여행을 많이 해본 듯 보였다.

비행기와 기차, 버스를 갈아타며 1박 2일 만에 겨우 목적지에 도착해 버스에서 내리자 가이드 아주머니가 들뜬 목소리로 말했다. "웰껌 뚜 인디아." 이 대표가 셔츠 깃을 세우며 나지막이 중얼거렸다. "어제 웰컴 뚜 인디아 했잖아요."

가이드가 말을 이었다. "자, 오늘의 첫 일정은 바로…… 낙타 타기 체험입니다." 가이드의 말이 끝나자마자 이 대표가 타 이항공 관계자를 쳐다보며 말했다. "뭐라꼬예?" 그의 눈은 낙타만큼이나 커져 있었다. 김 대표도 격하게 항의했다. "아니, 과장님, 비행기 두 번 갈아타고 기차도 타고 버스도 타고 이틀이나 걸려서 겨우 여기까지 왔는데 또 낙타를 타라고예?" 이 대표가 타이항공 관계자를 돌아보며 말했다. "보소, 과장님, 내하고 김대표는 골프전문 여행사인 거 알잖아. 사장님들 모시고, 방콕 갔다가 뉴델리 찍고, 기차 타고, 버스 타고 이틀 동안 왔는데, 내가 '자, 사장님들 이제 낙타를 타실 차례입니다' 하면 사장님들 반응이 어떨 것 같습니까. 가이드님, 혹시 여기 골프장은 없습니까?" 멀리 지평선을 바라보며 대답하는 가이드의 눈동자가 흔들렸다. "알~ 데저뜨all desert." 낙타가 이 대표 앞으로 와 얼른 타라는 듯 무릎을 꿇었다. 낙타도 빨리 일정을 끝내고 쉬고 싶은 표정이었다. 아, 이 대표가 골프 셔츠를 입고 있었던 이유가 있었군. 그는 골프전문 여행사 대표였던 거야. 그런데 그는 지금 사막에 있는 것이다.

아무튼 우리는 낙타를 탔고 낙타의 둥근 혹에 엎드려 졸았던 것도 같다. 다음 날부터 일정이 본격적으로 시작됐다. 여행사 대표님들을 위해 호텔 인스펙션이 이어졌고 힌두 사원을 비롯해 여행지 이곳저곳을 취재했다. 버스도 타고, 택시도 타고, 릭샤도 탔다. 물론 낙타도 두어 번 더 탔다. 기념품점에 끌려가기도 했지만 노련한 여행사 대표님들인지라 아무도 뭔가를 사지는 않았다. 이거 한국에 다 있어.

그리고 카레. 몽골에서는 양고기를 먹고 양고기를 먹고 또 양고기를 먹었고, 오스트리아에서는 슈니첼을 먹고 슈니첼을

먹고 슈니첼을 먹었는데 인도에서는 카레를 먹고 카레를 먹고 또 카레를 먹었다. 호텔 조식을 빼고 매 끼니마다 카레를 먹었다. 닭고기 카레, 채소 카레, 매운 카레, 덜 매운 카레, 많이 매운 카레 등 카레의 연속이자 카레의 대향연, 대행진이었다.

나흘째 되는 날, 김 대표가 가이드 아주머니께 말했다. "가이드님, 제가 초등학생 입맛이라 이제 카레가 좀 힘드네요. 더 이상은 못 묵겠습니다. 게다가 인도 카레는 우리나라 카레와 너무 달라서……." 가이드는 "노 쁘라브럼"이라고 대답했다. 김 대표가 타이항공 김 과장에게 물었다. "혹시 여기 햄버거 같은 거 파는 데 없을까요? 이젠 ×에서도 카레 냄새가 납니다." "죄송합니다. 저도 인도가 처음이라." 김 대표는 가이드에게 계속 다른 식당을 부탁했고 가이드는 계속 "노 쁘라브럼"이라고 했지만 우리는 계속해서 카레를 먹어야 했다. 자이푸르 카레, 조드푸르 카레, 우다이푸르 카레 등. 한국으로 치면 강릉 김치찌개, 속초 김치찌개, 양양 김치찌개, 고성 김치찌개, 평창 김치찌개, 횡성 김치찌개를 먹고 돌아다닌 셈이다.

일주일째 되는 날, 점심으로 또 카레가 나왔다. 호텔에서 마련해 준 음식이었다. 일행은 으레 그렇듯 당연하게 생각하며 스푼을 들었는데, 김 대표가 스푼을 식탁 위로 툭 던지며 말했다. "와 C, 또 카레가……." 낮았지만 비장하게 말하는 그의 얼굴은 분노에 찬 시바 신처럼 보였다. 그의 목소리에서는 '난 이제 더 이상 단 한 숟가락의 카레도 먹지 않겠다'는 결의가 느껴졌다.

이후 일주일 동안 김 대표는 카레를 정말로 먹지 않았다. 식사 시간이 되면 그는 어딘가로 조용히 사라졌다. 하루는 그의 뒷모습을 바라보며 내가 이 대표에게 물었다. "김 대표님은 너무 안 드시는 것 같은데요." 이 대표가 대수롭지 않게 대답했다. "마, 가마이 놔두소. 지 묵을 거 다 챙기 다니는 놈이니까요."

취재를 마치고 방콕으로 떠나는 뉴델리 공항. 이 대표에게 슬쩍 물었다. "근데, 김 대표님은 그동안 뭘 드시고 지내신 거예요?" 이 대표가 김 대표에게 말했다. "어이 김 대표야, 최 기자님이 니가 그동안 뭐 묵고 살았는지 억수로 궁금해 하신다. 갤카주라." 그제서야 김 대표가 배낭을 열어서 뭔가를 주섬주섬 꺼냈는데, 그건 바로 '맥스봉' 소시지였다. "저는 이것만 있으면 한 달은 버틸 수 있습니더. 인도에 온다고 해서 혹시 몰라서 300개 정도 챙겨 왔다 아입니꺼." 김 대표가 쑥스러운 웃음을 띠며 말했다. "내 같으면 고마 카레 묵고 만다. 마늘 까묵는 곰하고 뭐가 다르노." 이 대표는 이렇게 말하며 혀를 끌끌 찼다. 김 대표가 소시지를 까며 말했다. "와 그라노. 이거 치즈

맛도 있거든."

비행기를 타고 눈을 붙이려는데 기내식을 제공하는 카트가 다가왔다. 인도 국적의 비행기니까 당연히 카레가 나오겠지. 아니, 국제선이라 샌드위치 같은 것도 있을 거야. 이렇게 생각하며 눈을 떴다. 스튜어디스가 나를 바라보며 물었다. "치킨 오아르 치킨?" "어어응, 왓?" 닭 먹을래 아니면 닭 먹을래? 라니. 보통 치킨 오어 비프 아닌가? 어리둥절한 표정으로 바라보는 내게 스튜어디스는 특유의 인도 억양으로 웃으며 말했다. "완 이즈 스빠이시one is spicy." 건너편 자리에 앉아 있던 김 대표가 맥스봉 소시지를 내게 흔들어 보이며 말했다. "노빠라브럼."

나이가 드니 그렇게 열심히 돌아다닐 필요가 있나 싶다. 그냥 귀찮고 번잡할 뿐이다. 여행을 가서도 맛있는 음식이나 먹고 낮술이나 마시면 더 좋고, 가봐야 별것 있겠어? 하고 적당한 변명을 하며 시간을 보내고 있다. 여행이 이래도 괜찮은 걸까 하고 생각할 때도 있지만, 뭐 괜찮겠지.

03

탐식도시

먹고 마시니 즐겁습니다

낡아가는 것이 아니라 깊어가는 것이죠.

이번 인생에 우연히 들르게 됐습니다.
다행히 맛있는 음식과 좋은 사람이 있어 행복할 수 있었습니다.

누군가 맛있다고 데려간 집에서는 맛있게 먹는 것이 맞습니다.
음식은 맛있다고 맞장구치면 더 맛있어지거든요.

변하는 것은 변하고 변하지 않는 것은 변하지 않는다는 것을 알게 됐으니,

그나마 살아온 보람이 있습니다.

아직 이런 집이 남아 있습니다, 군산

군산은 낡아 있었다. 도심에는 '임대'라고 쓰인 빈 건물이 많이 눈에 띄었다. 깨진 유리창이 방치된 건물도 드문드문 서 있었다. 새만금 사업이 한창일 때 돈이 쏟아져 들어왔다던, 그래서 수입차 전시장이 유독 많아 번성했다던 군산의 모습은 찾아볼 수가 없었다. 익산역에서 군산으로 들어가는 택시 안에서 우리(요리사 A형, 요리사 B, 여행사를 운영하는 C 대표 그리고 여행 작가인 나)는 언제나 그렇듯 군산에 도착해 뭐부터 먹을지를 고민했다.

"일단 째보선창부터 가자." 내가 말했다. 째보선창은 군산

구도심인 장미동 가까운 곳에 있다. 주변에 옛 일제강점기 건축물을 박물관과 갤러리 등으로 바꾼 근대문화역사 거리가 조성되어 있어 군산에 도착한 여행자들이 가장 먼저 찾는 곳이다. 우리도 여행객이니까 째보선창으로 향했다.

군산은 일제강점기 시절 크게 번성했다. 그 중심이 바로 째보선창이다. 군산을 배경으로 1930년대 식민지 사회를 그린 채만식의 소설 〈탁류〉는 군산을 이렇게 묘사하고 있다.

"선창은 분주하다. 크고 작은 목선들이 저마다 높고 낮은 돛대를 옹긋중긋 떠받고 물이 안 보이게 선창가로 빽빽이 들이밀렸다. 칠산 바다에서 잡아가지고 들어온 젓조기가 한창이다. 은빛인 듯 싱싱하게 번쩍이는 준치도 푼다. 배마다 셈 세는 소리가 아니면 닻 감는 소리로 사공들이 아우성을 친다. 지게 진 짐꾼들과 광주리를 인 아낙네들이 장 속같이 분주하다."

이때의 째보선창에는 조기가 지천이었다고 한다. 포구에는 물고기와 소금을 실은 목선들이 쉴 새 없이 들락거렸다. 어부와 상인들 주머니에는 돈이 넘쳐났고 여관과 술집, 식당들이 빼곡하게 들어섰다. 인근 충남의 강경, 논산, 부여 등지에서 몰려든 일꾼들, 객주, 행상, 유학생들도 뒤섞여 째보선창은 언제나 북적였다. '째보'라는 이름이 붙은 것은 이 선창을 장악하고 있던 객주의 우두머리가 째보였기 때문이라고 하고, 포구의 한쪽 귀퉁이가 움푹 파인 모양을 두고 입술이 째진 것 같다고 해서 째보라 불렀다고도 한다.

지금의 째보선창은 무심하고 처량한 풍경이다. 짙은 회색의 갯벌 위로 낡은 어선들이 배를 드러내고 비스듬히 누워있다. 갯벌 너머 불어오는 바람에는 비릿한 흙 내음이 묻어있다. 한때 '천 원짜리 지폐는 개도 안 물어 간다'라는 말이 나돌 정도로 흥청망청했던 째보선창의 모습을 지금은 전혀 찾아볼 수가 없다.

그나마 째보선창의 옛날을 조금이라도 말해주는 풍경이라면 생선을 다루는 해산물 사업장과 선박 수리 공업사들이다. 현대 선외기 엔진, 동부공업사, 문일공업사, 여수스크루 등 포구를 따라 늘어선 공업사에서 망치 소리를 내고 있다. 이 공업사 한 편에 반지회 백반을 내는 집들이 자리를 지키고 있다. 중앙식당이며 유락식당, 돌풍식당, 해성식당 등 4인방이 유명하다. 대부분은 20~30년은 기본으로 자리를 지키고 있다.

"자, 어쨌든 군산에 왔으니 뭐라도 먹어야지." 째보선창을 한 바퀴 휘휘 둘러보다 A형이 말했다. "뭐라도 먹어야 한다면 반지회 아닐까요." 내가 말했다. "반지회가 뭐죠?" C 대표가 물었다. A형이 해성식당 문을 드르륵 열고 들어갔다.

해성식당은 반지회의 원조 격이다. 20년 전, 근처의 다른 식당이 준치회를 낼 때 해성식당은 반지회를 냈고 준치가 귀해지면서 다른 식당들도 모두 반지회를 내기 시작했다고 한다. “그러니까 반지가 뭐냐고요?” 자리에 벽에 붙은 메뉴판을 보며 C 대표가 다시 물었다. 메뉴판에는 아귀탕, 반지회, 반지회덮밥, 반지회무침, 백반이 올라 있었다. “처음 먹고는 너무 맛있어서 끼고 있던 반지까지 팔아서 먹는다고 해서 반지회야.” B가 C 대표에게 말했다. “구라는 참 잘 친다.” 옆에서 막걸리를 따르던 A형이 말했다. 초록색 탁자와 의자가 놓인 전형적인 백반집의 실내 풍경. 현지인으로 보이는 아저씨 몇 분이 양은 쟁반 위에 밥과 여러 반찬 생선구이가 올라간 백반 한 상을 맛있게 먹고 있었다.

반지는 밴댕이다. 군산에서는 반지로 부른다. 반지가 표준어고 밴댕이는 강화도의 사투리다. 반지라고 하면 강화도 어부는 알아듣지 못한다. 우리는 백반과 반지회, 반지회무침을 나란히 시켰다. 이 좋은 술안주를 두고 술을 안 시킬 수가 없는 일. 막걸리와 소주도 시켰다. 쇠락한 선창에서의 낮술.

반지회는 제철이 아니었지만 맛이 좋았다. 잡자마자 급랭시키는 반지회는 비록 냉동이었지만 고소한 맛이 살아있었다. 반지회는 상추보다는 차조기나 깻잎에 싸 먹어야 더 맛있다. 이유는 모르겠지만 아무튼 그렇게 먹으면 더 맛있다. 물론 반지회만 먹는 게 최고로 맛있지만.

해성식당에서는 반지회보다 회무침이 더 나았다. 사실 회무침을 별로 좋아하는 편이 아니다. 전국 어느 지방이나, 전국의 어느 횟집이나, 회무침 맛은 다 똑같다(고 생각한다). 간재미회무침이든, 홍어회무침이든, 서대회무침이든, 영덕막회든, 회 몇 점을 썰어 넣고 미나리와 채를 썬 무와 양파를 넣고 식초와 고추장으로 버무린 양념을 잔뜩 얹은 후 그 위에 깨를 빈틈없이 뿌린다. 회무침이 나올 때마다 "아차, 깨를 십분의 일만 뿌려달라고 미리 말해야 했는데" 하고 후회한다. 도대체 언제부터 우리나라 음식에 깨가 빼곡하게, 하늘의 은하수보다 더 촘촘하게 뿌려졌단 말인가.

전국 어디서나 먹을 수 있는 아삭아삭 새콤달콤한 회무침 맛을 기대하며, 그러니까 별다른 기대감 없이 반지회 한 젓가락을 집어 들고 입에 넣었는데, 우리는 약 0.5초 정도 서로의 눈을 동시에 마주 보았다. "앗, 뭔가가 달라. 지금까지 먹던 회무침과는 다른 양념이야." 〈고독한 미식가〉의 고로 상이라면 눈을 동그랗게 뜨며 놀라는 표정을 지은 후 한 젓가락 더 입으로 가져가 눈을 지그시 감고서는 천천히 반지회무침을 씹었을 것이다. 그리고 이런 내레이션이 흘러나왔을 것이고. "와, 대단한 맛이야. 지금까지 먹어왔던 회무침과는 비슷하지만 전혀 달라. 매운맛은 은근하면서도 묵직하군. 뒤에 따라오는 단맛은 결코 가볍지 않아. 반지에서 나오는 고소함은 끈기를 잃지 않고 끝까지 뒤를 받쳐주는군." 고개를 끄덕이는 고로 상(줌인).

해성식당을 나와 우리는 중국집으로 향했다. 형제반점이라는, 센 불로 고슬고슬하게 수분을 날려서 밥을 잘 볶고 그 위에 오므라이스라고 착각이 들 만큼 큼직한 계란 프라이를 올린 볶음밥을 만들어준다는 오래된 중국집으로 가기 위해서였다. 해성식당에서 형제반점까지, 카카오 지도상의 도보 한 시간 거리를 우리는 기꺼이 걷기로 했다. 일 인당 반지 두어 마리씩은 족히 먹은 우리는 배가 너무 불렀고, 볶음밥을 먹기 위해 빨리 소화를 시켜야 했으니까. 그래서 이 무더운 날씨에도 택시를 타지 않고 걸었다. 적어도 두 시간은 기다려야 짬뽕 한 그릇을 겨우 먹을 수 있다는 복성루 앞에 아무도 기다리지 않는 희귀한 풍경이 펼쳐지고 있었지만, 우리는 복성루 짬뽕까짓거 그게 뭐라고 하며 시크하게 패스했다. 그런데 뭔가 이상한 느낌이 들었다. 이상한 느낌이 안 좋은 쪽으로 맞는 경우가 많다. 아니나 다를까, 형제반점에 전화를 하니 수화기 너머로 노인의 힘없는 목소리가 들려왔다. "저희 오늘 장사 안 해요." 아, 이런. (지금도 형제반점에 가지 못한 게 아쉽다.)

결국 스마트폰으로 주변 음식점을 급히 검색. 현지인 짬뽕 맛집이라는 ○○반점을 찾아냈다. 다행히 걸어서 2~3분 거리였다. 가게 입구에도 커다랗게 '현지인이 추천하는 맛집'이라고 씌어 있었다. 홀에 들어서자마자 뇌는 경험의 빅 데이터를 분석해 이렇게 소리치고 있었다. '빨리 탈출해!' 하지만, 하지만 우리는 이미 자리에 앉은 뒤였고, 컵에 물을 따른 뒤였고, 단무지와 김치가 테이블에 세팅이 된 뒤였다. 우리는 초조하게 서로의 불안한 눈빛을 교환했다. 이미 늦었어. 조금 있으니 '내일로' 철도를 이용해 배낭여행을 하는 젊은 여행객이 한 명 들어왔는데 그 친구 역시 인터넷을 검색해 찾아온 듯 보였다. 우리는 모두 속으로 외쳤다. 넌 아직 늦진 않았어! 하지만 아주머니는 재빨리 단무지와 김치를 세팅하고 있었다.

짬뽕과 짜장면과 탕수육을 다 먹지 못했다. 주방에서는 서툰 웍질로 짜장 소스를 볶고 있었다. 짬뽕 국물은 쓴맛만 도드라졌다. 탕수육은 다시 튀겨달라고 해야 할 정도였다.

○○반점의 대실패를 만회하기 위해 찾은 군산의 유명 냉면집 뽀빠이 냉면. 60년이 넘은 냉면집으로 닭과 돼지, 소뼈로 육수를 내고 간장으로 간을 한다. "일단 한번 먹어보자." A형이 말했다(음식을 선택하는 건 그의 일이다). "그러시죠. 군산에서 냉면을 다 먹네요." B와 내가 말했다(추임새를 넣는 건 그와 나의 일이다). 약간 검은 빛을 띤 육수에 면이 소복하게 담겨있었고 잘게 찢은 닭고기와 돼지고기 수육, 채 썬 오이가 푸짐하게 올라가 있었다. "소주 한 병 주세요." 내가 말했다(술 주문은 언제나 내 몫이니까). 하지만 아쉽게도 이 집은 술을 팔지 않았다. 선주후면을 못 하다니. 우리는 한없이 아쉬웠고 국물만 후루룩 들이켰다.

우리가 서울에서 먹던 냉면과는 맛이 아주 달랐다. 냉면을 먹고 식당을 나서며 C 대표가 말했다. "맛있네요." C 대표는 맛이 진하면 다 맛있다고 한다. A형이 말했다. "3타수 1안타. 그래도 3할은 했네." 목덜미에 감기는 바람이 후덥지근했다.

3타수 1안타, 2연속 삼진. 다소 실망스러운 성적표에 시무룩해진 우리는 오늘 마지막 타석은 꼭 2루타 이상은 날려야겠다고 다짐하며 신영시장으로 갔다. 시장에서는 적어도 내야안타 정도는 칠 수 있으니까. 어느새 사위는 어둑어둑해지고 있었다. 시내 술집은 비로소 손님이 슬슬 들지만 시장은 문 닫을 준비를 하는 집도 있다. 시장에 들어서니 대부분의 집은 이미 문을 닫은 상태. 우리는 불이 켜진 '홍집'이라는 집의 문을 열고 들어갔다. 드르륵.

실내는 그냥 밥집 분위기였다. 바닥은 '도끼다시'라고 부르는 연마 광택으로 시멘트와 돌을 혼합한 옛날 방식이었고 주방은 타일을 붙였다. 한눈에 보기에도 오랜 세월이 묻어났다. 한쪽 테이블에서 막걸리를 마시고 있던 노인 두 분이 낯선 외지인들을 호기심 어린 눈동자로 바라보았다. 이런 델 어떻게 알고 온 거야. 식당 맨 구석에 놓인 공중전화가 눈에 들어왔다.

벽에 붙은 메뉴판은 정말 심플했다. 〈맥주 소주 안주일절〉. 우리는 앉자마자 맥주와 소주, 막걸리를 주문했다. 아주머니는 냉장고가 아닌 문 앞에 놓인 아이스박스에서 술을 꺼내주었다. 안타 예감.

테이블에 안주가 깔리기 시작했다. 소라찜, 바지락무침, 간자미회, 박대구이, 붕장어 조림, 묵은지 등이 3열 횡대로 늘어섰다. 여기까지가 기본 찬인 것 같았다. 반찬은 하나하나 맛깔스러웠다. 2루타 예감. A형이 수저를 집어 들면서 우리 앞에 내밀었다. "이거 봐봐. 손잡이에 학도 그려져 있고, 거북이도 그려져 있다. 옛날에 많이 썼던 것들이지."

홍집은 통영의 다찌, 마산의 통술집, 진주의 실비집 비슷하다. 술 한 병에 오천 원 정도 하는데 술을 시킬 때마다 안주가 추가되어 나오는 식이다. 막걸리 한 병을 더 시키니 조기찌개와 파전이 나왔다. "아주머니, 군산에서는 이런 집을 뭐라고 부르나요. 통영에서는 다찌집이라 부르는데요." 아주머니가 대답하셨다. "그냥 홍집이라 불러."

술이 몇 순배 돌고 아주머니가 묻는다. "서울 사람들이 우리 집을 어떻게 알고 찾아왔을까?" 내가 대답했다. "워낙 유명해서 일부러 서울에서 찾아왔죠." A형이 막걸리를 따르며 말했다. "넌 너스레를 참 잘 떨어." 오랜 여행 작가 생활이 수줍던 나를 이렇게 뻔뻔한 사람으로 담금질했다. "그런데 이 집 이름이 참 독특하네요. 이름이 홍집이면 그냥 빨간 집이라는 뜻이에요?" A형이 물었고 아주머니가 아이스박스에 턱 걸터

앉으시더니 말했다. "내 말 잘 들어보소."

홍집의 내력은 이렇다. 주인아주머니는 홍집 근처에서 조그만 슈퍼를 운영하셨다. "원래는 이 집을 어느 각시가 했는데, 그 각시가 참 솜씨가 없었어. 손님들한테 음식을 대충대충 맛없게 해주니까 손님이 다 떨어지는 것이여." 어느 날 그 각시가 아주머니께 부탁을 했다. 친정엄마가 돌아가셨는데, 대전 가서 초상 치르고 올 때니까 그때까지만 이 집 좀 맡아주시라. "그래갔고능 내가 맡아서 억지로 했어. 근데 상 치르고 삼우제 치를 날도 지났는데 안 오는 것이여. 내가 뭐 술집을 할 줄 알았나? 안 오니까 계속 맡아서 한 거지." B가 물었다. "아직 안 오시는 거예요?" "응, 그때 가서는 이즉까지 안 와." 우리 모두 "와~." "벌써 40년이 넘었네 그래."

이어지는 아주머니의 이야기. "내가 손님을 왕창 잡았지. 장사를 잘했어. 근데 나도 처음엔 음식을 제대로 할 줄 알았나. 그래서 어시장 가서 재료를 젤루 좋은 걸 사서 했지. 음식을 모르니 재료라도 좋은 걸 쓰자고 한 거지. 그랬더니 손님이 늘고 단골이 생기더라고. 지금이야 몇 집 없지만 당시만 해도 이 장사가 많이 잘 됐거든. 그러니까 그게 벌써 한 40년 됐네."

그런데 이름은 왜 홍집일까. "아직 안 돌아오고 있는 그 각시 서방이 홍 씨여. 그래서 내가 그 각시가 돌아오면 이 집을 아무 때나 쉽게 찾으라고 홍집이라고 지은 거지." B가 눈을 크게 뜨며 물었다. "그 아주머니가 지금이라도 와서 이 집 다시 내놓으라 하면 어떡하실 거예요?" 아주머니가 대답했다. "줘야지 뭐, 별수 있나." 우리는 각자의 술잔에 술을 가득 따랐다. 홈런.

쓰고 싶은 이야긴 많지만 홍집에 대해서는 여기까지만 말하자. 근처에서 이발관을 하신다는 아주머니의 남편분이 가게 문 닫는 걸 돕기 위해 오셨을 때가 되어서야 겨우 술자리가 끝났다. 그날 우리가 마신 막걸리와 소주 맥주가 정확히 몇 병인지는 모르겠다. 자리에서 일어서며 술값을 묻자 아주머니는 5만 원이라고 했다. 우리는 귀를 의심하며 다시 물었고 아주머니는 "5만 원만 줘." 하고 대답하셨다. 우리는 10만 원을 드렸다. 아주머니는 5만 원만 달라고 했지만 우리가 한사코 10만 원을 드렸다. 다른 손님들도 우리와 다르지 않을 것이다. 2만 원어치를 먹고 5만 원을 낼 것이다. 아주머니는 5만 원어치를 내주고 2만 원만 받으려 할 것이다. 홍집. 아직 이런 집이 남아 있다.

우리는 각자 '그들만의 리그'에 살고 있으니까요, 부산

여기는 부산 남포동이다. 정말 오랜만에 왔다. 30년은 된 것 같다. 고등학교와 대학 시절, 주말이면 부산극장에서 영화를 봤고 국제시장 먹자골목에서 김밥과 어묵, 떡볶이로 배를 채웠다. 대학 시절에는 전경에게 쫓기며 시위를 하고 남포동 거리를 뛰어다녔다. 자주 남포동으로 나가 '가투'를 벌였고 그만큼 자주 최루탄 냄새를 풍기며 자갈치 시장으로 숨어들었다. 쫓아온 전경들을 시장 아지매들은 몸으로 막아주었다. 전경들이 물러가면 아지매들은 우리에게 생선과 오징어를 듬성듬성 썰어 소주와 함께 내주었다. "공부는 안 하고 와 맨날 데모질이고."

그때나 지금이나 달라진 건 아무것도 없다. 먹자골목도 그대로고 국제시장도 그대로다. 자갈치도 그대로다. 다만 그곳을 찾는 사람들이 바뀌었을 뿐이다. 부산에 도착한 우리(A형, B군, C 대표 와 나)는 자갈치 시장 앞에 자리한 고등어구이 집으로 먼저 들어갔다. 낮 12시였다.

자갈치 시장 앞에는 진주식당과 오복식당, 할매집 등 고등어구이를 내는 집들이 나란히 서 있다. 백반을 시키면 탁자 위에 반찬 대여섯 가지와 된장국, 공깃밥이 오른다. 그리고 한가운데에는 노릇하게 구워진 고등어가 담긴 접시가 놓인다. 믿어지지 않겠지만 이렇게 차려주고 5천 원을 받는다.

"이런 밥상이 5천 원이라니 미안해서 숟가락이나 들겠냐." A형이 말했다. "그러니까요. 막걸리라도 시켜야겠네요." B가 말했다. "그러자. 근데 어차피 막걸리는 마실 거잖아." 내가 말했다. "아주머니 밥은 안 주셔도 돼요." C 대표가 냅킨을 깔고 그 위에 수저를 놓았다.

야구 시즌이 막 시작될 때였고 우리는 야구 이야기를 했다. 부산이니까 당연히 롯데 자이언츠가 화제에 올랐다. "마, 4월 자이언츠는 양키스도 못 이긴다 아입니꺼." 내가 경상도 사투리로 말했다. 내 고향은 부산 옆 동네인 김해다. 평소엔 사투리를 거의 안 쓰지만(나는 이렇게 주장하지만 다른 사람들은 내가 서울말을 쓰는 걸 본 적이 없다고 한다) 경부고속도로 회덕 분기점 아래로만 내려오면 사투리가 자동으로 장착된다. 4월의 자이언츠는 지구 최강의 야구팀이다.

옆자리에 앉아 막걸리를 드시던 어르신이 내게 물었다. "롯에 팬입니꺼?" "네. 92년 우승할 때 대학생이었습니다." 롯데 자이언츠, 무려 한 세기 전에 우승한 비운의 팀. 고등학교 다닐 때 자주 '야자'를 빼먹고 사직야구장으로 달려가곤 했다. "캬, 그때만 해도 멤바가 좋았지예." 할아버지가 이렇게 말하는 것을 보고서는 얼른 "네." 하고 대답하고 시선을 거두었다. 김민호, 김응국, 박정태, 염종석, 주형광 등등 92년 '멤바' 이야기가 나오면 자칫하면 길어질 수도 있다.

술을 마시고 있는데 우리 테이블로 막걸리 두 병이 건너왔다. 옆자리 할아버지가 말했다. "드이소. 롯데 팬인데 멀리서 오싰네." 부산은 그런 도시다. 자이언츠 선수의 아들이 반에서 꼴찌를 해도, 아빠가 자이언츠 선수라는 이유만으로 전교 회장을 하는 도시다. 아무튼 그렇다.

이런저런 이야기를 하며 고등어구이를 먹는데, 가게 앞에 주황색 택시가 섰다. 기사님이 내려서 철판 앞에서 고등어를 굽던 아주머니께 검은 비닐봉지를 내밀었다. "이거 좀 꾸주소(구워주세요)." 아주머니가 비닐봉지를 받아들며 물었다. "이기

뭔데?" 기사가 팔짱을 끼며 짝다리를 짚으며 말했다. "보믄 모르요. 돼지고기 아잉교." "돼지고기를 와 내한테 주는데." 기사가 말했다. "아 진짜, 사람이 우째 맨날 고등어만 묵고 사능교. 얼른 좀 꾸주소. 넉넉하게 사 왔으니 다른 손님들도 좀 노나주고." 그렇다. 부산에서는 고등어구이 집에서는 돼지고기를 사다 주면 구워준다.

치지직. 고등어를 굽던 철판에 삼겹살이 올라갔다. 얼마 후 우리 탁자 위로 매콤하게 잘 볶아진 돼지고기 한 접시가 서비스로 올라왔다. 건너편 테이블에서 택시 기사님이 말씀하셨다. "드이소. 모자라믄 말 하이소. 더 꾸우 드리라고 하지예."

막걸리 몇 병을 비우고 우리는 2차를 갔다. 종목은 부산 사람들이 특히 좋아하는 양곱창. 곽경택 감독의 영화 〈친구〉에서도 준석(유오성 분)이 서울로 유학 갔던 친구 상택(서태화 분)을 만나 회포를 푸는 곳이 바로 양곱창집이다. 그들은 철판에 지글지글 익어가는 곱창과 대선 소주를 마시며 못다 한 이야기를 나눈다.

부평동 시장에 양곱창집이 늘어서 있다. 밤에 이곳을 찾으면 사람들이 손바닥을 비비며 삼삼오오 모여 좌판에서 양곱창을 구워 먹는 풍경을 만날 수 있다. 부산의 양곱창은 서울과는 스타일이 약간 다르다. 고춧가루 양념을 하지 않는다. 대창, 소창, 염통이 한 번에 나오는데 한꺼번에 번철에 올리고 지글지글 굽는다. 가격도 싸서 모둠 구이 큰 것이 4~5만 원 선이다. 곱창이 구워지고 기름이 뚝뚝 떨어지면서 고소한 연기가 가득 뿜어져 나오면 길을 지나가던 행인들도 이 연기와 냄새에 이끌려 자기도 모르게 문을 열고 들어온다.

우리가 찾은 집은 대양양곱창이다. 석쇠 위에 두꺼운 양을 푸짐하게 올리고 구웠다. 질겅질겅 씹는 맛이 대단하다. 고소한 육즙을 가득 머금고 있는 데다 기름 맛도 풍부하다. 소주잔을 비우고 있는데, 가게 밖 골목이 시끄럽다. 노랫소리도 들린다. 내다보니 '이동식 노래방' 카트가 돌아다닌다. 시장에 가면 볼 수 있는 커피 믹스를 파는 수레에 노래방 기계를 장착했다. '트로트 민요계의 명물 세레나진'의 이동형 노래방이다.

노란 등산 조끼를 입은 아저씨가 〈돌아와요 부산항에〉를 부른다. "꽃 피이는 동백섬에~" 기분 좋게 얼굴이 달아오른 아저씨는 솔 이상은 안 올라가는 것 같다. 서울 촌놈들은 이 광경이 신기하고 재미있다. B가 나를 보며 말했다. "형님도 한 곡 해보시지요." "부끄럽다. 차마 자신이 없다."

열창을 마친 아저씨가 만 원짜리 한 장을 이동형 노래방 사장님께 내민다. 그리고 가게 안에 있는 사람들에게 말한다. "내가 만원 박아놨으니, 부르고 싶은 사람 나와서 부르이소." 다른 아저씨 한 분이 나가고 츄리닝을 입은 일행 몇 분이 따라

간다. “난 이제 지쳤어요~ 땡벌!” “땡벌! 땡벌!”

가게 안에서는 양곱창이 구워지고 있고 가게 밖 골목에서는 땡벌들이 날아다닌다. 뭔가 비현실적인 부산의 오후 3시다. 소주잔은 빠르게 비어가고 있다.

그리고 만두. 우리가 부산역에 도착해 제일 먼저 먹은 음식은 만두였다. “부산에 왔으니 만두부터 먹어야지.” 부산역에 내려 A형이 이렇게 말하며 성큼성큼 앞으로 걸어갔다. “부산 하면 돼지국밥 아닌가요?” B가 물었다. “아니야, 부산은 만두의 도시야.” 내가 말했다.

부산역 앞 차이나타운에 신발원, 홍성방, 마가 등 만두를 잘하는 중국집이 늘어서 있다. 우리는 어느 집 문을 열고 들어가 군만두를 시켜놓고 맥주를 마셨다. 만두피는 탄력 있고 만두소는 넉넉했고 육즙은 풍부했다. 한 입 군만두를 베어 물고 시원한 맥주를 마시니 더운 날씨가 고맙게 느껴졌다.

부산은 돼지국밥의 도시지만, 그에 못지않은 만두의 도시다(라고 생각한다). 내공 있는 만둣집이 서울보다 많다(고 생각한다). 구포역 앞 금룡, 대신동의 편의방 등 부산의 오래된 동네 곳곳에 내공 있는 만둣집이 숨어있다.

동광동 코모도 호텔이 보이는 언덕길에 석기시대라는 만둣집이 있다. 초록색 간판에는 ‘만두, 오향장육’이라고만 크게 씌어 있다. 가게 문을 열고 들어서니 테이블 서너 개가 덩그러니 놓여있다. 가게 한 쪽에서 러닝셔츠를 입은 아저씨가 묵묵히 만두를 빚고 있다. 강호를 떠난 재야의 고수 분위기다. 주성치의 영화 〈쿵푸 허슬〉에서 돼지촌에 사는 절대 고수 아저씨와 많이 닮았다. 한때 국내 최고의 중국집 주방을 주름잡던 그였지만 사장 아들이 가게를 물려받으며 배신을 당하게 되고, 그 과정에서 동료들을 떠나보내게 됐다. 크게 상심하고 세상에 환멸은 느낀 그는 아무도 모르는 이곳에 조용히 숨어 만두를 빚으며 살고 있는 것이다. '석기시대'라는, 아무도 만둣집이라고는 생각하지 못할 간판을 걸어놓고서 말이다. "또 소설 쓰고 있다. 쯧쯧." 하고 A형이 나를 보고 말한다. 주문이나 해. "저, 여기요~ 군만두 하나랑 오향장육 하나 주세요. 맥주랑 소주도요."

오향장육이 먼저 나왔다. 쫀득쫀득하게 삶아진 고기가 잘 씹힌다. 다진 마늘이 듬뿍 올라가 있어 풍미도 좋다. 곧이어 군만두도 나왔다. 크기가 실하다. 하얀색 접시 위에 노릇하게 잘 튀겨진 만두 10개가 올라 있다. 요즘 만두 개수가 점점 줄어들어 불만인데, 10개가 올라간 만두 접시를 보는 것만으로도 반갑다.

만두는 당연히 맛있다. 만두를 잘한다는 서울의 유명 중국집보다 낫다. 오향장육 소스에 군만두를 찍어 먹어도 맛있다. 만두를 가져다준 후 주인아저씨는 다시 주방으로 돌아가 만두를 빚는다. 그래, 그는 만두를 빚으며 묵묵히 복수의 날이 오기를 기다리고 있는 것이다.

다음 날 아침, 나와 B는 영도에 있는 복성만두에 해장을 하러 갔다. 복성만두는 깡깡이 마을 골목에서 40년째 만두를 팔고 있다. 아침 9시에 가서 군만두와 찐만두 그리고 만두 백반을 시켰다. 부산 사람들은 만두 백반을 즐긴다. 사골육수로 만든 만둣국에 공깃밥, 단무지와 김치가 함께 나온다. 경상도와 부산에서는 만둣국에 밥을 말아서 먹는다. "만두 백반은 처음 먹어봐요." 밥을 말려는 그의 손을 잡았다. "일단 만두부터 먹고. 만두가 하나 남았을 때 그걸 톡 터뜨려서 국물에 풀고 밥을 마는 거지." 만두 백반을 먹는 올바른 방법이다. "이 집 찐만두는 제가 먹은 찐만두 중에 제일 맛있어요." B가 만두 하나를 간장에 소심하게 찍었다. 그냥 푹 찍어!

살면서 고수들을 많이 만났다. 요란하게 티 내지 않고 묵묵히 자기 일을 하고 있었다. 그들은 어디선가 홀연히 나타나 잘 구워진 군만두 한 접시를 탁자 위에 휙 던져 놓고는 아무 일 없었다는 듯 주방으로 돌아가 묵묵히 만두를 빚었다.

그들을 보며 왜 강호로 나가지 않는지 의문을 가진 적이 많았는데, 지금은 다만 저마다의 사정과 사연이 있겠거니 하고 생각한다. 우리는 각자 '그들만의 리그'에 살고 있으니까. 만둣국에 마지막 남은 만두 하나를 터뜨리고 밥을 말았다. 아주머니는 묵묵히 주방에서 도마를 닦고 계셨다. 도마에서는 반짝반짝 윤이 났다.

낙곱새도 먹었다. 서울에도 낙곱새를 파는 집이 많은데 원조는 부산이다. 낙지와 곱창, 새우를 한 냄비에 넣고 끓이는 전골이다. 중앙동에 옹골찬이라는 낙곱새집이 있다. 메뉴는 단출하다. 낙지볶음과 낙곱새. "메뉴가 적은 집일수록 맛있을 확률이 높지." A형이 말했다. 미역줄기 볶음, 전구지(부추) 무침, 깍두기 등 밑반찬이 깔끔하다. 그리고 낙곱새가 푸짐하게 담긴 냄비가 보글보글 끓으며 나온다. 하얀 밥이 담긴 대접을 하나씩 내준다. 여기에 낙곱새 한 국자를 붓고 김가루를 뿌려 비벼 먹는다. "사실 이거 다 알고 누구나 예상하는 맛이죠. 그래도 먹을 때마다 맛있죠." B가 밥에 낙곱새를 넣어 비비며 말했다. "여기 소주 한 병요." 내가 말했다. "맛있네요." C 대표가 말했다. A형은 맛에 관해 설명하고, B는 성실하게 음식을 먹는다. 나는 주로 술을 주문하고, C 대표는 '맛있다.' 라고 말한다. 이게 네 남자 각자의 역할이다.

여기는 부산 영도의 멍텅구리라는 횟집이다. 외진 골목 안쪽에 숨어있다. 창문에 메뉴를 써놓았는데, '빙장회'라는 것이 있다. "빙장이라는 생선은 처음 들어 보네요." B가 말했다. "빙은 얼음 '빙'이고 장은 저장한다는 뜻의 '장'자야. 그러니까 얼음에 저장한 회, 즉 상자에 얼음을 채워 거기에 재워둔 회를 말하는 거지. 요즘이야 냉장고가 얼음을 대신하지만 냉장고가 없을 때는 얼음에 보관했으니까." A형은 모르는 것이 없다.

회는 그날그날 달리 나온다. 학꽁치, 오징어, 병어 등등 때에 따라 많이 잡히는 것이 오른다. 2만 원인데 푸짐하다. 죽은 물고기이니 당연한 가격이다. 그렇다고 맛이 덜한 건 아니다. 빙장회는 빙장회만의 맛이 있다. 굳이 활어회만을 고집하지 않는다면 맛있게 먹을 수 있는 회가 많다. 살짝 얼었다 녹은 한치회는 입에 넣었을 때 치즈가 녹는 것 같았다. 큼직한 우럭회는 우럭을 이렇게 질겅질겅 씹은 적이 있을까 할 정도로 굵었다. 회도 회지만 이런 집의 특징은 옆에 따라 나오는 반찬이 맛있다는 것. 홍합이 푸짐하게 들어간 미역국은 그것만으로 소주 한 병을 비울 수 있을 정도로 맛있었다.

부산에 갔으니 당연히 밀면도 먹었다. 부산역 앞 황산밀면은 초량동 시장 한 귀퉁이에서 장사하다가 돈을 벌어 그럴듯한 건물에 들어갔다. 지금까지 부산에서 먹은 밀면 중에 제일 맛있었다. 그러고 보니 맛이 있다 없다가 무슨 의미가 있을까. 지금은 맛이 있네 없네를 따지던 그때에서 한 발짝 지나온 것 같다. 나이를 먹었다는 뜻이다. 나이를 먹어서 좋은 건 별로 없지만 그렇다고 나이를 먹는 것이 마냥 나쁜 것만은 아니다. 나이를 먹어서 할 수 없는 것들이 생기지만 나이가 들어야만 할 수 있고 느낄 수 있는 일들이 또 그만큼 생겨난다. 조미료가 가득 들어 있는 음식을 구별할 수 있게 되고, 맛있는 음식을 찾아서 먹을 줄 알게 되고, 사람과 풍경을 한 걸음 물러서서 볼 줄 알게 된다는 것. 젊었을 때 미처 알아채지 못했던 여러 가지 디테일들이 비로소 보이는 것이다.

예전에는 이걸 뭐라고 먹냐고 타박하던 음식을 지금은 아주 맛있게 먹을 수 있는 것도 다 나이가 들었기 때문이다. 살면서 점점 까다로워진 것도 있지만 너그러워진 것도 있다. 가령 빙장회 같은 것. "이런 회는 막장에 푹 찍어서 묵어야지요." 내가 아는 척했다. 부산에서는 초장과 된장을 섞어 참기름을 뿌리고 다진 마늘까지 넣은 무지막지한 장에 회를 찍어 먹는다. "와사비를 푼 간장에 살짝 회를 찍어 먹는 건 싸나이의 법도가 아니라고 배웠습니다." 나는 큼직한 회 한 점을 집어 막장에 푹 찍어 상추 위에 올렸고 다시 마늘 두 개와 고추를 더 올렸다. 그리고 그 쌈을 입 속으로 꾸역꾸역 밀어 넣었다. 맛있다. 서울에서는 결코 경험할 수 없는 맛이다. 아참, 초량동에서 엉터리 돼지불백을 먹은 것도 하나도 억울하지 않다. 살다 보면 그런 걸 먹을 때도 있는 거지 뭐.

이래도 괜찮은 걸까요?
뭐 괜찮겠죠, 여수

여수는 탐식도시팀(이렇게 써놓고 보니 뭔가 굉장히 그럴듯해 보인다)이 처음으로 찾은 여행지다. 여수라면 탐식도시 리스트의 가장 앞에 갖다 놓아도 다들 고개를 끄덕일 도시다. 장어도 있고 한정식도 있고 금풍쉥이 구이도 있고. 그런데 우리는 그런 거 먹지 않았다.

그 맛있는 걸 왜 안 먹는데 하고 의아해하시는 분들이 있을 것인데 굳이 변명하자면 이렇다. 남들 다 먹는 걸 우리까지 굳이 먹을 필요가 있나 하는 알량한 자존심 두 큰술, 이미 다 먹어봤던 음식들이지 하는 그럴듯한 이유 두 큰술, 줄 서기 싫다는(요즘 웬만큼 알려진 식당들은 다 줄 서니깐) 귀차니즘 두 큰술, 이

왕 여기까지 온 김에 안 먹어봤던 거 먹어야지, 세상에 먹을 게 얼마나 많은데 먹었던 걸 또 먹냐 하는 호기심 두 큰술.

말이 나왔으니 우리가 어떻게 '탐식'이라는 주제로 도시를 여행할 작정을 하게 됐냐면, 출발은 이렇다. '탐식도시팀(역시 뭔가 굉장히 있어 보인다)은 되도록 새로운 식당을 탐방하는 것을 모토로 하고 있습니다' 하면 멋있겠지만, 사실은 '심심하다, 답답하다, 어디든 가보자, 가서 뭐라도 먹자.' 하고 시작된 일이다. 코로나 때문에 어느 날 갑자기 우리(A형, B군, C 대표 그리고 나)의 출장을 빙자한 여행은 금지되어 버렸고, 어디론가 가지 못하면(사실은 어디론가 가서 뭐라도 먹지 못하면) 병이 나는 우리는 어느 날 충무로 인현시장의 허름한 막걸릿집에 모여 고등어구이를 앞에 두고 투덜거렸다.

A형 : 어디라도 가자, 이러다 죽겠다.

B군 : 안 가도 죽어요.

C 대표 : 마스크 잘 쓰고 다니면 되지 않을까요?

나 : 응. 그러면 될 것 같아.

A형 : 어디 갈까?

나 : 여수나 가시죠. 봄인데. 동백도 필 테고.

C 대표 : 그거 못 먹잖아요.

B군 : 동백은 못 먹죠. 그래도 여수엔 장어도 있고, 회도 있

을 테고.

C 대표 : KTX도 다녀요. 금방 가요.

A형 : 어, 그래? 그럼 내일 가자.

이렇게 시작된 거다.

나른했다. 여수엑스포역에 내렸는데 봄 햇살이 환했다. 4월이었고 봄이 한창이었다. 그나마 코로나가 잠잠할 때다. 중년의 남자 넷은 역을 나와 거리를 어슬렁거리며 이 도시엔 뭐 먹을 게 있나 하며 도시를 탐색했다.

세 사람에 대해 소개하자면, A는 요리사다. 서울 서교동과 광화문에 '무국적' 식당을 운영하고 있다. 그런데 요리보다 글을 더 많이 판다. 신문과 잡지 등 각종 매체에 음식 관련 칼럼을 쓴다. B도 요리사다. 덩치가 크고 고기를 잘 다룬다. 보기와 달리, 요리를 잘한다. 보기와 달리, 순하고 부끄럼을 많이 탄다. 형님들에게 깍듯하고 예의가 바르다. 가끔 가수 김조한으로 오해받는다. 같이 막걸리를 마시고 있으면 "와, 김조한이다." 하며 옆자리 손님들이 수군대는 소리가 들린다. 가끔 사인받으러 온 손님에게 김조한으로 사인해 줄 때도 있다.

나는, 잘 모르시겠지만, 여행 작가다. 20년 동안 여행 작가로 살고 있지만 여행을 많이 가 보지는 못했다. 여행을 그다지 좋아하지도 않는다. 음식에 대해서도 잘 모른다. 가자미회를 홍어회라고 했다가 욕먹은 적이 있다. 가끔 쇠고기와 돼지고기를 구분하지 못할 때도 있다. 일명 '저주받은 미각'이다.

C는 일본 전문 여행사 대표다. 초등학생 입맛의 소유자다. 빨간 건 다 맛있게 먹는다. 멸치찌개와 멸치 쌈밥이 그의 최애 메뉴다. 하지만 빨간색 회는 별로 좋아하지 않는다. 나는 그 사실을 알고 있기에 일본 여행을 가면 항상 그의 옆에 앉는다. 그에게 나온 참치회는 다 내게 넘어온다.

어쨌든, 요리사와 요리사와 여행 작가와 여행사 대표가 걸어가는 4월의 여수 거리에서 B가 말했다. "뭐부터 먹을까요." "짜장면에 빼갈." A형이 대답했다. 4월의 여수 거리는 따뜻했고 햇살에 눈이 부셨지만, 중년 4는 배가 고플 뿐이었다.

요리사와 요리사와 여행 작가와 여행사 대표. 참 좋은 직업이다. 평일 낮에 먹을 걸 고민하는 직업이라니. 다시 직장으로 돌아가라면 버스정류장에서 다가오는 버스를 향해 타지 않는다는 신호를 온몸으로 보내는 경기도민처럼 내가 할 수 있는 가장 적극적인 몸짓으로 거부감을 표시하고 싶다. 회사원은 하기 싫어도 해야 하는 일을 언제나 잔뜩 짊어지고 있으니까. 요리사와 요리사와 여행작가는 하기 싫은 일은(물론 다는 아니고 몇 개 정도는) 안 해도 되니까. 대표는 출근하기 싫으면 안 해도 되니까. 그날 여수 하늘은 더 이상 파란색이 없다고 해도 좋을 만큼 파란색이었다.

은혜반점 앞에 도착했을 때는 낮 12시 반이었다. 이미 가게 앞에는 손님들이 줄을 서 있었다. 골목 구석에는 아저씨들이 쪼그리고 앉아 담배를 피우고 있었고 담벼락에는 가족과 연인들도 보였다. "얼마나 기다려야 하나요?" 가게 안으로 들어가 주인아주머니께 물었다. "일단 주문부터 하세요." "짜장면 하나, 국밥 하나, 볶음밥 하나요. 술도 마실 수 있나요?" 아주머니가 웃으며 대답했다. "어따, 다들 밥 먹기 바쁜 시간에 웬 술이여. 그럼 5만 원어치 먹어." "네. 더 먹을 수도 있어요."

주문을 하고 밖으로 나와 기다렸다. 요리사 한 명은 짝다리를 짚은 채 줄 서서 먹는다고 투덜댔고, 또 다른 요리사는 눈에 넣어도 아프지 않은 딸내미랑 영상통화를 했다. 여행 작가는 우리가 들어가려면 몇 명이 남았는지 고개를 까닥이며 머릿속으로 헤아렸다. 하나 둘 셋 넷 다섯 여섯 일곱……. 여행사 대표는 어딘가에 전화를 하고 있었다. 20분쯤 기다렸을까. "짜장 하나 국밥 하나 볶음밥 하나 빼갈 들어와요." 아, 여긴 번호표 같은 게 없구나.

은혜반점은 여수에서 가장 유명한 중국집이다. 계란 프라이가 올라간 간짜장과 양배추가 듬뿍 들어간 짬뽕, '국밥'이라고 불리는 짬뽕밥이 유명하다. 네이버와 인스타그램에서 현지인 맛집 또는 오빠 맛집으로 불리는 곳이다.

'우리도 줄 서서 한번 먹어보자.' 하는 생각으로 들어간 집. 테이블은 네다섯 개 정도가 있었다. 자장면 5000원, 간짜장 7500원, 볶음밥 7500원, 국밥 7500원, 탕수육 2만 2천 원이라고 적힌 메뉴판 맨 아래에는 '단말기가 업서서 카드 안 됩니다'라고 매직펜으로 크게 씌어 있었다.

자리에 앉자 단무지와 양파가 담긴 접시가 나왔다. "아주머니, 여기 고량주 하나 주세요. 대짜로요." 아주머니가 초록색 고량주 병을 가져왔다. 북경 특급 고량주! 5500원! 우리는 잔에 술을 가득 따라 마셨다. 낮 12시 50분. 바깥의 하늘은 더 이상 파란색이 없다고 해도 좋을 만큼 파란색이겠지.

짜장면은 맛있었고 양배추가 잔뜩 들어간 짬뽕에서는 옛날 맛이 났다. 적당히 매웠고 묵직했다. 볶음밥은 고슬고슬했다. 우리는 이것들을 안주 삼아 고량주 잔을 빠르게 비웠다. 옆 테이블의 남녀가 흘깃흘깃 우리 테이블을 훔쳐보았다. 네, 김조한 맞습니다. B가 계산대 앞에 있는 아주머니를 향해 말했다. "아줌마 고량주 한 병만 더 주세요."

"잠깐만, 이 고량주가 이상하다." 내가 말했다. "병입년이 2011년 4월 8일이네요. 오늘이 4월 15일이니 지금으로부터 딱 9년 하고 1주일 전에 고량주 250㎖가 이 병 속으로 들어갔네요." B가 병을 쓰다듬으며 말했다. "고량주 병에 알라딘에 나오는 지니가 들어있을 수도. 잠자는 알코올의 요정을 우리가 깨운 걸 수도." "닥치고 술이나 마셔." A형이 말했다. "9년 동안 이 집은 받아 놓은 고량주를 다 팔지 못했구나."

고량주 3병을 더 비우고 은혜반점을 나왔다. 각 1병씩. 은혜반점에서 술을 마시다가 주인이 얼마 전 바뀌었다는 걸 알게 됐다. 간판은 그대로인데 다른 사람이 은혜반점을 인수해 운영하고 있는 것이다. 하늘은 여전히 더 이상의 파란색이 없다고 해도 좋을 만큼 파란색이었다. "좀 걷자, 소화라도 시킬 겸." A형이 앞장서 걸었다.

약 500미터를 걷는데 약국이 나왔고 우리는 그 약국으로 들어가 각자 소화제 두 알과 드링크를 사서 마셨다. 술을 마셔서인지 나는 후드티를 벗고 반소매 셔츠 차림으로 걸었다. 코로나가 지나가면 모든 것이 제자리로 돌아오겠지. 세상의 모든 식당은 옛날처럼 붐빌 테고 우리는 테이블을 사이에 두고 서로를 마주 보며 큰 소리로 이야기를 나누며 맘 놓고 음식을 먹고 술을 마시겠지. 비행기를 타고 바다 건너 나라로 가서는 맛있는 음식을 잔뜩 먹을 수 있을 거야. 아 물론 그때도 취재 때문에 가는 것이지 놀러 가는 게 아니라고. 코로나가 곧 물러가면 말이야, 모든 게 제자리로 돌아와 있을 거야. 길 끝에서 아지랑이가 피어오르고 있었다.

여수에는 백반집이 많다. 부산이 만두의 도시라면 여수는 백반의 도시다. 여수의 많고 많은 백반집 중에 인터넷에서는 로타리식당이 가장 유명하다. 오전 8시에 문을 여는데, 문을 열기 전부터 줄을 선다고 한다. 우린 8시부터 줄을 서기도 싫을뿐더러 그 시간에 일어나지도 못한다. 로타리식당 말고도 자봉식당이며 진남식당이며 통일식당, 여수식당, 오뚜기식당 등이 있고 봉산동 게장 골목에도 게장백반을 내는 집들이 늘어서 있다. 아무 곳에나 들어가도 6~8천 원 사이인 백반 값이 아깝지 않다고 한다. 그래서 우리가 아무 집이나 들어갔냐면 그건 또 아니다. 우리가 들어간 곳은 덕충식당이라는 곳이다. 소화나 좀 시키자고 걷다가 우연히 그 앞을 지나가게 되었는데, "야, 이 집 맛있을 거 같다"라며 A형이 문을 열고 불쑥 들어갔다.

3년 전 우리 넷은 일본 오사카를 함께 여행한 적이 있다. A형은 그때도 아무 술집, 밥집 문을 불현듯 열고 성큼성큼 불쑥불쑥 들어갔다. 만두와 와인을 파는 집도 있었고 이자카야도 있었다. 라멘집도 있었고 야키니쿠집도 있었고 일본식 가정식을 파는 가게도 있었다. 그런데 희한한 건 그가 불쑥 문을 열고 들어간 집 어느 집이나 평균 이상이라는 것. 노련한 병아리 감별사처럼 그는 식당의 간판과 문만 보고도 먹을 만한 집을 골라냈다. 식당을 골라내는 능력이 있는 돌연변이 엑스맨 같았다. "형은 도대체 이런 집을 어떻게 골라내는 거요?" "그냥 감으로 들어가는 거지." 역시 인간의 감이라는 건 우리가 알지 못하는 사이에 우리 뇌가 빅 데이터를 가동하고 있다는 증거다. 이후 우리는 오사카를 네 번이나 더 여행했는데 아직 오사카성에는 한 번도 가보지를 못했다. 누군가 가자고 할 때마다 누군가 꼭 이렇게 말했다. "가지 맙시다. 때론 무언가가 거기 있다는 짐작만으로 더 아름다운 경우도 있으니까요." 아무도 딱히 아쉬워하지 않았다.

덕충식당은 상당히 괜찮았다. 백반 1인분에 6천 원. 은혜반점에서 충분히 배가 불렀던 우리는 백반 3인분과 서대회무침 한 접시'만' 주문했다. 이렇게 쓰고 보니 뭔가 좀 이상하다. 백반 3인분과 서대회무침 한 접시 '만'이라…….

양은 쟁반 위에는 김치찌개가 담긴 스뎅 그릇과 게장, 연근조림, 김치, 갓김치, 꼬막, 장어 조림, 콩나물무침 등 반찬이 담긴 접시가 가득 올라가 있었다. 반찬은 정확히 14가지. "아 배가 너무 불러요." B가 젓가락으로 꼬막 하나를 집어 들며 말했다. "그런데 다 맛있어요." "넌 뭐가 맛이 없니." 테이블 옆에는 쌀자루가 가득 쌓여 있었는데 A형은 그 쌀자루에 기대 막걸리를 마셨다. 그 모습이 식당 주인인 듯 잘 어울렸다. "형님은 꼭 이 집 주인 같습니다."(B) "고맙다. 좋게 봐줘서."(A) "끝까

지 성실하게 마십시다."(C)

나온 반찬을 남김없이 다 먹었다. 세 그릇'만' 시킨 밥도, 서대회무침도 양념에 비벼 싹싹 닦아 먹었다. 이 집의 압권은 김치찌개였다. 푹 삶아진 김치는 숟가락으로 떠먹어도 될 정도로 부드러웠다. 고기도 푸짐하게 들어가 있었다. 적당히 달고 매웠다. 반찬의 양념은 짜지 않았다. 배가 터질 것 같았다. "밑간도 확실히 해서 맛이 골고루 뱄어요." B가 배를 두드리며 말했다. 조금 전과는 전혀 딴판으로 프로페셔널 요리사다운 표정이다. 가끔 이런 말을 할 때는 요리사 같단 말이야.

우리는 덕충식당에서 성실하게 먹고 밖으로 나왔다.

A형 : 호텔 가서 좀 쉬자.

나 : 그러시죠. 소화도 시킬 겸 눈이나 좀 부칩시다.

B군 : 먹고 나면 바로 눕는 거라고 배웠습니다.

C 대표 : 네, 바로 소화시키기에는 먹은 게 아깝네요.

저녁 7시 20분, 우리는 봉산동 '41번 포차'의 드럼통 탁자에 둘러앉아 있었다. A형이 우리를 이곳에 데리고 왔다. 불과 몇 년 전만 해도 현지인들만 찾는 곳이었지만 매체 여기저기에 소개되면서 여행자들도 제법 찾아 들게 됐다.

문을 열고 들어가자마자 주인아주머니가 A형을 반갑게 맞왔다. "아이고 쌔프님 오셨구마이. 이렇게 갑자기 오시면 어떡 한당가. 미리 연락이라도 하고 오시지" A형이 허리를 깊숙이 숙였다. "그동안 잘 지내셨습니까. 여수에 일이 생겨 왔다가 그냥 갈 수가 없어 인사차 들렀습니다." A형은 2008년 차가운 겨울 어느 날 후배들과 여수에 여행을 왔다가 이 집을 알게 됐다. 당시 여수 연등천을 따라 포장마차들이 줄지어 늘어서 있었는데 41번 포차도 그 늘어선 집 중 하나였다. 술꾼들의 저녁을 책임지던 연등천 포장마차는 지금은 사라지고 박덕자 여사가 운영하던 41번 포차도 이곳 봉산동으로 자리를 옮겼다. 2018년의 일이다. A형은 책에서 이렇게 썼다. "그때 우리는 여수식 미식의 정점을 맛보았다고 단언할 수 있다." 기개 넘치는 표현이다. "푸른 반점이 번뜩이는, 은빛의 거대한 삼치가 냉장 쇼케이스에 누워 있었고 독병어(덕자의 다른 이름)와 붕장어, 닭발 같은 아름다운(?) 안주들이 그득했던 것이다." 우어, 찬란하고도 비장한 문장이다.

"선어회 큰 걸로 한 접시 썰어주세요." A형이 수저통을 열며 말했다. 단골집에서는 단골손님한테 주문을 맡기는 게 제일이다. 여수에서는 활어회를 잘 먹지 않는다. 현지인들은 선어로 먹는다. 새벽에 들어온 생선을 받아다 적당히 숙성시켜 그날 밤에 판다. 병어, 민어, 삼치가 그득하게 올라간 회 접시가 나왔다. 역시 병어는 여수에서 먹어야 한다. 시루떡처럼 무른 살에 이가 깊숙하게 박히는 느낌이 좋다. 삼치도 기름지다. 꼭 겨울이 아니어도 지금도 맛있다.

데친 꼬막, 찐 감자, 삶은 달걀, 갈치속젓, 돌게찜, 갓김치 등도 회 접시 옆에 가득 깔렸다. "아니 이런 걸 많이 주면 누가 안주를 시켜 먹어요?" B가 물었다. "장사도 장사지만 그래도 속이 든든해야 술을 많이 마셔도 속을 안 버리지." 아주머니가 아무렇지도 않게 대답했다. "근데, 테레비에서 많이 봤는데, 요리사 아닌게벼?" 아주머니가 B를 보고 말했다. "네, 맞습니다. 알아주셔서 감사합니다." B가 환하게 웃으며 고개를 깊이 숙였다. 진심으로 감사하는 듯 보였다.

우리는 쉴 새 없이 술잔에 술을 채웠고 젓가락을 이리저리 옮겨 다녔다. 역시 여수에 온 보람이 있군. "여수에 와서 41번 포차에 오지 않으면 여수에 온 의미가 없다." 얼큰하게 술에 취한 A형이 이렇게 말했던 것만 희미하게 기억한다.

다음날, 느지막이 일어난 우리는 자봉식당에서 백반으로 해장을 하고 서울로 돌아오는 열차를 탔다. 음, 그런데 말이다, 생각해 보니 우린 여수에서 아무것도 보지 못한 거 같다. 여수 밤바다도, 오동도 동백도, 향일암도 아무것도. 거문도에도 가질 못했다.

나이가 드니 그렇게 열심히 돌아다닐 필요가 있나 싶다.

그냥 귀찮고 번잡할 뿐이다. 여행을 가서도 맛있는 음식이나 먹고 낮술이나 마시면 더 좋고, 가봐야 별것 있겠어? 하고 적당한 변명을 하며 시간을 보내고 있다. 여행이 이래도 괜찮은 걸까 하고 생각할 때도 있지만, 뭐 괜찮겠지. 자세히 기억은 안 나지만 어느 책에서 이런 문장을 본 적이 있다. 열심히 여행을 한다고 당나귀가 말이 되는 건 아니다. A형에게 물었다. "형, 요리를 열심히 한다고 더 좋은 요리사가 될까? 여행을 열심히 한다고 더 좋은 여행 작가가 될까?" "더 좋은 여행 작가가 되겠지, 인마. 그걸 말이라고 하냐?"

아무튼 탐식도시는 이렇게 시작된 일이다.

연한 초록으로 물들어 가는 봄 들판을 바라보며 이젠 용서할 수 있는 것들은 용서하자고 생각했다. 혹독한 겨울을 용서하고 싹을 틔워 내는 저 들판처럼, 누군가 내게 저질렀던 불경들을, 모함과 조롱을, 나를 엉망진창으로 만들었던 사건들을 용서하자. 용서하기 힘들다면 잊으려 애써보자. 어쩌면 잊는다는 것만큼 멋진 일도 없을 테니. 씻은 듯이 겨울을 잊고 다시 시작하는 저 봄처럼, 봄에는 이 모든 것들이 가능할지도 모른다.

맛있는 음식을 먹으며 잘살고 있었던 겁니다, 대전

대전은 여수와 마산에 이은 세 번째 목적지였다. 원래 당진에 가려고 했지만 교통사정 등 여러 가지 이유로 대전으로 변경했다. 우리는 오전 11시 50분 대전역에서 만났다. “자 이제 어디로 갈까요.” 내가 물었다. “뭐부터 먹을까요.” B가 말했다. “대전이니까, 두부두루치기부터 먹자.” A형이 대답했다. 그렇지. 대전이니까 두부두루치기부터.

대전 사람들은 두루치기를 즐겨 먹는다. 그런데 이 두루치기가 좀 별나다. 많은 분들이 두루치기 하면 큼지막하게 들어간 돼지고기를 떠올리시겠지만, 대전식 두루치기에는 돼지고기가 들어가지 않는다. 대신 두부가 잔뜩 들어간다. 고춧가루를 듬뿍 넣어 목이 따가울 정도로 맵다. 여기에 라면이나 우동, 당면 같은 사리를 넣어 비벼 먹는다. 밥으로도 좋지만 소주나 막걸리 안주로 더 좋다.

대전역 근처에 별난집이라는 두부두루치기 집이 있다. 평안남도 진남포가 고향인 장순애 씨가 1978년 이곳에 자리를 잡고 문을 열었고 지금까지 한 번도 옮기지 않았다. 지금은 막내아들이 운영한다. 의자와 식탁도 옛날 그대로다.

나무 문을 밀고 들어서니 고소한 들기름 냄새가 가득 고여 있다. 벽과 탁자, 천장에는 기름때가 오랜 세월을 말해주듯 새까맣게 묻어있다. 중년의 남녀 손님이 두부두루치기를 먹고 있고 주인은 구석 테이블에서 쫄면을 다듬고 있다. 이 집은 두루치기에 칼국수가 아닌 쫄면을 넣어준다.

대전 사람들은 왜 이렇게 칼국수(쫄면)를 즐겨 먹을까. 대전 시내에는 온통 칼국숫집이다. 예전에 대전으로 이사 간 후배가 이렇게 말한 적이 있다. "대전 사람들은 칼국수에 미친 거 같아요." 대전의 칼국숫집을 분석한 흥미로운 기사가 있다. 주간지 〈주간경향〉을 보면, 대전에 있는 칼국숫집은 570곳이 넘고 칼국수를 팔고 있는 음식점을 다 합하면 1천 5백 곳은 족히 넘는다.

"한국 전쟁 이후 실향민이 대전에 많이 자리 잡았고 미국의 구호물자로 밀가루가 많이 풀렸지. 그러면서 칼국수가 서민 음식으로 자리 잡기 시작했어. 당시 대전이 철도교통의 중심지였는데, 대전에서 밀가루가 모여 전국으로 퍼져나가다 보니 자연스럽게 대전에 칼국숫집이 많아진 게 아닐까 싶어." 두부두루치기에 들어간 쫄면 사리를 건지며 A형이 말했다. "와, 두부두루치기라니. 두부로 어떻게 이런 음식을 만들어 먹을 생각을 했을까요. 아니 어떻게 이런 음식을 만들어 볼 생각을 나는 못 했지?" B는 커다란 두부 한 점을 숟가락에 담으며 이렇게 말했다. "칼칼한 고춧가루의 맛과 두부의 부드러움이 잘 어우러진 것 같아요. 두부 속에 양념이 잘 밴 것 같아요. 은근히 올라오는 부추 향도 좋고요."

이 집은 두부두루치기를 만드는 데 북어와 양파를 삶아 우려낸 육수를 사용한다. 나는 물론 막걸리가 제일 맛있었다. 원막걸리는 대전에서만 먹을 수 있다. 알싸하면서도 부드럽다. 목을 넘어갈 때 느낌이 매끈하다. 두부두루치기와 환상의 궁합이다. 게다가 이 집에서는 양은 주전자에 담아준다. 녹두부침개도 고소하다. 돼지고기와 녹두로 반죽했는데 들기름을 잔뜩 뿌리고 굽는다. 막걸리가 자꾸 넘어간다.

이 집에는 비장의 메뉴가 있다. 차림표에는 없는 두부구이다. 단골들만 안다. 들기름에 두부를 바삭하게 구워주는데, 정말 맛있다. 두부와 들기름의 조합은 절대로 실패하지 않는다.

"개업 때부터 우리 집에 두부를 대주는 집이 있어요. 요즘도 그 집에서 받아서 씁니다. 두붓집 아주머니도 많이 늙어서 하루에 두 판 정도 밖에 못 만들어요." 주인아주머니의 말이다. "그렇지. 이런 메뉴를 시켜줘야지. 그래야 어디 가서 잘난 체 하죠. 흠흠." C 대표가 휴대폰으로 사진을 찍으며 말했다. 너, 자랑할 데도 없잖아.

별난집을 나와 중앙시장을 걸었다. 중앙시장은 한국전쟁 때 피난민들이 노점상을 열면서 만들어졌다. 순대 골목을 걷다가 백천순대라는 순댓집에 들어갔다. 문을 연 지 50년이 넘었다고 한다. 모둠 순대를 시켜놓고 또 막걸리를 마셨는데 순대 속에는 특이하게도 기름이 많았다. 오소리감투와 염통은 잡내가 없고 잘 삶아져 있었다.

순대를 먹고 나오다가 또 냉면과 짜장면을 먹었다. 술을 마시면 탄수화물이, 특히 면이 당긴다. 시장 한 구석에 조용히 자리한 가게에서였다. 냉면과 짜장면을 같이 판다. 냉면이 고작 6천 원이다. 우리는 냉면 한 그릇과 짜장면 한 그릇을 시켜놓고 맥주와 소주를 마셨다. 냉면은 달았고 고춧가루를 듬뿍 친 짜장면은 양이 엄청 많았다. 더 이상 음식이 들어가지 못할 정도로 배가 불렀지만 희한하게도 젓가락질이 멈추지 않았다. 가느다란 면은 두부와 빈대떡, 순대로 가득한 위의 빈틈을 미꾸라지처럼 파고들었다. 위장에 음식으로 테트리스를 하는 것 같다는 생각이 들었다.

대전에 '숨두부'라는 음식이 있다. 순두부가 아닌 숨두부다. 순두부보다 거칠다. 콩 단백질이 엉긴 상태가 살아있다. 짭조름한 간수에 담긴 숨두부를 숟가락으로 떠먹는다. 평양숨두부는 대전에서 가장 오래된 숨두부 전문점이다. 한국전쟁 당시 평양에서 피난을 내려와 문을 열어 지금은 3대를 이어오고 있다.

숨두부라는 이름이 독특하다. 북한에선 간수로 두부 굳히는 것을 '숨을 잡는다'라고 말한다. 굳히기 전 간수 상태에서 꼴록꼴록 소리를 내는데 이것이 마치 숨을 쉬는 것 같다고 해 숨두부라는 이름이 붙었다.

간수는 짜고 달짝지근했다. 그 속에 담긴 두부는 고소하고 그윽했다. 지금까지 마신 술이 모두 깨는 느낌이었다. 네모반듯한 공장 두부와는 확연히 달랐다. 우리는 지금까지 먹었던 두부 중에서 제일 맛있다는 데 의견을 모았다. 나는 지금까지 일본 사가현 가라쓰시 '가와시마 두부점'에서 먹은 두부를 가장 맛있는 두부로 기억하고 있지만 대전의 숨두부는 그에 뒤지지 않는다. 이 글을 쓰는 지금도 숨두부의 맛이 입술 언저리를 맴돌고 있다.

어제 너무 많이 먹었다. 숨두부 집을 나와 으능정이 거리에서 치킨집을 두 군데나 돌았다. 1만 칼로리는 먹은 것 같다. 일어나 거울을 보니 얼굴이 퉁퉁 부었다. “와, 너무 부었다. 내 얼굴을 나도 못 알아보겠다.” 내가 말하자 B가 무심하게 말했다. “살찐 거죠.”

그래, 이왕 이렇게 된 거 끝까지 찌자. 우리는 칼국수 한 그릇을 더 먹고 올라가기로 했다. 대전에 왔으니 칼국수를 먹어야지. 안 먹으면 섭섭하다. 우리는 신도칼국수로 향했다. 칼국수는 두부두루치기와 함께 대전을 대표하는 음식이다. A형은 그의 책 《노포의 장사법》에서 대전의 칼국수를 이렇게 썼다. “칼국수처럼 단 한 그릇의 음식에 우리 현대사가 녹아 있는 경우도 드물 것 같다.” 신도칼국수 주인장의 말도 이렇게 옮겨 적었다. “냉면집을 하시는데, 아무래도 값이 좀 나갔대요. 당시 역 앞에는 가난한 사람들이 많았습니다. 짐꾼과 마차꾼 같은 이들이 배불리 먹을 건 뭐가 있을까 하시다가 칼국수로 업종을 바꾸신 겁니다. 기차 승객도 엄청나게 많았고, 하여튼 손님은 많았다고 해요. 그러니 그들이 배불리 먹을 음식을 하는 게 중요했던 것이지요.”

신도칼국수 벽에는 개업 때부터 사용하던 칼국수 그릇들이 벽을 장식하고 있다. 칼국수 한 그릇에 30원 하던 시절의 노란 양푼은 지금의 칼국수 그릇보다 두 배나 크다. 우리는 칼국수와 수육을 시켰다. 아, 물론 원막걸리도 빼놓지 않았다.

1박 2일 동안의 취재를 빙자한 대전 여행을 마치고 돌아오는 KTX 열차 안에서 나는 슬로베니아 취재를 마치고 류블랴나 국제공항을 이륙할 때 비행기에서 느꼈던 감정을 고스란히 다시 느꼈다. '아, 이런 곳이 있구나. 아무도 모르지만 자기들끼리 오손도손 모여 맛있는 거 먹으면서 잘 사는 곳이 있구나.'

슬로베니아는 유럽 동남부에 자리하고 있는데 옛날에는 유고 연방에 속했다. 나라 이름에서 알 수 있듯 슬라브족이 살고 있다. 우리나라에서는 슬로베니아에 관한 책을 구하기도 쉽지 않다. 면적은 한반도의 11분의 1. 전라도 넓이와 비슷하다. 인구는 200만 명 정도밖에 되지 않는다. 나라가 워낙 작다 보니 동서를 횡단해 봐야 고작 3시간밖에 걸리지 않는다. 그래서 어쩔 수 없이 슬로베니아를 여행하다 보면 맨날 국경지대만 다니게 된다. 여기는 헝가리, 저기는 독일, 저쪽은 크로아티아와 국경이다.

이 나라가 도대체 어디에 있는 나라인지 모르는 사람이 아는 사람보다 훨씬 많다. 파울로 코엘류의 소설 《베로니카, 죽기로 결심하다》에서 주인공 베로니카는 자살을 결심하고 마지막으로 자신의 조국 슬로베니아가 어디에 있는지 모르겠다는 글을 쓴 기자에게 슬로베니아를 설명하는 편지를 쓰기로 마음먹는다. 그녀는 탄식한다. "슬로베니아가 어디에 있는지 아무도 몰라. 아무도."

슬로베니아의 마리보르Maribor라는 도시에 간 적이 있다. 마리보르는 슬로베니아 제2의 도시로 드라바강을 따라 들어서 있다. 이 도시를 찾은 이유는 포도나무 한 그루 때문이었다. 이곳에는 세계에서 가장 오래된 포도나무가 있다. 16세기에 지어진 올드 바인 하우스의 벽면을 따라 서 있는 이 포도나무는 400살이 넘는다. 기네스북에도 등재됐다. 포도나무는 이 지역의 토종 품종인 자메토프카Zametovka로 지금도 매년 35~55킬로그램의 포도알을 매단다고 한다. 이 포도로 100병 정도의 와인을 만든다. 가이드는 이렇게 말했다. "이 나무는 아주 느리게 살아요. 뭐랄까요, 자기만의 속도로 살고 있다고나 할까요. 그래서 아직 열매를 매달 수 있는 것인지도 모르죠." 과거 성벽의 일부였던 올드 바인 하우스는 지금은 와인 전시 및 테이스팅 룸으로 사용되고 있는데, 많은 여행객이 이곳을 찾아와 세상에서 가장 오래된 포도나무가 만들어낸 와인을 맛본다.

아무튼 이 작은 나라를 여행한 일주일 동안, 나는 아주 느긋했고 평화로웠으며 행복했다. 레스토랑의 웨이터는 10분 동안이나 메뉴에 대해 이것저것 물어보는 동양의 낯선 여행자를 향해 얼굴 한 번 찌푸리지 않았다. 주문을 받은 후 휘파람을 불고 멀어져 가는 웨이터의 뒷모습을 바라보며, 나는 자리에 앉자마자 주문서를 내미는 서울 어느 유명 식당의 종업원과 "잠깐만요, 일단 메뉴판부터 좀 보고요." 하고 말하는 나를 바라보는 종업원의 뜨악한 표정을 떠올렸다. 어쨌든 슬로베니아식 치킨을 성공적으로 주문한 여행자는 드라바강을 붉게 물들이는 노을을 바라보며 마리보르 산 화이트 와인을 마셨다.

그래, 그럴 수도 있지. 서울에서는 다들 바쁘게 살아가니까. 우린 누구보다 치열하게 그리고 열정적으로 살아가니까. 빨리 주문을 받고 빨리 음식을 먹고 빨리 일터로 돌아가 열심히 일해야 하지. 그러니까, 그럴 수도 있겠지. 빌딩에서 넥타이족들이 우르르 쏟아져 나오는 광화문의 점심시간을 떠올리며 나는 이렇게 생각했다.

이 낯선 나라 사람들은 오렌지 와인이라는 낯선 와인을 마신다. 많은 이들이 오렌지로 만든 와인이라고 오해하지만 당연히 포도로 만들었다. '제4의 와인'으로도 불린다. 몇 년 전 영국 와인 저널 〈디캔터〉의 칼럼니스트 크리스 머서Chris Mercer가 자신의 칼럼에서 "레오나르도 다 빈치의 '최후의 만찬' 테이블 위에 놓인 와인은 오렌지 와인일 것"이란 추측을 해 세간의 관심을 끌기도 했다. 화이트 와인 품종으로 레드 와인 양조 방식을 접목해 만들기 때문에 레드 와인의 풍부함과 화이트 와인의 상쾌함을 모두 갖고 있는 게 특징이다. 첫맛은 화이트,

끝맛은 레드다.

아무튼, 그런 곳이 있다. 아무도 신경 쓰지 않지만 세상에서 가장 맛있는 그들만의 음식을 먹으며 자기들끼리 잘 살고 있는 곳. 마리보르의 오래된 포도나무처럼 자신만의 속도로 살아가는 사람들이 있는 곳. 오렌지 와인이라는 맛있는 와인을 먹는 슬로베니아가 그렇고 두부두루치기와 칼국수를 맛있게 먹는 대전이 그렇다. 대전이 노잼도시라니! 이는 분명 대전에 대한 '온당치 못한 국제적 무관심'이다.

역시 여행은
우리를 놀라게 합니다, 장흥

장흥은 봄날이었다. 11월 말이었지만, 서울의 수은주는 영하 2~3도 근처를 맴돌고 있었지만 장흥의 공기는 따뜻했고 말랑거렸다. 드론을 날리기 위해 찾아간 천관사 앞마당의 목련 나무는 꽃봉오리가 여물고 있었다. "이러다 꽃 피겠다. 쑥이라도 캐러 갈 날씨다." 이번 탐식도시 취재에 함께 한 놀고먹기연구소장인 W형이 말했다. W형과 나는 함께 오랫동안 같은 바닥에서 밥을 벌어 먹고살았다. 그가 신문사 여행기자로 일할 때 나도 여행기자로 일했다. 브라질, 부탄, 인도 등 해외 취재를 함께 많이 다녔다. 알고 지낸 세월이 벌써 20년이 훌쩍 넘었다. "국내 취재를 같이 오기는 처음이네." W형이 신기하다는 듯 말했다. "그렇군요. 국내는 장흥이 처음이군요."

이번 여행은 내가 따라붙었다. 고기 중에 제일 맛있는 고기는 남이 사주는 고기이듯, 취재 여행 중에 제일 재미난 취재 여행은 남이 짜놓은 스케줄에 숟가락을 얹는 것이다.

"뭐부터 먹습니까?" 짐을 풀고 호텔을 나서며 내가 물었다. 탐식도시의 영원한 첫 질문. "주꾸미 샤부샤부부터 먹자." W형이 말했다. "주꾸미는 봄에 맛있잖아요. 지금은 11월인데……." 내가 말끝을 흐리자 "장흥은 겨울에도 주꾸미가 맛있다. 따라온나." 그가 성큼성큼 앞장섰다. 우리가 도착한 곳은 삭금식당이라는, 간판 색이 바랜 자그마한 식당. 출입문 옆에는 푸른색 수족관이 놓여있었는데 수족관 유리 벽에는 화성인처럼 생긴 주꾸미들이 찰싹 달라붙어 있었다. 문을 열고 들어서자 아, 여긴 도저히 관광객이 접근하기 힘든 포스의 집이구나, 하는 생각이 들었다.

전골냄비 안에 담긴 육수가 뽀얀 것이 보기에도 맛이 진해 보였다. 그럴 수밖에. 요리용 집게로 육수를 휘휘 저어보니 한우 차돌박이와 표고버섯이 잔뜩 담겨 있으니 말이다. 그 옆에는 주꾸미가 가득 담긴 플라스틱 바구니가 놓여 있다. 빨리 먹고 싶다. 보글보글 끓고 있는 육수가 '쳐다만 보지 말고 어서 주꾸미 한 마리를 살짝 담가 먹어!' 하고 속삭이는 것 같았다.

상쾌한 미나리 향도 엷게 올라왔다. "자, 이제 먹어봅시다." 하고 주꾸미를 육수에 넣으려 하자, "잠깐!" 주인아주머니가 달려와 집게를 빼앗았다. "처음에는 내가 해줄게." "아닙니다, 저희가 해도 되는데요." "안돼. 니들이 하면 질겨."

주꾸미를 건져내며 아주머니가 설명했다. "이 주꾸미는 그냥 산 채로 먹어도 좋을 만큼 싱싱한 거예요. 그러니 살짝만 익혀 드세요." 이후 아주머니는 '살짝'을 여러 번 강조했다. 주꾸미가 붉은색으로 변할 만큼 익히면 맛이 없는 거야. 그러니 다시 한번 강조하지만 '살짝만' 익혀 드세요. 하지만 서울에서 온 '촌놈'은 그게 잘되지 않아 아주머니로부터 여러 번 핀잔을 듣게 되는데…….

주꾸미를 육수에 담그던 W형이 말했다. "뭔가, 괜히 미안한 감정이 든다." "아, 그렇군요." 나는 육수 위로 살짝 떠 올라 있는 주꾸미의 머리와 부드럽게 빛나는 W형의 머리를 번갈아 쳐다보았다. "저라도 모자를 쓰고 먹을게요." 그는 고개를 끄덕였고, 육수 속의 주꾸미 머리는 이미 붉은색으로 변해 있었고, 주인아주머니는 어느새 달려와 집게로 주꾸미를 건져내며 말했다. 살짝만 익히라니깐!

이후 우리는 한눈팔지 않고 주꾸미에 집중했다. 진지하고 성실하게 주꾸미를 데쳤다. '살짝만' 익히기 위해 주꾸미를 육수에 담그고 마음속으로 '하나 둘 셋 넷 다섯'을 세었다. "빨리 빼!" 조금이라도 늦으면 누군가 이렇게 말했다.

5초 간 육수 속을 지나온 낙지는 부드러우면서도 쫄깃했다. '부드럽다'와 '쫄깃하다'는 양립할 수 없는 표현이지만 진짜 그랬다. 게다가 탱탱하기까지 했다. 서울에서 먹던 냉동 주꾸미와는 차원이 달랐다. 샤부샤부는 정말이지 꾸밈없는 음식이다. 오직 재료의 질로 정면 승부하는 음식이다. 주꾸미를 먹다 가끔 건져 먹는 차돌박이는 주꾸미만 먹는 지루함을 덜어주었다. 그러다가 미나리를 건져 먹었고 상쾌해진 입안으로 다시 주꾸미를 넣었다.

주꾸미로 충분히 배가 불렀지만 우리는 또 우동 사리를 넣어 끓여 먹었다. 주꾸미로만 끝내는 건 주꾸미와 차돌박이와 표고버섯과 미나리가 어울려 빚어낸 완벽한 육수에 대한 예의가 아니었다. 후루룩후루룩 우동을 다 먹고는 다시 밥을 비볐다. "그래도 밥은 먹어야지." 주인아주머니는 포만감으로 널브러져 있는 우리를 흐뭇한 눈길로 바라보며 전골냄비를 수거해갔다. 그리고 얼마 뒤 먹음직스럽게 볶아진 밥이 담겨 있는 전골냄비를 내왔다. 맛만 보자. 하지만 바닥이 드러낼 때까지 우리는 숟가락을 멈출 수 없었다.

주꾸미 집을 나와 2차를 갔다. 그렇게 먹고서도 2차를 갈 수 있다니 지금 생각해도 신기하다. 2차는 사계절포장마차라는 조개찜 집이었다. 아, 여기도 보통은 아니군. 역시 관광객이 함부로 접근할만한 집은 아니야. 예상대로 실내에는 장흥군민으로 가득했다.

자리에 앉으니 직경 1미터는 족히 될 만한 커다란 스테인리스 찜통이 올려졌다. 찜통 뚜껑 위에 은박지로 싼 벽돌 하나를 얹으며 종업원이 말했다. "15분 후에 드세요." 나는 조용히 휴대폰의 시계 앱을 켜고 타이머를 15분에 맞췄다. 장흥에서는 음식을 먹을 때 주인이 시키는 대로 해야 한다. 그래야 맛있게 먹을 수 있다.

12분쯤 지나자 찜 솥은 증기기관차처럼 하얀 김을 내뿜기 시작했다. 그사이 우리는 이미 소주와 맥주, 막걸리를 몇 병 비우고 있었다. W형이 눈으로 말했다. 지금 열까? 나는 조용히 고개를 저었다. 기다려 보자고요. 15분이 되자 종업원이 휘리릭 나타나 벽돌을 내리고 뚜껑을 열었다. 솥에는 가리비와 모시조개, 바지락이 가득 들어 있었다. 도대체 지금까지 우리가 먹었던 조개찜은 뭐였단 말인가. 세상의 모든 조개찜을 초라하게 만들어버리는 아름다운 비주얼이었다. 우리는 와! 하는 감탄사와 함께 일제히 나무젓가락을 쪼갰다. 또 먹어보자꾸나.

가리비 속에는 달짝지근한 육즙이 가득했다. 겨자를 살짝 푼 간장에 찍어 먹으니 입안은 금세 화려한 맛으로 넘실댔다.

사실 조개찜, 조개구이는 내가 별로 좋아하는 음식은 아니다. 먹을 때 번거로운 음식은 딱 질색이다. 게다가 을왕리, 대부도에서 먹었던 조개찜과 구이는 최악이었다. 소문난 잔치에 먹을 것 없다고, 맛에 비해 턱없이 비싸기만 하다고 먹을 때마다 생각했던 것 같다. (누가 사주니 먹었을 뿐입니다.)

그런데 장흥의 조개찜은 달랐다. 더없이 간결했지만, 더없이 맛있었다. 갖출 것을 다 갖추고도 겸손한 사람 같았다. 양도 많아서 5만 원짜리 한 상이면 어른 넷이 충분히 먹을 정도였다. 자리에 함께한 장흥군청 관광과 관계자에게 물었다. "장흥 사람들은 맨날 이런 거 먹고 삽니까?" 그가 머리를 긁적이며 말했다. "아, 네, 뭐, 대충 그런 셈이죠. 이런 거 말고는 먹을 게 없으요. 맨날 낙지나 먹고 조개나 먹고 그러죠잉."

조개찜 한 바가지를 먹고 숙소로 들어와 침대에 누웠다. 역시 여행은 우리를 놀라게 한다. 그것이 바로 여행의 가장 큰 매력이다. 물론 실망스럽고 힘들 때도 있지만 여행은 우리가 할 수 있는 가장 아름답고 행복한 일 중의 하나다. 이토록 맛있고 푸짐한 주꾸미와 가리비라니! 시계를 보니 어느덧 밤 10시였다. 슬슬 잠이 왔다. 오늘도 열심히 먹은 기분 좋은 하루였다.

취재 여행을 갈 때마다 언제나 아침 식사가 마땅치 않다.

대개 일정을 아침 일찍부터 시작하는데 24시간 해장국집 말고는 갈 만한 데가 딱히 없다. 밥과 국 그리고 몇 가지 반찬이 나오는 백반집이 있으면 더없이 좋겠지만 또 은근히 흔하지 않은 곳이 백반집이다.

장흥 토요시장에 있는 시골집은 군청 관계자가 추천해 준 곳이었다. 전날 조개찜 집에서 어딘가 전화를 걸던 그가 말했다. "내일 시골집 아침은 김치찌개랍니다. 아침 식사는 거기 가서 드세요." 하고 말했다. 매일매일 국이 바뀌는 집이라고 했다. 역시 관광객은 알기 힘든 집이군. 현지에서는 현지인의 말을 따라야 한다. 여행자의 첫 번째 원칙.

둥근 양철통으로 만든 식탁이 4개 그리고 10명 정도가 앉을 수 있는 좌식 테이블이 있었다. 우리는 인원수만큼 백반을 시켰다. 물을 따르며 앉아 있는데 군청 환경과 직원으로 보이는 듯한 분들이 예닐곱 명 들어왔다. 주인과는 서로 잘 아는 듯, 자리에 앉더니 주방에 놓인 반찬을 알아서 접시에 담아 식탁으로 가져갔다. 그러고는 밥통을 열어 익숙한 동작으로 공깃밥을 꺼냈는데, 그 공깃밥은 곧장 우리 테이블로 왔다. "아주머니가 바쁘니께, 그냥 우리가 드릴게요." 동네 밥집다운 다정한 풍경. 마냥 감사합니다.

반찬은 무려 12가지였다. 김치찌개에는 비계가 튼실하게 붙은 돼지고기가 넉넉하게 들어가 있었다. "역시 김치찌개엔 돼지고기지. 누가 감히 김치찌개에 참치 따위를 넣는단 말인가." W형이 말했다. "그러게 말입니다. 그건 분명 옳지 않은 일입니다." 하지만 곧 조용해졌다. 숟가락질이 바빴기 때문이다. 밥상에서 입은 밥을 먹는 데 최선을 다해야 한다.

밥을 먹다가 문득 어제 관계자가 한 말이 떠올랐다. "계란말이는 꼭 드쇼잉. 무지무지 크고 맛나니께요." 아주머니 여기 계란말이 하나요! 우리는 서둘러 계란말이를 주문했고 다행히 밥을 다 먹기 전에 계란말이가 나왔다. 아주머니가 갖다 준 접시에는 잘 구운 노란 벽돌 한 장이 올라가 있었다. 묵직하고 단단한 '계란 벽돌'은 김을 모락모락 피워 올리고 있었다. "계란말이 먹을 때 눈치 보지 않아도 되겠군." 하며 W형이 젓가락으로 한 점을 집어 들었다. "계란 열 알은 들어갔겠다." "더 들어갔을 수도 있을 거 같아요." "이게 고작 만 원이라니!" 찬사가 쏟아졌다.

아침을 먹고 나와 우리는 각자의 취재지로 흩어졌다. 그리고 열심히 일했다. 보림사에도 가고, 이청준 생가며 편백숲 우드랜드도 촬영했다. (무작정 먹기만 하는 건 아니랍니다.) 점심은 바지락 회무침으로 가볍게(?) 해결했다. 뱃속에는 어제 저녁부터 먹은 주꾸미와 가리비와 12가지 반찬과 차곡차곡 쌓여 있었지만 그래도 바지락 회무침 한 그릇이 들어갈 공간은 있었나 보다. 인간의 위장은 참 신기하구나.

둘째 날 저녁은 만나숯불갈비의 장흥삼합이었다. 장흥삼합은 한우와 표고버섯, 그리고 키조개 관자를 함께 구워 먹는 것을 말하는데, 한우의 진한 고기 맛과 표고버섯의 감칠맛, 관자의 부드러운 맛이 어우러져 환상적인 맛을 빚어낸다. 들판과 산, 바다의 기운을 한 번에 맛보는 별미인 셈이다. "장흥은 인구보다 한우 숫자가 더 많아. 인구가 3만 5천 명 정도 될 건데, 한우는 아마 5만 정도 될 걸" W형이 말했다. 가격도 상대적으로 저렴하다. 서울 반값 정도 된다는 W형의 말에 속으로 '음, 그렇다면 키조개와 표고버섯은 피하고 한우만 집중 공략해야겠군.' 하고 생각했지만 막상 먹어보니 한우와 키조개, 표고버섯을 3층으로 쌓아 먹는 것이 훨~씬 맛있었다. 한우의 고소하고 기름진 맛과 키조개의 부드러운 식감, 표고버섯의 감칠맛이 어울려 폭발적인 맛을 만들어냈다. 도대체 이런 조합을 개발한 사람은 누굴까. 지금까지 내가 먹어본 음식 중에 가장 완벽한 조합이었다. 옆에 있다면 술 한 잔 따라주며 고맙다고 말하고 싶었다.

장흥에서의 마지막 식사는 영춘원이라는 중국집이었다. 영춘원에 들어서려는데 배달을 다녀온 듯 오토바이가 입구 쪽으로 드리프트를 하며 미끄러져 들어왔다. 오토바이에서 내린 사람은 주인아주머니였다. 역시 관광객은 알기 어려운 집이군. 영춘원은 장흥에서 40년째 문을 열고 있다고 했다. 추천 메뉴는 간짜장. 소스를 짜지 않고 부드럽게 볶은 것이 특징이다. 면발도 부드러워 잘 넘어갔다. 면 위에 올라간 잘 튀긴 계란 프라이가 압권이었다. '국밥'이라고 부르는 짬뽕밥도 맛있다. 계란 노른자를 하나 띄워 나오는데 이것 때문에 국물이 아주 부드럽다. 식사를 마치고 나와 W형이 말했다. "잡채밥 못 먹은 게 좀 아쉽다." 나도 고개를 끄덕였다. "저도 그래요."

장흥에서 광주 송정역으로 가 서울행 KTX를 탔다. 창밖으로 스산한 겨울 풍경이 스쳤다. 그 풍경 위로 자꾸만 영춘원에서 잡채밥을 먹어보지 못한 후회가 함께 스쳤다. 볶음밥을 먹어보니 잡채밥도 맛있을 것 같았는데, 요즘 잡채밥 제대로 하는 곳이 드문데, 다음에는 꼭 잡채밥을 먹어야지. 잡채밥, 잡채밥, 잡채밥…… 하다가 스르륵 잠이 든 것 같았다.

"꼭 거창한 이유가 필요할까요. 그냥 어떻게 하다 보니 요리를 시작하게 됐고, 요리를 하다 보니 요리사가 된 거죠. 요리사로 살다 보니 요리를 계속하고 있는 것이고요." B가 말했고 A형은 말없이 고개를 끄덕였다. 그렇지. 어쩌다 보니 우리는 여기까지 와 있는 것이다.

아무것도 아닌 풍경이 오히려 고마워질 때, 강진

벚꽃, 매화, 산수유가 이 땅의 봄을 밝히며 한바탕 요란하게 피고 졌다. 반소매를 입어도 어색하지 않은 날씨다. 나무들은 옅은 초록 잎을 물고 있다. 이 초록이 점점 진해지고 곧 여름이 시작될 것이다. 노루 꼬리처럼 짧기만 한 이 땅의 봄이 안타까워 강진으로 갔다. 백련사와 영랑생가 뒷마당에 낭자한 동백이라도 볼 요량이었다. 봄 햇살이 잠자리 날개처럼 투명하게 빛나고 찰진 개펄에는 바지락, 낙지가 쑥쑥 자라는 그런 때였다.

강진은 남쪽 끝, 해남과 장흥 사이에 있다. '편안한 나루'(康

津)라는 이름 그대로, 사람들은 예로부터 별걱정 없이 살았다. 기름진 개펄과 넓은 들판에 기대 풍요로운 삶을 누렸다.

강진 땅에 들어서자 마음이 편안해졌다. 바람은 잔잔했고 바다는 배부른 고양이처럼 순했다. 마른 오이처럼 오그라들었던 마음은 반듯하게 펴졌고 날카롭게 날이 섰던 정신도 한결 누그러졌다.

마량으로 향했다. 목포 나들목을 빠져나와 강진으로 가는 2번 국도를 따라 1시간 정도를 가면 강진 읍내. 다시 23번 국도에 올랐다. 23번 국도는 국내에서 아름답기로 손꼽히는 해안도로다. 도로 주변에는 예쁜 바다마을도 여럿 놓여 있다. 마음에 드는 곳이 있다면 핸들을 살짝 돌리기만 하면 된다. 23번 국도는, 어떤 때는 눈부시게 푸른 바다를 보여주고 어떤 때는 기름진 햇살이 내려앉는 개펄을 보여준다. 어떤 때는 월출산 위로 둥실 떠 오르는 달을 보여주기도 한다.

이쯤에서 시 한 수로 시작하자. 시의 쓸모가 갈수록 적어지고 있는 세태라지만 그래도 아름다운 시는 우리네 차가운 마음에 따뜻한 무늬를 그려 낸다. 강진 가까운 곳 장흥 태생의 김영남 시인이 쓴 〈마량항 분홍 풍선〉이라는 시다.

"골목이 시작되고, 골목 옆구리/ 파도 출렁대는 곳에 환한 창이 있다./ 그 창에선 초저녁부터 김칫국 냄새가 번지고/ 가끔 웃음소리도 들리곤 한다. (중략) 갑자기 내 어머니가 나타나고/ 복슬강아지, 검은 고양이, 군고구마 아저씨도 지나가고/ 지나가지 않아야 할 것들도 지나가고 있어/ 난 잡고 있던 풍선을 그만 놓아 버린다./ (중략) / 항구란 배만 타는 곳이 아니라 그런 풍선을 잡고/ 더 따뜻하고 아늑한 나라로 출발하는 것임을,/ 풍선에 바람이 빠져버리면/ 예서부터 흔들리는 귀환이 시작되는 곳임을 배운다."

마량포구에 도착했을 때는 오후 무렵이었다. 붉은 햇덩이가 바다 너머로 막 사라지려 할 때였다. 포구는 시인이 쓴 모습 그대로다. "파도 출렁대는 곳에 환한 창"이 있었고, 골목 어딘가에서는 "김칫국 냄새가 번지"고 있다. 우리가 여행을 떠나는 이유는 아마도 이런 풍경을 기대고 싶기 때문이 아닐는지. "지나가지 않아야 할 것들이 지나가고 있"는 안타까운 마음을, 풍경에 기대 우리네 스산한 마음을 위로받고 싶기 때문이 아닐는지. 풍경은 아무 말 없이 생채기를 어루만져주는 묘한 힘을 지녔다.

포구를 걸었다. 배들이 서로 어깨를 묶고 파도에 흔들린다. 방파제 끝에 등대가 우두커니 서 있었다. 수평선 너머에서 불어오는 바람은 따뜻하고 평화로웠다. 강진은 예로부터 바람이 없기로 유명하다. 지도를 보면 바다가 못질을 한 듯 땅속 깊숙이 들어와 있다. 원래 만(灣)은 파도가 잔잔한데, 강진에 유독 파도가 없는 까닭은 천불산과 만덕산 등 강진을 둘러싼 산들이 든든한 바람막이가 되어주기 때문이다. 게다가 보길도와 소안도, 대모도, 청산도 등 먼 섬이 한 번 파도를 걸러주고 고금도와 완도, 신지도, 조약도, 생일도, 금일도 등 작은 섬이 다시 한번 막아준다.

강진 앞바다가 워낙 편안한 바다인 까닭에 물고기들도 많이 몰려든다. 산란을 위한 장소로 찾는다. 강진 바다의 어부들은 배를 타고 바다로 나가면 그물이 터질 정도로 고기를 잡는다. 강진 앞바다에는 돔과 우럭, 광어뿐만이 아니라 남해안에서 나는 모든 물고기가 다 있다. 낚시꾼들도 사시사철 찾아든다.

포구 앞에서, 배가 고팠다. 예전엔 아름다운 풍경 앞에서 음식을 생각한다는 게 뭔가 미안한 마음이 들었지만 요즘은 음식부터 생각난다. 고백하자면, 브라질 이구아수 폭포의 장엄한 풍경 앞에서 나는 함께 간 동행에게 "어디 가서 커피라도 한잔하러 가자"라고 말했고, 터키 카파도키아의 기묘한 풍경을 내려다보는 새벽 열기구 안에서 얼른 호텔로 돌아가 바삭한 크루아상을 먹고 싶다는 생각을 했던 것 같다. 나이가 드니까 먹는 게 좋고 점점 음식 앞에서 진심이 된다. 솔직히 말해, 아무리 좋은 풍경도 20분을 바라보고 있기가 어렵다.

뭐라도 먹어야 하지만 강진에서는 아무 음식이나 먹기 싫었다. 왜냐면 강진이니까. 대한민국에서 음식으로 둘째가라고 하면 서러운 곳이니까. 그래서! 탐식도시를 주제로 여행한 이후 처음으로 한정식을 먹어보기로 했다. 한정식은 말 그대로 음식이 한 상 가득 차려져 나오는 음식이다. 흔히들 접시가 2층, 3층으로 쌓인다.

강진에서 유명한 집은 청자골종가집이다. 한옥으로 멋지게 지어진 집이다. 여행을 떠나오면 가끔 이런 집엘 간다. 여행길이 아니고서는 이런 집에 갈 일이 없으니까.

강진에는 한정식집이 많은데 언제부터 많아졌는지는 알 길이 없다. 유홍준 선생의 책《나의 문화유산답사기》에 우리나라 3대 한정식집으로 이름을 올린 해태식당도 이곳 강진에 있다. 2000년대 들어 한정식 인기는 예전만 못하지만 한 상 푸짐하게 차려서 내어 오는 한정식은 전라도를 찾은 여행자라면 누구나 한 번쯤 먹고 싶어 하는 음식이다. 한정식 이야기가 나오면 "대체 그런 음식은 왜 먹느냐고"라고 말하며 언짢은 소리를 내는 사람이 있다. 음식은 반드시 서민들이 가는 허름한 집이 진짜야 하고 생각하는 그런 사람들 말이다. 〈6시 내 고향〉〈맛있는 녀석들〉〈골목식당〉〈백반기행〉 등등에 나오는 집은 무조건 피하고 본다. 나야 뭐, 그런 집도 괜찮다는 입장이다. '방송에 나올 만하니까 나오는 거고 사람들이 많이 가는 데는 다 이유가 있지 않을까?' 하고 생각하며 드르륵 문을 열고 들어간다. 들어가서 맛없으면 다음부터 안 가면 그뿐이고.

청자골 종가집은 으리으리한 집이다. 2인 기준 8만 원, 4인 기준 10만 원, 12만 원, 16만 원짜리 상이 있다. 1인당 2만 5,000원에서 4만 원인 셈이니 싼 집이 아니다. 자리를 잡으니 얼마 지나지 않아 상이 나왔다. 연초록색 도자기에 담긴 반찬들이 상 가득 올라가 있다. 홍어삼합, 생선회, 전복회, 생고기, 새우 치즈구이, 주꾸미, 홍어 무침, 대구찜, 완자전 등이 먹음직스럽다. 접지 여기저기를 젓가락이 옮겨 다닌다. 조금 있으니 돼지고기와 표고 탕수가 또 나왔다. 돼지고기에서는 불맛이 연하게 나고 탕수는 식감이 좋다. 잡채도 맛있다. 음식을 거의 다 먹어 갈 때쯤, 보리굴비와 꽃게무침, 갓김치와 함께 밥과 국이 나온다. 20만 원짜리에는 산낙지, 생선찜, 해삼, 육전, 오분자기 등이 더 나온다고 한다.

한정식 앞에서는 맛에 대해 조금은 관대해지는 것 같다. 아마도 압도적인 비주얼 때문이 아닐까 싶다. 반찬의 인해전술 앞에서 이 음식은 맛이 어떻고, 저 음식은 맛이 어떻고 하면서 따지는 일의 별 의미가 없다는 생각이 든다. 그러고 보니 지금까지 가 본 한정식집 중에서 맛이 크게 떨어지는 집은 만나지 못했다. 식재료의 수급이나 조리, 종업원 유지 고용 등에 있어 아무래도 일정 수준의 솜씨와 경험, 내공이 있어야 이런 집을 계속 유지해나갈 수 있기 때문일 것이다. 한정식은 시스

템이다. 이 음식도 맛있고 저 음식도 맛있고. 먹다 보니 숨쉬기도 힘드네. 아무튼 잘 먹었다. 아마도 대부분의 사람들은 한정식집을 나오며 이런 생각을 하지 않을까.

배부른 잠을 자고 다음 날, 다산초당부터 찾았다. 강진 하면 먼저 떠오르는 이가 다산 정약용이다. 경기 남양주 출신인 다산은 천주교를 믿었다는 죄로 강진으로 유배를 와 18년을 살았다. 1801~1818년까지, 40세에서 57세에 이르는 시기였다. 유배지에서 홀로 남겨진 그를 찾아온 건 외로움이었다. 물도, 바람도, 기후도 낯선 먼 마을. 서울에서 귀양 온 폐족을 아무도 반겨주지 않았다. 다산은 "7년 동안 유배지에 낙척하여 문을 닫아걸고 지내다 보니 노비들조차 나와는 함께 서서 이야기도 하려 하지 않는다." 하고 친구에게 편지를 썼다. 그가 얼마나 외롭고 먹먹한 심정으로 하루하루를 살았는지 짐작해볼 수 있다.

외로움을 이기기 위해 그는 공부에 매달렸고 유배생활 동안 600여 권의 저서를 쏟아낸다. "보이는 것은 하늘 빛깔뿐이고, 밤새도록 들리는 것이라고는 벌레 울음소리뿐"인 외로움을 안고 다산은 〈논어〉 〈맹자〉 〈시경〉 〈목민심서〉 등을 펴냈다. 모두 정약용의 역작으로 꼽히는 작품들이다. 개인에게는 불행하기 그지없는 시간이었지만 이 땅의 학계에는 축복의 시간에 다름 아니었던 것이다. 어쩌면 다산의 위대함은 그가 남긴 수백 권의 저서나 그의 학문이 갖춘 위엄 이전에, 유배라는 고립된 환경과 18년이라는 미지의 시간을 버텨낸 그의 의지에서 먼저 찾아야 하는 것인지도 모른다.

공부, 독서, 저술 기계였던 다산이 바깥과 유일하게 소통할 수 있는 수단이자 창구는 편지였다. 다산은 틈틈이 멀리 떨어져 있는 두 아들 학연과 학유, 둘째 형 정약전 그리고 제자들에게 간곡한 내용의 편지를 썼다. 가장 많은 건 아들들에게 보낸 편지다. 그는 편지에서 아들들에게 공부하라고 채근한다.

"집에 책이 없느냐, 몸에 재주가 없느냐, 눈이나 귀에 총명이 없느냐. 어째서 스스로 포기하려 하느냐. 영원히 폐족으로 지낼 작정이냐. 너희 처지가 비록 벼슬길은 막혔어도 문장가가 되는 일은 꺼릴 게 없지 않으냐."

둘째 형님 정약전에게도 편지를 보낸다.

"형님, 이번에 공부를 하다 보니 요순시대의 고적(考績) 제도를 새롭게 깨달았습니다. 형님, 지난번 말씀하신 형님의 논의는 너무 탁월합니다. 이번엔 참고삼아 제 논의도 조금 덧붙여 봅니다. 읽어보시고 말씀해 주세요. 형님, 강진의 물소리가 차갑습니다. 그곳도 계절이 바뀌고 있겠지요?"

다산은 강진에 처음 유배와 4년 동안은 강진읍성 동문 밖 주막집 바깥채 사의재(四宜齋)에 머문다. 사의재는 '생각, 용모, 언어, 동작이 올바른 이가 사는 집'이라는 뜻이다. 이곳에서 그는 주막집에서 일하던 표 씨 부인과 인연을 맺고 홍림이라는 딸까지 낳게 된다. 그러다 그를 곤궁히 여긴 해남 윤씨 일가가 초당을 지어주어 거처를 옮기게 되는데 그것이 다산초당이다. 다산은 거처를 옮기며 "이제야 생각할 겨를을 얻었다." 하고 기뻐했다고 한다.

다산초당 가는 길은 기분 좋은 숲길이다. 대숲이 울창하다. 숲에서는 맑은 바람 소리가 흘러나온다. 대숲을 지나면 다산초당이다. 다산이 '정석'(丁石)이라는 글자를 직접 새긴 정석바위와 차를 끓이던 약수인 약천, 연못 가운데 조그만 산처럼 쌓아놓은 연지석가산 등 다산사경과 다산이 시름을 달래던 장소에 세워진 천일각이라는 정자가 있다.

사람들은 다산초당을 휘휘 돌아보고 다시 내려가지만 백련사까지 이어지는 오솔길은 놓치기 아름다운 코스다. 600미터는 오르막길, 200미터는 내리막길. 하지만 올라가는 길도 험하지 않아 이야기를 나누며 천천히 걸어도 30~40분이면 백련사에 닿는다.

오솔길의 풍광만으로도 산길을 올라온 값을 하지만, 이 길의 유래를 알면 감흥은 한층 더 깊어진다. 다산은 유배지인 강진에서 당대의 학승 혜장선사와 교류를 나누었다. 혜장선사가 해남 대흥사의 말사인 백련사에 머물 때 다산은 그에게서 다도를 배우고 심취했다. 다산이 백련사의 혜장을 찾아 담론을 벌이고 차를 마시기 위해 오갔던 길이 바로 이 오솔길이다. 아마도 다산에게는 백련사와 이 오솔길이 있어 강진이 척박한 유배지만은 아니었으리라.

백련사는 7천여 그루의 동백나무가 군락을 이루어 자생하는 곳. 11월부터 동백꽃이 피기 시작해 4월 중순에 만개한다. 4월 말이 되면 떨어지기 시작해 바닥을 물들인다. 예로부터 동백꽃은 세 번 핀다고 한다. 나무에서 한 번, 땅에 떨어져서 한 번, 그리고 당신의 마음속에서 또 한 번. 지금 백련사에는 땅에 핀 동백이 낭자하다.

차 한 잔이 생각나 강진다원 옆에 '이한영 차 문화원'에 들었다. 우리나라 최초의 녹차 상표인 '백운옥판차'의 대를 잇고 있는 곳. 뒤에 다인 이한영의 생가가 복원되어 있다. 차는 진하고 맑았다. 봄이 찻잔 속에서 흔들리고 있었다.

강진 봄 여행의 마지막 일정은 백운동 정원이었다. 조선 중기 선비 이담로가 지은 별서정원이다. 까마득히 잊혔다가 다산이 시를 짓고 초의선사가 그림을 그려 만든 〈백운첩〉(白雲帖)이 발견되면서 복원됐다. 백운동 정원 가는 길, 어둑한 숲길을 지나자 담장 옆 커다란 목련 나무 한 그루가 여행자를 맞았다. 목련은 세상의 모든 봄을 품고 있는 듯 환하게 피어 있었다. 찬란해서 눈부셨다. 누군가 '우와!' 하고 탄성을 쏟아냈고,

누군가는 '어머나!' 하고 주저앉았다.

강진에서는 주꾸미와 바지락을 더 먹었다. 기름지고 풍요로운 강진 땅, 들판과 바다에서 철마다 맛있는 식재료를 풍성하게 쏟아낸다. 주꾸미와 바지락은 모두 봄이 제철인 음식이다. 주꾸미는 산란기를 앞둔 4~5월이 가장 맛있다. 이때 주꾸미는 알이 꽉 차 있고, 샤부샤부로 먹는 것이 가장 좋다. 바지락도 봄에 맛있다. 영랑생가에서 가까운 왕성식당에서는 바지락 비빔밥을 먹었다. 강진만에서 캔 바지락에 미나리와 죽순을 넣고 새콤달콤한 양념으로 버무렸다. 한 젓가락 떠 넣자마자 입 안 가득 봄으로 넘쳐났다. 따로 설명이 필요 없는 맛이리라.

다음 날 아침, 일어나자마자 달려간 곳은 오케이식당이다. 백반을 먹었다. 앉으면 반찬 14~15가지가 담긴 쟁반이 놓인다. 백반을 시켰는데 먼저 나온 커다란 양은 쟁반에는 반찬이 담긴 접시 14개가 올려져 있었다. 여기에 밥과 찌개가 더해졌는데 그러고도 7천 원이었다.

나이가 드나 보다. 예전에는 아무렇지도 않은 풍경이, 아무것도 아닌 것이 새삼 고맙다. 그것은 대부분 때맞춰 우리 곁으로 찾아와 주는 것이다. 그러니까 동백이며 목련, 주꾸미며 바지락 같은 것, 그것들은 잊지 않고 우리를 찾아와 우리 곁에 한동안 머물다 떠나간다. 당연한 일인데, 그 사실이 참 고맙다.

계절은 어떻게 때가 되면 우리 앞으로 어김없이 찾아오는가. 와서는 눈부신 풍경과 맛있는 음식을 펼쳐놓는가. 강진, 봄빛 속을 천천히 걸었던 시간. 봄볕에 손등을 따스하게 데우며 돌담에 기대었던 시간. 목련 그늘은 점점 짙어져 발걸음은 오래도록 그 아래를 맴돌았다.

어디선가 바람이 불었다. 목련 꽃잎 몇 장이 엽서처럼 후드득 떨어졌다. 지금 만난 것들은 내년 이맘때 또 우리를 찾아와 줄 것이기에, 그것을 알고 있기에 보내줄 수도 있는 것이다. 봄, 왔는가 싶었는데 어느덧 가고 있다.

끝이 좋으면 다 좋은 법이지, 김해

김포공항 국내선 청사에서 김해공항으로 가는 오전 7시 20분 비행기를 기다리고 있다. 밤새 세차게 내리던 비는 새벽녘 다행히 그쳤다. 하지만 하늘에는 아직 두꺼운 구름이 가득하다. 바람도 제법 거칠다. 여행하기엔 무리 없는 날씨지만, 취재하기엔 최악이다. 오늘 탐식도시에는 시인 겸 편집자 M, 시인 O, 편집자 U가 함께 한다. 오랜만이다. 이렇게 누구와 함께 떠들며 여행을 떠나는 것.

"큰일 났다. 신분증을 안 가져왔다." 공항이 가까워지는데 M이 지갑을 뒤적이며 말했다. "어떡하지? 다시 집으로 가야 하나?" 일단 공항으로 가자. 지금까지 여행을 하며 알게 된 건, 모든 문제는 반드시 해결할 방법이 있다는 것. 세상은 의외로 주먹구구식으로 돌아가는 것 같지만 생각보다 정교한 면도 있다.

"휴대폰에 정부24 앱이나 쿠브 앱 있죠? 탑승장 들어가기 전, 검색대에서 그 앱 로그인하는 과정을 보여주시면 체크인 가능합니다." 이렇게 말하는 공항 안내데스크 직원의 표정은 부드러웠고 자부심으로 가득했다. 그는 지금까지 살아오며 단 한 번도 짜증을 내지 않았을 듯한 표정을 지니고 있었다. 나는 그 표정이 잠시 부러웠다. 이런 표정은 하루하루 단거리 달리기하듯 살아가는 프리랜서나 자영업자는 웬만해선 가지기 힘들다. 그 역시 나름의 힘든 부분도 있겠지만, 공기업의 느긋하고 보수적인 분위기와 패턴 속에서만 만들 수 있는 특유의 여유롭고 자부심 가득한 표정이란 게 있는 것이다. 이건 어디서 가르쳐 주는 건 아니고, 살다 보면 자연스럽게 알게 된다. 그런 게 있다. 살아봐야만 알 수 있는 것, 깨닫게 되는 것. 어쨌든 신분증 문제는 해결됐으니 다행이다. 역시 공항에는 일찍 올수록 좋다. 우리나라의 공공시설 시스템은 우리가 생각하는 것보다 훨씬 영리하고 정교하다. 당연하지. 우리보다 똑똑한 사람이 설계했으니. 당황하지 말고 주위를 잘 둘러보면 어딘가엔 반드시 해결책이 있다.

그런데 이번에는 시인 O 차례다. 공항으로 오는 택시에 휴대폰을 두고 내렸단다. 다들 아시겠지만, 요즘 휴대폰을 잃어버린다는 건 인생의 약 10퍼센트를 잃어버리는 것과 같다. 아니 어쩌면 더 많은 부분을 잃어버리는 것일지도 모른다. 휴대폰을 잃어버린 상실감은 다들 한 번쯤 겪어보아서 알 것이다. 20년 동안 여행 작가로 일하며 많은 일을 겪었다. 비행기는 다 타야 비로소 다 탄 것이고, 목적지는 도착해야 도착한 것이다. 누군가 야구는 끝날 때까지 끝난 것이 아니라고 했는데 여행도 마찬가지다. 집 문을 열고 들어가 트렁크를 풀 때까지 여행은 결코 끝난 것이 아니다. 언제나 쾌활한 얼굴의 O였지만 오랜 변비에 시달린 듯한 표정으로 비행기에 올랐다.

비행기는 힘차게 활주로를 이륙했고, 1시간 10분 동안 2만 피트의 먹구름 속을 날아 김해공항 활주로에 살찐 거위처럼 뒤뚱거리며 착륙했다. 착륙과 함께 기쁜 소식. 다행히 택시 기사님이 O의 휴대폰을 챙겼다는 것. 세상은 상당히 난폭한 듯 보이지만 자세히 살펴보면 곳곳에 친절하고 다정한 사람들이 숨어 있다. 세상을 그래도 살만한 곳으로 만드는 것은 그들이다. 그들의 노력 덕분에 우리는 인생의 악행을 견디며 하루하루를 살아갈 수 있는 것이다. 그제야 배가 고팠다. 우리는 렌터카를 타고 공항을 빠져나가며 아침 식사를 뭘로 할 건지 진지

하게 고민하기 시작했다. O는 원래의 쾌활한 모습으로 돌아왔다.

나는 김해에서 태어났다. 20년 가까운 시간을 김해에서 보냈다. 내가 태어났을 때 김해는 군이었고 내가 유치원에 다닐 때 시가 됐다. 중학교에 다닐 때 롯데리아와 피자헛이 처음 생겼다. 지금은 김해를 떠난 지 30년 정도 됐다. 사실 그동안 김해를 자주 찾지 못했다. 고작해야 1년에 한두 번, 명절에야 겨우 찾는 정도였다. 여행 작가를 하며 전국을 돌아다녔지만, 김해에는 딱 두 번 갔다. 단지 취재할 기회가 없었기 때문이다. 여행 작가로 일하다 보면 의외로 인연이 없는 지역이 있는데, 김해가 그랬다. 믿기지 않겠지만, 아직 뉴욕과 파리에 가보질 못했다. 독일도 못 가봤다. 그런데 라오스는 8번, 일본은 70번, 남아공은 3번, 슬로베니아는 4번을 갔다. 남들은 한 번 가기도 어렵다는 에티오피아에 3번이나 갔다. 20년 여행 작가 생활을 하는 동안, 김해는 이번에 세 번째로 찾았는데, 그 사이 김해는 경전철이 다니고 50만 명에 가까운 사람이 사는 큰 도시가 됐다.

그건 그렇고, 일단 뭐부터 먹을까. '뭐부터 먹을까?' 여행길에서 이건 상당히 중요한 질문이다. 사람에게 첫인상이 중요하듯, 여행지에서도 첫 끼가 상당히 중요하다. 처음 맛보는 음식이 형편없을 경우 좋지 않은 선입견을 가지게 될 확률이 높다. 그 선입견을 좋은 방향으로 돌리는 데 상당한 노력이 필요하다. 이제 겨우 오전 9시. 문을 연 식당은 아마 대부분이 해장국집일 것이다. 김해에서의 첫 끼를 뼈다귀해장국으로 시작하고 싶지 않았다. 그래도 명색이 김해 출신의 여행 작가인데, 시뻘건 뼈다귀해장국이 담긴 뚝배기 앞으로 손님을 데려갈 수 없는 일이다.

"추어탕, 돼지국밥, 재첩국, 칼국수, 멸치국수가 있어, 뭐부터 먹을까? 경상도 추어탕은 서울에서 먹던 남원식과는 완전히 달라. 배추와 숙주를 넣고 끓이는데 국물 색이 하얗지. 여기에 제피가루를 잔뜩 넣어 먹어. 먹다 보면 혀가 얼얼해져. 아마 한 번도 못 먹어 봤을 거야." 편집자 U가 순간 눈을 반짝였지만, "난 추어탕 못 먹어"라는 M의 말 때문에 패스.

"김해에는 돼지국밥을 잘하는 집도 많아. 아무래도 부산 영향권이다 보니 그렇겠지. 김해는 전국에서 두 번째로 돼지 사육 두수가 많은 도시거든. 그래서 돼지고기가 다른 도시보다 훨씬 싸지." 아, 이렇게 막힘없이 말하는 나는, 내가 생각해도 조금 멋진 것 같았다. 사실, 1999년 서울에 와서 1인분에 9천 원짜리 삼겹살을 보고 기겁했던 적이 있다. 그때 충격이 얼마나 컸던지 아직도 생생하다. 김해에서는 삼겹살 1인분이 3천 원이었다.

"돼지국밥은 먹어봤으니 재첩국 어떨까요?" O가 말했다.

"좋아, 좋아." M이 맞장구를 쳤다. M은 리액션이 좋다. 여행길에 리액션에 탁월한 사람이 있다는 건 행운이다. 경험상, 리액션은 타고나는 재능의 일종이며 그런 사람은 상당히 착하다. 재첩국으로 결정. 사실 나도 재첩국이 먹고 싶었다. 예전에 김해에서는 재첩이 많이 났다. 낙동강은 바다로 흘러가기 전, 명지라는 곳에 하얀 모래를 곱게 펼쳐 놓는데, 그 모래 속이 온통 재첩 천지였다. 아기 엄지손톱만 한 재첩이 봄이면 특유의 향을 모래 사이로 뿜어내는데, '풍선배'라고 부르는 재첩잡이 배들이 강에 가득 떠서는 기다란 대나무 장대 끝에 매단 갈구리로 재첩을 긁어 올리곤 했다. 노을 질 무렵이면 장관을 이루었다. 당시 명지는 하동 못지않은 재첩 산지였지만 지금은 모래톱이 사라져 아주 적은 양만 난다. 이 재첩을 가마솥에 넣고 푹 끓여 재첩국을 만들었다. 초등학교 시절, 아침마다 골목골목 재첩국을 파는 아주머니들의 '재칫국 사이소~"를 들으며 잠에서 깨곤 했다. 아주머니들은 머리에 양철 동이를 이고 지고 재첩국을 팔러 다녔고 어머니는 그들을 불러 냄비에 재첩국을 받았다. 국물 좀 더 주이소.

시내에 제법 유명한 재첩국 파는 집이 있다. 고기나 생선 등 생물을 파는 식당은 큰 곳일수록 좋다는 믿음에는 변함이 없다. 회전이 빨라 신선한 재료를 사용하기 때문이다. 재첩국과 재첩회, 재첩전을 시켰다. 재첩국이 먼저 나왔다. 질그릇 속에 뽀얀 국물이 담겨 있었다. 국물 위에는 짙은 초록색의 부추가 떠 있다. 숟가락으로 국물을 한 번 저어본다. 비릿하면서도 향긋한 내음이 훅 하고 올라오는데, 정확하게 설명하기 어렵다. 그냥 재첩향이다. 오직 재첩만이 만들어 낼 수 있는 향이니까 '재첩향'이다. 세상에는 재첩향이라는 고유한 향이 존재하는 것이다. 철의 원소 기호가 Fe이고, 크롬의 원소 기호가 Cr이듯, 냄새에도 기호가 있다면 재첩향에도 마땅히 고유번호를 부여해야 할 것이다.

숟가락 가득 재첩국을 뜬다. 재첩은 어른의 음식이다. 어릴 때는 로션 냄새가 나는 이걸 왜 먹나 싶었다. 생긴 것도 약간 징그러웠다. 물론 지금은 없어서 못 먹는다. 생각만 해도 입 속에 침이 고인다. 생긴 건 얼마나 귀여운지. 재첩국 한 숟가락을 입에 머금는다. 이렇게나 맛있다니. 이제 나도 진정한 어른인 것인가. 재첩국에는 숟가락이 어울리지 않는다. 그릇째 들고 마셔야 한다. 이제서야 아버지가 아침에 훌훌 들이키시던 그 재첩국을 이해할 수 있는 나이가 됐다. 알게 되는 일, 이해하는 일. 전부 나이가 하는 일이다. 재첩 그릇 앞에서 돌아가신 아버지가 문득 그립다.

재첩국 한 그릇에 우리는 기분이 좋아졌다. 자, 이제 어디로든 가자. 좋은 여행을 하려면, 일단 맛있는 음식을 먹을 것.

그다음엔 좋은 풍경 쪽으로 갈 것. 그래서 우리는 은하사로 가고 있다. 인제대 앞을 지나 가야랜드라는 아담한 놀이공원을 지나면 곧 숲길이 펼쳐진다. 구불구불 이어가는 길을 에어컨을 끄고 차창을 열고 달린다. 여름 같지 않게 바람이 시원하다. 숲 내음이 짙다. M.O.U(양해각서가 아닙니다)는 신났다. 소풍 나온 토끼들 같다. 쉴 새 없이 재잘거린다. 하지만 나는 마음이 무겁다. 그들은 여행을 왔지만 나는 '취재' 여행을 왔으니까. 돌아가서 뭐라도 써야 하니까. 그런데 날씨는 엉망이다. 이런 날은 사진 만들기가 참 어렵다. 여행 칼럼은 사진이 반이다. 어떨 땐 사진이 전부다. 글이 아무리 좋아도 사진이 받쳐주지 않으면 망한다. M이 말한다. 어쩌면 이번 꼭지가 메인이 될 수도 있어. 페이지 팍팍 늘인대. M.O.U는 재잘대고 나는 창밖을 멍하니 바라보고 있다. 먹구름은 물러갈 기미가 보이지 않는다.

은하사는 신어산 중턱에 자리한 아주 오래된 절이다. 영화 〈달마야 놀자〉를 찍으며 알려졌다. 장유화상이 창건했다고 전한다. 이 땅에 불교가 들어온 건 김해를 통해서다. 인도 아유타국 공주인 허황옥이 오빠인 장유화상 허보옥과 함께 불탑인 파사석탑 등을 가지고 온 것이라는 설이 근래에 들어 설득력을 얻고 있다. 가야라는 국명도 부처가 도를 깨달은 인도 부다 가야(GAYA)에서 따온 불교 범어로 추측한다. 은하사는 김수로 왕이 창건하라고 해서 만들어진 절이다. 장유화상은 이 절의 주지였다.

절 아래 공터에 차를 대고 은하사 가는 돌계단에 오른다. 계단 너머로 대웅전 현판이 살짝 보인다. 내가 가장 좋아하는 구도다. 나는 그 구도 앞에 서 있는 잠깐의 이 순간이 너무나 좋다. 강진 무위사와 영주 부석사도 이 구도 앞에 설 수 있다. 대웅전 현판이 살짝 보이는 그 순간, 나는 잠깐 걸음을 멈춘다. 그때면 내 속으로 뭔가가 찌르르 하고 날아 들어오는데, 내 마음 속 달린 풍경이 댕강, 하고 울린다. 혼자일 때라면 크게 심호흡을 하고 합장을 하지만, 동행이 있을 때는 눈치를 보며 아주 짧은 시간 멈춰 서서 후다닥 합장을 한다. 그렇다고 특별히 기도하는 내용 같은 건 없다. 이젠 이루고 싶은 것도 그다지 없고, 갖고 싶은 것도 딱히 없는 나이다. 그런데 이렇게 잠깐 합장하고 나면 내가 약간은 착한 사람이 된 것 같다는 기분이 든다. 이렇게 글로 쓰고 보니 이해하기 어려운 부분이 많지만, 실제로 은하사나 무위사에 가 보면 지금 이 문장이 이해가 되지 않을까 생각한다. 직접 가보지 않고서는 이해하지 못할 뭔가가 있는데, 우린 그걸 이해하기 위해 그곳으로 가는 것이다. 그걸 여행이라고 부른다.

"형, 여기에 소원 적어." O가 내게 화이트 펜을 건네주며 말했다. 난생 처음 해보는 기와불사다. 막상 쓰려고 하니 쓸

말이 없다. 앞에 말했다시피 나는 그다지 이루고 싶은 것도, 갖고 싶은 것도 없는 사람이다. 그냥 날씨가 좀 맑아졌으면 좋겠다. 사진이라도 찍게. 언젠가 독실한 불교 신자인 친구가 이렇게 말했다.

"절에 가서 사업 잘되게 해달라고, 아들내미 시험 잘 치게 해달라고 빌지 마라. 부처님이 그런 거 들어줄라고 보리수 나무 아래에서 쫄쫄 굶으며 단식한 거 아니니까."

"그럼 뭘 빌어?"

"뭐, 그런 거 있잖아, 좀 큰 거, 남북통일이나 세계평화 같은 거. 그런 거 좀 빌어봐라."

옆에 가득 쌓여 있는 기와를 보니 전부 돈, 건강, 사랑, 화목, 합격이 씌어 있었다. 세계평화, 남북통일은 찾아볼 수 없다. M.O.U는 뭔가를 열심히 쓰고 있다. 뭘 쓸까 한참을 고민하다가 "이루고 행복하게 해주세요"라고 쓰고 말았다. 그리고 그 밑에 M.O.U의 이름을 적었다. 무릇 기도는 남을 향해야 하는 거니까. 사실 구름이 물러가고 날씨가 맑아지게 해 주세요 하고 쓸려다가 그건 부처님보다는 도사가 해야 하는 일이라는 생각이 들어 쓰지 않았다.

언제부터인가 어디를 가면 그곳에서 가장 높은 곳에 올라가려고 한다. 높은 곳에 올라 마을 또는 도시를 내려다보는 그 시간이 좋다. 아파트가 다닥다닥 붙어있고 그 사이로 강물이 천천히 흘러간다. 노을이 질 무렵, 이런 풍경을 내려다보고 있노라면 여러 가지 감정이 든다. 좋은 일과 나쁜 일이 끝없이 생겨나는 것이 사는 것이구나. 내가 살아가는 생활이 저기 있구나. 누구나 다 알고 있는 평범한 사실이지만 그 사실들이 새삼스럽게 다가온다. 그리고 가끔 지나 온 인생이 생각나기도 하면서 조금 센티멘털해 지기도 한다. 맞다. 아저씨가 될수록 센티해진다. 근데 그게 또 나쁜 일만은 아니어서, 스스로 그 감정을 잘 조절하면서 티를 내지 않고 남에게 폐를 끼치지 않는다면, 중년의 팍팍한 삶을 헤쳐 가는 데 약간은 도움이 된다. 하루키는 "낯선 도시에 가면 반드시 달린다. 달릴 때의 느낌을 통해서야 비로소 이해할 수 있는 일도 세상에는 있기 때문이다"라고 했는데, 나는 "높은 곳에 올라가야만 받을 수 있는 느낌이 있기 때문에 높은 곳에 올라간다"라고 말하고 싶다. 이렇게 말하고 보니 뭔가 그럴싸하고 나도 제법 작가 같다. 흠.

아무튼 이렇게 장황한 말을 하고 있는 건 내가 지금 김해 분산성에 있기 때문이다. 김해 사람들은 외지인이 "김해에서 가장 풍광이 좋은 곳이 어디입니까?" 하고 물을 때면 이곳으로 데려온다. 이곳에 서면 남쪽으로는 김해평야가 내려다보인다. 김해시는 물론 멀리 창원까지 한눈에 들어온다. 차가 성 바로 아래까지 올라간다. (사실은 그래서 갔다.)

분산성은 고려 때 김해부사 박위(?~1398년)가 쌓았다. 당시 김해는 바다를 면한 도시였는데 왜적의 침입이 심했다. 기록에는 옛 산성을 보수해 확장했다고 했으니, 아마도 최초 축성은 가야 때 이루어졌을 것이다. 성은 임진왜란 당시 무너져 방치되다 조선 말 고종(1852~1919년) 때 부임한 정현석 부사가 재건했다. 흥선대원군이 보수를 지원했다고 한다.

분산성에는 저물 무렵에 와서 노을과 해지는 도시의 풍경을 보고 싶었지만 날씨가 좋지 않아 서둘러 올라왔다. 고등학교 시절, 교련복을 입고 행군을 해(믿기지 않겠지만, 당시에는 매주 토요일마다 학교 운동장을 돌며 열병식을 했다) 여기까지 온 적이 있다. 온통 논밭으로 드넓던 곳이 이제는 아파트로 빽빽하다. 까까머리 고등학생은 어느새 턱에 흰 수염이 가득한 중년의 아저씨가 됐다. 그동안 나이를 많이 먹었다. 나이를 먹는 것은 내 책임이 아니다. 그건 세월의 일이다. 두려워해야 할 것은 나이를 먹는 것이 아니라, 어느 시기를 헛되이 보낸 것이 아닌가 하는 것인데, 다행히 그런 것 같지는 않다. 분산성은 촘촘하게 돌을 쌓은 부분도 있고, 간혹 허물어진 부분도 보이는데 그 모습이 어울려 오히려 자연스러웠다. 우리의 인생도 저런 모습이지 않을까 생각하며 성곽을 따라 천천히 걸었고 그러는 사이 어깨 위로 빗방울 몇 알이 떨어졌다. 점심 먹으러 가자.

"군만두 하나, 찐만두 하나, 새우만두 하나, 오이장육 하나 주세요." M이 자리에 앉자마자 말했다. "시원한 맥주도 주세요." 내가 말했다. 군만두에 맥주가 빠지는 건 결코 옳은 일이 아니다. 4명이 앉아 요리 4개를 시켰다. 볶음밥이 있으면 좋겠지만 이 집은 만두와 장육, 두 가지만 판다.

자, 드디어 기다리던 점심시간이다. 여기는 만리향이다. 만두 전문점이다. 점심의 군만두를 위해 아침에 재첩국만 먹었다. 밥은 일부러 조금만 먹었다. 어느 음식이나 마찬가지겠지만 군만두 역시 약간 허기진 상태에서 먹어야 가장 맛있다. 김해에는 아주 오래된 중국집이 두 곳 있는데, 한 곳은 경화춘이고 다른 한 곳은 만리향이다. 두 집이 서로 30미터 정도 떨어져 영업하고 있다. 경화춘은 김해에서 가장 오래된 중국집이다. 1945년, 지금은 작고한 곡소득 옹이 문을 열었다. 곡 옹이 돌아가시고 한동안 닫았다가 2014년 같은 자리에서 아들 곡조명씨와 부인 왕소현씨가 다시 영업을 시작했다. 만리향은 곡조명 씨의 조카 곡충의 씨가 운영한다. 당시 경화춘에서 일하던 곡조명 씨의 아버지와 어머니가 1979년 따로 차려 나왔다. 그때부터 지금까지 만리향은 만두만 팔고 있다.

나는 만두 마니아다. 세상의 음식 가운데 단 하나만을 선택하라면 만두와 두부 사이에서 잠깐 망설이겠지만, 결국엔 만두를 택할 것 같다. 단 맥주를 함께 준다는 조건으로 말이다.

주방에서 고소한 기름 냄새가 흘러나오더니 곧 만두가 나왔다. 군만두는 8개가 올라가 있다. 옛날에는 10개였는데 아쉽다. 만두를 먹기 전에 먼저 맥주 한 모금. 이래야 만두가 더 맛있다. 기름진 만두가 들어가기 전, 입을 깔끔하게 해줘야 한다.

만두를 한 입 베어 문다. 다른 곳보다 피가 약간 얇다. 이 사이에서 살짝 부서지는 느낌이 난다. 기분 좋은 바삭거림이다. 얇은 피는 반죽에 특히 신경을 더 써야 한다. 밀가루와 물, 소금의 비율을 잘 잡는 것이 포인트인데, 잘 알려주지 않는다. 그게 비법이니까. 얇지만 쫄깃함이 살아 있다. 어금니 사이에 쫀득하게 감긴다. 처음에는 이렇게 얇지 않았는데 한국인의 입맛에 맞추다 보니 조금 얇아졌다고 한다. 소에는 생강 향이 은은하게 배 있는데, 씹으면 콧속 깊이 명주실처럼 희미하면서도 뾰족한 생강 향이 올라온다. 만두를 씹는 내내 생강 향이 입 속을 돌아다닌다. 찐만두는 피가 약간 두껍다. 찐만두는 간장에 살짝 찍어 한입에 먹어야 한다. "와, 진짜 맛있다."(M). "난 이런 찐만두는 첨 먹어봐."(O), "행복해요."(U)

만두 한 입 크게, 시원한 맥주 한 잔 가득! 고소한 기름이 입술을 적시고, 묵직한 육즙이 입 안 가득 차면 맥주를 꿀꺽꿀꺽 마신다. 역시 음식은 머리로 먹는 것이 아니다. 입으로 맛있게 먹고 배를 두드리면 된다. 군만두를 먹다 보면 마음 깊은 곳에서 식탐이 살아나면서 아, 그럭저럭 살만한 인생이군! 하는 생각이 든다. 날씨 따위는 아무래도 좋아. 내 알 바 아니야.

다음 코스는 수로왕릉. 가락국의 시조 김수로 대왕을 모신 곳이다. 옛이야기는 이렇게 전한다. “거북아(龜何龜何)/ 머리를 내어라(首其現也)/ 내놓지 않으면(若不現也)/ 구워서 먹으리(燔灼而喫也)” 사람들은 끝없이 노래를 부르며 춤을 추었고, 마침내 붉은 보자기를 내렸는데 그 속에 6개의 황금알이 있었다. 이 알들은 6명의 왕이 되어 여섯 가야를 건국했다. 가장 먼저 태어난 이가 바로 수로왕이다. 가락국의 왕이자 김해 김씨의 시조다. 그는 최초로 외국인과 결혼했는데, 바로 인도에서 온 왕비 허황옥이다.

수로왕릉은 김해 구산동 아파트 단지 앞에 있다. 시장도 가깝다. 김해 사람들은 아침저녁으로 수로왕릉을 거닐며 산책을 즐긴다. 왕릉 한쪽에는 커다란 고인돌도 있다. 기원전 4~5세기경 청동기 시대의 것으로 추정하고 있다. 수로왕의 재위 연도가 기원후 42년이니, 당시에도 아득한 옛날 어느 족장의 무덤이었을 것이다. 왕릉 안에 또 다른 왕릉이 있는 셈이다.

수로왕릉에서 우리는 김해 사람들처럼 산책했다. 굵은 소나무 사이로 난 휘어진 길을 따라 심호흡을 하며 걸었다. 나는 간간히 걸음을 멈추고 사진을 찍었지만 이게 사진이 될지, 되지 않을지 자신이 없었다. 하지만 사진이 되어도, 되지 않아도 그뿐이다. 여행은 원래 그런 것이니까. 해도 그만, 안 해도 그만. 그게 여행자만의 특권이니까.

"경주와는 비슷하지만 느낌이 또 달라." M이 말했다. "당연하지, 여긴 김해니까." 이렇게 말하고 보니 많이 싱거웠다. M이 듣지 못한 것 같아 다행이다. 김해는 경주와는 분명 다르다. 이제는 알겠다. 옛날에는 거기가 다 거기지 했는데, 여행을 직업 삼아 오랫동안 돌아다니다 보니 경주는 경주고 김해는 김해다. 광주는 광주고 대전은 대전이다. 파리는 파리고 서울은 서울이다. 그래서 우리는 여행을 가는 것이 아니라, 김해로 여행을 가고 파리로 여행을 가고 뉴욕으로 여행을 가는 것이다.

"허황옥도 참 멀리 왔다. 인도에서 여기까지 뱃길이 도대체 얼마니?" M이 말했다.

"그러게. 그 먼 곳에서 와서 낯선 남자와 결혼을 했는데 말이나 통했을까." 내가 말했다. "사랑은 어찌했을까. 말도 안 통하는데."

"뭐, 더 잘했을 수도 있지." M이 툭 던졌다. U는 묵묵히 앞서 걸었다. O는 수로왕릉에 오지 않았다. 김해의 어느 고등학교에 강연하러 갔다. 나무 위에서 매미가 시끄럽게 울어 댔다. 그럴 수도 있겠다. 사랑은 이해가 전부는 아니니까. 아무튼 살다 보면 사랑이 생각보다 중요하지 않다는 것을 알게 된다. 허왕옥의 부모가 '딸을 가락국 수로왕의 배필이 되게 하라'는 꿈을 꾸었고, 황옥은 부모의 말씀대로 열여섯 나이에 배를 타고 가야국에 당도해 수로왕과 부부가 되었다. 열여섯 나이의 인도인 신부와 한국인 신랑 사이에 사랑이 있었을까. 게다가 허황옥은 김수로 보다 아홉 살 연상이었다. 뭔가 복잡한 사정이 있었겠지.

가야의 유물을 모아 놓은 국립가야박물관을 돌아보고 - M은 '이쁘다 이뻐'를 연발하며 가야 여인들의 장신구를 휴대폰에 담았다. 그녀는 '디자인인 이때 이미 완성됐어.' 하고 말했는데, 초보 편집자인 나는 역시 CMYK보다는 별색이 이쁘군 하는 생각이 먼저 들었다. - 강연을 마친 O를 만나 공항으로 가기로 했다.

"자, 이제 김해에서의 마지막 한 끼가 남았어. 뒷고기와 멸치국수. 뭘 먹을까."

뒷고기는 김해 사람에게 추억의 음식이다. 김해에는 도축장이 2곳이나 있는데, 1980년대 이 도축장에서 일하는 기술자들이 돼지를 손질하면서 고기를 조금씩 빼돌려 선술집 같은 곳에 팔아 용돈벌이를 하며 뒷고기로 불리게 됐다. 한 곳에서 너무 많이 떼면 표가 나기 때문에 여러 부위에서 조금씩 떼어내다 보니 목덜미살이며 볼살 등이 잡다하게 섞였다. 실제로 내가 고등학교 다닐 때만 해도 엄청나게 쌌다. 나와 친구들은 떡볶이를 안 먹고 뒷고기를 먹었다. 수로왕릉 근처에 뒷고기를 파는 포장마차가 많았는데, 야자를 마치고 친구들과 뒷고기를 먹고 집으로 가곤 했다. 물론 소주도 마셨다. 그때는 학생도 눈치껏 소주를 먹을 수 있던 시절이었다.

공항 가는 길에 대동할매국수가 있다. 한국에서 제일 맛있는 멸치국수를 내는 곳이다. "아마, 여기 멸치국수를 먹고 나면, 다른 곳의 멸치국수는 시시하게 느껴질 거야." 내가 말하자 "멸치국수요!" 하고 U가 씩씩하게 말했다. 좋은 선택이다. 사실 요즘 뒷고기는 전국 어디서나 먹을 수 있다. 돼지머리에서 분리한 부위를 목살과 삼겹살과 섞어 낸다.

경상도에서는 멸치국수에 전구지(부추)를 데쳐서 가득 올린다. 대동할매국수는 1959년부터 대동면 초정리에 터를 잡고 국수를 말아내고 있다. 이 집이 국수를 내는 방식은 좀 독특하다. 국수를 시키면 육수를 담은 주전자가 먼저 나온다. 손님들은 컵에 육수를 따라 먼저 맛본다. 여기서 일단 감탄을 한다. "와, 이런 육수는 처음이에요." 한 입 맛본 U가 눈을 동그랗게 뜨며 말했다. "터프하고 강력합니다." O가 말했다. "나도 집에 가서 들통에다 끓여보고 싶다." M이 말했다. 국수 그릇에는 육수가 없다. 면이 담겨있고 그 위에 채 썬 단무지와 데친 부추, 김 가루, 깨소금이 꾸미로 넉넉하게 올라가 있다. 육수를 자작하게 붓고 국수를 먹다가 반쯤 먹었을 때, 다시 한번 육수를 넉넉하게 붓는다. 이러면 궁극의 멸치국수가 완성된다.

어릴 때부터 어머니는 멸치를 다듬지 않으셨다. 다른 집도 마찬가지였다. 경상도에서는 멸치 대가리를 떼지 않고, 내장을 발라내지도 않는다. 그냥 통째로 넣고 끓여 국물을 우린다. "아까운 메르치 똥은 와 버리는데." 서울 사람들이 왜 멸치 내장을 안 발라내느냐고 하면 경상도 사람은 이렇게 대답한다. 싱싱하지 않은 멸치는 내장을 빼지 않으면 비리고 쓴맛이 난다. 남해 가까운 경상도에서는 싱싱한 멸치를 구하기 수월하기 때문에 내장을 따로 제거하지 않았다. 진하고 투박한 맛을 좋아하는 경상도 사람의 입맛도 한 원인일 지도 모른다.

어쨌든 대동할매국수의 멸치국수는 강력한 감칠맛과 통멸치로 우려낸 특유의 쌉싸래한 맛이 어우러진, 어디에서도 맛볼 수 없는 육수 맛을 낸다. 면도 중면을 쓰는데, 소면의 얇은 질감으로는 이 묵직한 육수의 무게와 부추 등 다양한 꾸미를 감당할 수 없기 때문일 것이다.

"아마 서울 돌아가면 가장 먼저 생각나는 게 이 국수일 거야." 내가 말하자 U가 고개를 끄덕였다. "그럴 것 같아요."

여기는 공항이다. 김포행 밤 9시 20분 비행기를 기다리고 있다. 지금 시각은 7시. 시간은 넉넉하다. 기상 관계로 30분 출발 지연이라는 메시지가 뜬다. 체크인 카운터로 가서 혹시 더 빨리 출발하는 비행기가 있는지 물어본다. 다행이다. 8시 출발 비행기의 좌석이 남아 있다. 역시 공항에는 일찍 오는 것이 좋다. 맛있는 국수로 여행을 마무리하고 예정보다 일찍 출발한다. 끝이 좋다. 여행도 인생도 끝이 좋으면 다 좋은 법이다.

헐렁한 티셔츠에 반바지, 슬리퍼를 신고 야시장에 앉아 있다 보면 그런 생각이 드는 건 어쩔 수 없다. 그것 말고는 딱히 필요한 게 없으니까. 가끔 노을을 볼 수 있고, 더위를 식혀주는 스콜이 내리면 더 좋고, 사랑 같은 건 없어도 되고 말이다.

오늘도
덤 같은 하루를 얻었습니다, 인천

"인천 한 번 가야지." 지난해 봄, A형이 서울 충무로 인현시장의 어느 백반집에서 맥주잔을 내려놓으며 이렇게 말했다. "가야죠. 언제나 그리운 곳, 그곳이 인천 아니겠습니까." 나는 막걸릿잔을 들며 대답했다. "그러고 보니 인천을 제대로 한 번 먹은 적이 없네요." B는 소주잔에 소주를 따랐다. "저도 인천은 가본 적이 없는 것 같아요." C 대표가 고개를 갸웃했다. 우리는 각자의 술을 마시며 인천에 관해 이야기했다. 차이나타운, 맥아더 장군, 신포닭강정 등등. 하지만 그날 이후, 전철을 타고 한 시간이면 닿는 가까운 그곳에 일 년째 가지 못하다가 탐식도시 여정을 시작한 지 열 달이 다 되어 가는 늦가을의 어

느 날, 우리는 마침내 인천으로 가는 전철에 올랐다. 여수, 마산, 대전, 부산을 돌고 돌아 찾은 인천. 우리는 뭘 먹었을까.

11월 어느 날 인현시장의 백반집 앞. 목덜미 사이로 찬바람이 사정없이 파고들었다. "요즘엔 매일 아침 손가락이 쑤셔요. 글을 그만 써야 할까 봅니다." 내가 두 번째 손가락의 두 번째 마디를 주무르며 말했다. "난 밥보다 약을 많이 먹는다." A형이 말했다. C 대표가 대답했다. "저도 오래 걸으면 무릎이 아파요". C 대표의 말에 B가 대답했다. "오래 걸으면 누구나 무릎이 아프지 않을까." 나는 그 말에 고개를 끄덕였다.

하루하루 늙어가고 있다는 사실이 하루하루 실감 난다. 아침마다 손가락 마디가 뻐근하다. 할 수 있다면 윤활유라도 치고 싶다. 날이 흐리면 무릎이 쑤신다. 워드의 폰트 크기가 13이다(기본이 10). "아직 14인데 곧 15로 해야 할까 봐." 5살 위인 어느 '글로 노동자' 선배가 한숨과 함께 말했던 적이 있다. 주량도 나날이 줄어든다. "이게 다 술 때문이야. 눈이 침침한 것도, 몸의 마디마디가 쑤시는 것도, 술이 줄어드는 것도 다 술 때문이야." 휑한 을지로 거리를 걸으며 A형이 말했다. "이젠 옛날처럼 밤새워 마시지 못하겠어요." B가 말했다. "너 어제 소주 3병 마셨다면서." 내가 말했다.

11월 어느 날, A형의 페이스북 포스팅은 이랬다. "삼치회 먹을 철인데, 전 얼린 것보다 녹진하게 그냥 먹는 걸 좋아합니다. 매운 양념을 얹어 김으로 싸지요. 큰 삼치를 업자들은 '빠따'라고 합니다. 킬로그램당 1만 원이 넘어갑니다. 한 마리 잡아서 막걸리와 먹고 싶습니다. 올해 예순인 양반이라면, 삼치철이 대략 스무 번쯤 남았겠네요."

그 포스팅을 읽으며 나는 몇 번이나 녹진한 삼치회를 먹을 수 있을까 하는 생각이 들어 마음이 조금 시무룩해졌다. '맛있는 음식이 있으니 먹읍시다. 세월은 가고 있으니 우리는 최선을 다해 먹고 마십시다'라고 댓글을 달려다가 주책인 거 같아서 그만두었다. 대신 어느 철학자의 우아한 문장을 적었다. "사랑도 애인도 언젠간 떠난다는 것을 받아들인다면, 지금 애인과의 근사한 키스에 더 몰입하게 될 것이다." 그러니까 이 말은 해석하자면 대략 다음과 같다. 언젠가 이도 빠지고 혀의 미각도 열어질 것이니, 우리는 지금 우리 앞에 놓인 맛있는 음식과의 근사한 키스에 더 몰입해야 하지 않을까. 여행을 떠날 이유가 떠나지 않을 이유보다 많듯, 맛있는 음식을 먹어야 할 이유도 먹지 않아야 할 이유보다 더 많지 않을까.

그리고 다시 11월 어느 날, 1호선 인천역 앞에서 우리는 만났다. 휘황한 햇살에 눈이 부셨다(사실은 눈이 시렸다). 역사를 빠져나오자 전철이 멀어져 가는 소리가 들렸다. 덜컹덜컹. 바람이 낙엽을 휘휘 쓸고 다녔다. "인천에 왔으니 차이나타운부터 가야겠죠. 짜장면 한 그릇 후루룩." 내가 말했다. 내 눈이 반짝이는 것을 스스로 느낄 수 있을 정도였다. "인천까지 와서 촌스럽게 차이나타운이라니. 송월동부터 가자." A형이 이렇게 말하며 앞장섰다. B와 C가 그 뒤를 따랐다. 저야 뭐 이끄는 대로 따르겠습니다.

참 많이 낡아 있었다. 길옆으로 보이는 건물들을 바라보며 받은 느낌이다. 빈 건물이 많아 보였다. 유리창은 깨져 있었고 건물 밖으로 폐자재들이 수북하게 쌓여 있었다. 먼지 묻고 퇴색한 간판들. "한때는 여기가 인천에서 가장 번화한 곳이었는데……." A형이 혀를 끌끌 차며 말끝을 흐렸다. "마치 우리 모습 같아요." B가 말했다. "왜 이러는 거야, B. 넌 지금 전성기잖아. 그리고 난 아직 전성기가 오지 않았거든. 지금 한창 뜨는 상권이지." 내가 말했다.

처음 찾은 곳은 혜빈장. 붉은 간판은 세월에 마모되어 분홍색으로 변해 있었다. "여기도 낡았네요." 내가 말했다. 혜빈장은 제물량로 고가도로 한 편에 있다. "60년 동안 문을 연 집이다." A형이 간판을 가리켰다. 우리는 샷시문을 열고 식당 안으로 들어갔다. 드르륵. 어서 오세요. 4인용 자줏빛 테이블이 5개 있고 한쪽에 원형 식탁이 있었다. 식당 안에는 점심시간인지

짜장면과 짬뽕, 볶음밥을 먹는 사람들로 가득했다.

"야, 바닥이 '도끼다시'다." A형이 바닥을 바라보았다. 요즘 보기 힘든 바닥이다. 아직 이런 바닥에 남아있다니 신기했다. "도끼…… 뭐요?" 막내인 C 대표가 물었다. "신세대들은 모르지." 내가 바닥을 발끝으로 톡톡 건들며 말했다(아, 신세대라니. 순간 우리는 늙었다는 생각이 들었다). 옛날 학교 계단과 복도, 사무실과 식당 바닥과 계단에 많이 시공됐는데 돌가루와 시멘트를 혼합해 바닥을 다진 방식이지. "요즘은 '공사용어 정화운동 차원'에서 '현장 인조석 물갈기'라고 부른다고 하더구만. 흠흠.

"형님들, 뭘 시킬까요?" 자리에 앉자마자 B가 말했다. "간짜장, 짬뽕, 볶음밥, 난자완스 각 하나씩." A형의 거침없는 주문. C 대표는 언제나 그랬듯이 조용히 젓가락과 물잔을 각자의 앞으로 챙겼다.

주문을 하고 난 후 식사가 나오기 전까지는 식당 내부를 염탐하는 시간. 눈알을 굴렸다. 테이블이며 의자 등 집기가 상당히 청결하게 관리되어 있었다. 바닥도 깨끗했다. 흠, 이런 집은 대개 주방도 말끔하기 마련이지. 한쪽 벽에 놓인 오래된 의자 위에는 커다란 양은 주전자가 올려져 있었다. 아마도 보리차가 담겨 있겠지. 문이 약간 열린 주방 안으로는 흰머리 지긋한 어르신이 웍을 들고 열심히 요리를 만들고 있다. 오랜만에 제대로 된 불맛을 보겠군. B가 의미심장한 눈빛을 보냈다. 후

후 짬뽕이 기대되는군요. 테이블 위에는 간장, 식초, 고춧가루, 후추가 얌전하게 올려진 양은 쟁반이 놓여 있었다.

자, 이제 메뉴를 훑어볼 시간. 벽에 붙은 '차림표'를 보니 짜장, 우동, 짬뽕, 울면, 간짜장, 군만두, 볶음밥, 짜장밥, 잡채밥 등의 '식사부'와 깐풍기, 라조육, 탕수육, 류산슬, 팔보채, 고추잡채 등의 '요리부'가 있다. "여기 우동도 있구나. 우동도 한 번 먹어보자."(A) "아, 중국집 우동 오랜만에 먹어보네요."(B) "넵, 여기 우동도 하나 추가해 주세요."(C) "네 분이 난자완스까지 5개를 시켰는데 좀 많지 않을까요?" 종업원이 물었다. "아닙니다. 딱 적당합니다."(나) "모자랄 수도 있어요."(B)

언제부턴가 중국집에서 우동이 사라졌다. 울면과 기스면도 마찬가지. "매운 짬뽕이 모든 면을 '킬'시켜 버렸어." A형이 말했다. "갑오징어와 시금치, 당근과 양파가 푸짐하게 들어가 있던 중국집 우동이 요즘 중국집에는 없다."(A) "그러게요. 참기름 향이 그윽하게 올라오던 우동……. 옛날엔 많이 먹었는데 말이죠."(B) "어릴 적 어머니랑 중국집 가면 전 짜장면을 시키고 어머닌 꼭 우동을 시키셨어요. 그러고는 면을 제 짜장면 그릇에 덜어주셨어요."(C) "어머니가 짬뽕 좋아하셨는데, 너한테 면 덜어주려고 일부러 우동 시키신 거야, 인마."(A) 어머니는 짬뽕을 싫어하셨어.

'단양춘'(단무지, 양파, 춘장)이 깔리고 주문한 음식이 나왔다. 간짜장 위에는 커다란 계란 프라이가 용감하게 올라가 있었다. "약간 오버쿡 된 거 같……" B의 말이 끝나기도 전에 A형이 이빨로 면을 끊듯 말을 잘랐다. "그래도 올라 있는 게 어디냐. 정중하게 먹어라." "제가 잘 비벼보겠습니다." 나는 나무젓가락을 쪼갰다. 어쨌든 간짜장 위에 올라가 있는 계란 프라이만 보면 기분이 좋다. A형에 따르면, 간짜장에 올라가는 계란 프라이는 나름 요리다. "이걸 서양에선 크리스피 에그라고 하거든. 팬에 기름을 두르고 숟가락으로 기름을 끼얹어가며 익혀야 만들 수 있거든. 달걀이 퍼지지 않게 팬을 기술적으로 돌려야 하는 거야." "자글자글 튀기듯 요리하는 게 중요하죠." B의 추가 설명. "B형은 이런 말 할 땐 영락없는 요리사예요." C 대표의 감탄. B, 요리사 맞아.

간짜장은 짜지도 싱겁지도 않고, 달지도 안 달지도 않은 맛이었다. 소스 역시 진하지도 연하지도 않았다. 채소는 살짝 볶아져 아삭했다. 큼지막한 난자완스는 보기만 해도 먹음직스러웠다. 맛은 시거나 달지 않고 조금 심심한 편이었는데 고기 속까지 잘 익어 있었다. 간장에 찍어 먹으면 적당한 맛이었다. "다음에 또 먹고 싶어 할 만한 맛이다." A, B 셰프가 내린 결론이었다. 물론 나와 C 대표 둘 다 맛있게 먹었고.

우동이 나왔다. 국물은 보기에도 청량했다. 노란색 면이 담겨있었고 새우와 오징어, 바지락 등 해물이 풍성했다. 건더기 위를 계란이 얇게 덮고 있었다. "보기 좋네요." B가 말했다. "국물엔 과학(조미료)이 적은 거 같아. 조금 심심하다는 사람이 있겠다." A형이 말했다. 볶음밥에는 당연히 계란국이 따라 나왔다. 하얀 국물 속에 노란 계란이 실구름처럼 보기 좋게 떠 있었다.

우리는 간짜장과 우동과 난자완스를 안주 삼아 소주를 마셨고, '소주+맥주'도 마셨다. 간짜장을 다 먹었고 우동을 다 먹었고 난자완스도 다 먹었다. 적당히 먹었다. 11월의 어느 배부른 오후 2시였다. 혜빈장에는 손님들이 계속 들어왔고 주인은 주방에서 고집스럽게 웍을 들었다. 손님들은 요리가 나올 때까지 묵묵히 기다렸다. 계산을 하는데 계산대에는 주판이 있었다. 샷시문을 드르륵 열고 나오며 이런 집이 오래오래 남아 있었으면 좋겠다고 생각했다. 그렇지. 어떤 것들은 낡아가는 것이 아니라 깊어간다.

밥을 먹고 우리는 배다리까지 걸었다. A형이 긴 다리로 성큼성큼 앞장서 걸었고 배부른 우리는 엄마 오리를 따라가는 새끼 오리들처럼 뒤뚱뒤뚱 뒤따랐다. 숨이 조금 찼지만 참았다. A형은 언젠가 어느 지면에서 "은퇴하면 인천에서 살 것"이라고 했다. 이유야 뭐 뻔하지 않은가. 술이 있고 맛있는 안주가 널려 있으니까.

배다리에 다다라 우리는 잠깐 개코막걸리라는 술집 앞에서 걸음을 멈추었다. 아쉽게도 문은 닫혀 있었다. 개코막걸리는 선술집이다. 1987년 문을 열었다. "인천역 건너편 밴댕이 골목에 수원집이라고 있거든, 거기서 일단 밴댕이회를 안주로 한잔 걸치고 여기 와서 막걸리 한 잔 더 하는 거야. 오기 전에 헌책방을 돌아다니지. "책방이요? 식당이 아니라 책방?" B의 눈이 동그래졌다. "응. 책방." A형이 고개를 크게 끄덕였다. 그렇습니다. 저희는 매일 먹기만 하는 것만은 아닙니다. 아시는 분들은 아시겠지만, A형은 '글 쓰는 요리사'라고 불린답니다(우리는 '요리하는 글쟁이'라고 부르고 싶지만). B는 언제나 손에 책을 들고 다닙니다(읽고 있는 시간보다 들고 있는 시간이 많긴 하지만). 저는 시인입니다(믿지 않으시겠지만 사실입니다. 시집도 냈습니다. 하지만 지금은 쓰지 않습니다. 왜 안 쓰냐고 묻는 분들께 단가가 안 맞아서라고 대답합니다). C 대표는 출판사 등록도 했습니다(낸 책은 없지만). 개코막걸리는 문을 닫았다. A형이 개코막걸리에 오기 전, 인천역에 내리자마자 달려갔다는 수원집도 문을 닫았다. 세월이 그만큼 흘렀으니까 어쩔 수 없는 일이다. "박대구이와 가오리찜이 맛있었는데……." A형이 입맛을 다셨다.

모든 것은 결국 사라지기 마련이다. 그걸 알면서도 우리가 살아가는 이유는 언젠가 먹었던 박대구이와 가오리찜의 맛

같은 것이 기억 속에 희미하게 남아 있기 때문이다.

"한때 배다리는 인천에서 학생들이 가장 많은 곳이었지. 창영학교, 영화학교, 동산고교 등이 있었거든. 학생들이 많으니 헌책방도 많이 생겨났겠지." A형의 설명. 지금도 헌책방 몇 곳이 남아 헌책방 거리를 이루고 있다. 이곳에서 인기 드라마 〈도깨비〉를 찍었다. 우리는 아벨서점이라는 곳으로 들어갔다. "이건 다분히 설정 컷을 만들기 위한 의도 같은데요."(B) "우리라고 맨날 먹는 것만 찍을 수는 없잖아."(나) 아벨서점에서 A형은 아주 오래된 요리책을 샀고, B는 만화책 〈배가본드〉를 세트로 샀다. C는 일본 여행 가이드북을 샀다. 나는 혹시 내가 쓴 책이 있나 하고 헌책방 책꽂이를 살폈는데 다행히, 내 책은 보이지 않았다. 라이벌 여행 작가의 책이 있었는데, '후후후, 내가 이건 사주지' 하며 5천 원에 구입했다. 후후후.

배다리에서 나와 우리는 개항로를 지나 신포시장에 자리한 신포주점이라는 곳으로 찾아들었다. 대략 오후 4시쯤 되었을까. 술 마시기 딱 좋을 시간이었다. 신포주점이 있는 지역은 술집이 많이 모여 있는 곳이다. 인천은 우리나라에서 개항이 가장 먼저 이루어진 도시다. 인천역 주변의 신포시장과 배다리 쪽으로 새로운 문물이 들어왔고 새로운 사람들이 밀려들었다. 일제강점기에도 크게 발달해 이 땅에서 가장 번성한 항

구도시가 됐다. "중앙동, 신포동이 인천 최고 중심지였지. 지금이야 구시가로 밀려나 버렸지만." 이어지는 A형의 설명. 해방 후에도 인천은 수도권으로 통하는 중요한 항구였다. 공장들이 생겨나 공업지대가 만들어졌고 부두는 언제나 하역 노동자들로 붐볐다. 고단한 하루하루를 살아가는 이들에게 가장 큰 낙은 한 잔 술이었다. 자연스럽게 저렴한 술집 거리가 만들어지기 시작했는데 밴댕이 골목도 그중 하나다. 가난한 예술가들도 이곳으로 몰려들었다. 신포동 일대의 수원집과 다복집, 항아리집, 대전집, 신포주점 등이 터줏대감이었다. 이들 집들은 가장 만만한 안줏감인 밴댕이를 뼈째 썰어서 냈고 스지를 탕으로 끓여 냈다. 술꾼들은 초장에 찍은 밴댕이를 씹으며 술을 마셨고 스지탕으로 해장을 했다.

신포주점은 1968년 김영숙 씨가 개업했다. 지금도 개업 당시의 주점 모습을 그대로 간직하고 있다. 주인은 바뀌었는데 단골손님이 가게를 인수해 운영하고 있다. "옛날에는 특별한 메뉴가 없었어. 그냥 먹고 싶은 걸 말하면 만들어주곤 했지." 이런 곳에서는 오늘 뭐가 좋은지, 맛있는지 물어보는 게 가장 확실한 방법이다. "옛날 신포주점은 박대구이와 보리새우탕으로 유명했지. 아주머니 오늘은 뭐가 좋은가요?" A형이 아주머니에게 물었고 아주머니는 간자미찜을 내주었다.

간자미찜은 시큼했고 부드러웠다. 젓가락질이 바빴다. 바지락탕도 시켰다. “와, 진짜 신선하네요.” 내가 말했다. “인천이 잖아요.” B가 말했다. 그렇구나. 창영초등학교에서 류현진이 야구를 시작했다. 배다리라는 이름은 기원설이 배로 만든 다리가 있었다는 데서 이름이 유래했다. 배다리 헌책방 골목을 나와서는 용화반점에서 볶음밥 한 그릇 하곤 했다. 한때 동인천에서 땅값이 제일 비싼 곳이었는데 지금은 사려는 사람이나 있을까. A형은 막걸리로 목을 축여가며 인천에 대해 말했다. 우리는 인천에 대해, 그리고 낡아가는 것들에 대해, 곧 사라질 것들에 대해 이야기하며 술을 마셨다.

신포주점을 나와 찾은 곳은 신포시장 민어 골목. A형이 이제 우리에게 삼치 철이 몇 번이나 남았냐고 했는데, 이제 우리에게 민어 철이 몇 번이나 남았을까. 민어는 여름 보양식으로 알려졌지만 굳이 여름에 먹지 않아도 된다. 겨울이라고 민어 먹지 말라는 법 있나, 뭐. 덕적식당, 화선횟집, 경남횟집 등이 자리한 신포시장 민어 골목 한가운데 선 세 남자. “형, 어디로 갈까요?” “글쎄, 어디가 좋으려나. 나도 아는 곳이 없는데. 일단 대충 아무 곳에나 가보자. 아니다 싶으면 한 잔만 하고 나오자고. B야, 니가 골라 봐라. 어디가 좋겠냐?” “신포시장이니까 신포횟집 어떨까요.” B는 간판 하나를 가리켰다. “오케이. 여기가 아니다 싶으면 모자를 벗고 눈을 두 번 찡긋해라.”

내가 말하자 B가 대답했다. "형님 그건 옛날 방식이고요. 그냥 문자 넣을게요." "그래라."

우리는 신포횟집에 앉아 있었고, 큼지막하게 썰린 민어가 담긴 접시가 우리 앞에 놓여 있었다. 맥주와 소주 그리고 막걸리. 우리는 각자의 술을 따라 가며 민어회를 먹었다. B가 내게 말했다. "형님, 꽤 잘 드시는데요." "니가 사는 거잖아."

술을 마시는 데 주인 할머니가 "서울에서 여기까지 민어 잡수시러 왔어요?" 하고 물어서 우리는 공손하게 "넵!" 하고 소리 높여 대답했다. 그리고 이렇게 저렇게 이야기를 듣게 됐다.

신포횟집은 딱 30년째 이곳에서 민어를 팔고 있다. 할머니가 남의 가게에 세를 얻어서 하다가 마침내 가게를 사서 3년 전에 수리를 했다. 스물여덟에 시집을 와서 '생선을 배웠다'는 것이 할머니의 설명. 올해 일흔네 살. "여기 시장에서 내가 젤 나이가 많아. 처음부터 나라고 생선을 알았겠어. 먹고 살려고 하다 보니 병어며 준치, 광어, 농어를 알게 된 거고, 먹고 살려다 보니 생선을 딱 보면 오십 점짜리인지 백 점짜리인지 알게 된 거지." B가 고개를 끄덕이며 말했다. "그렇죠. 다 먹고 살려고 하다 보면 하나씩 둘씩 알게 되는 거죠."

30년 전만 해도 인천에는 민어가 제법 잡혔다. 물론 지금은 없다. 모두 목포와 신안에서 가져오는 것들이다. "겨울이라 민어가 더 귀해. 올해는 더 그러네. 앞집은 민어를 구하지도 못했다고 하는데, 우리는 그래도 두어 마리 받은 게 있어서 이렇게 파는 거야. 많이들 잡숴요."

우리는 민어 한 점을 먹고 술 한 잔을 따라 마셨다. 밤이 깊었고 집으로 돌아갈 시간이 되어 각자가 타야 할 전철역으로, 버스 정류장으로 헤어졌다. 곧 서리가 내리고 날은 더 추워질 것이다. 그래도 맛있는 것들은 더 맛있어지고 우리는 그 음식들을 두고 모여 앉아 서로의 온기를 확인할 것이다. 한 계절이 지났고 또 한 계절이 어김없이 왔다. 올겨울은 어느 해보다 힘든 계절이 될 것이지만 그래도 맛있는 음식이 있고 그 음식을 함께 나눌 사람이 있으니 견딜만하지 않을까.

'즐거웠어. 모두들 고맙다. 니들 덕분에 오늘도 덤 같은 하루를 얻었다. 그나저나 인천 한번 더 가야지. 오늘 덜 먹었잖아.' 지하철에서 A형의 메시지를 받았다.

음식은 맛있고 인생은 깊어갑니다

1판 2쇄 발행 2022년 11월 7일

지은이. 최갑수

펴낸이. 최갑수
디자인. 강경신

펴낸곳. 얼론북
출판등록. 2022년 2월 22일(251002022000026)
주소. 경기도 파주시 회동길 145 아시아출판문화정보센터
전자우편. alonebook0222@gmail.com
전화. 010-8775-0536
팩스. 031-8057-6703
인스타그램. @alone_around_creative

ISBN 979-11-978426-2-7 03810
값 16,500원

• 얼론북은 여러분의 소중한 원고를 기다립니다.
• 잘못된 책은 구입하신 서점에서 교환해드립니다.